メディアワークス文庫

# 後宮食医の薬膳帖４
## 廃姫は毒を喰らいて薬となす

夢見里 龍

## 登場人物
イラスト／夏目レモン

**蔡慧玲**（ツァイ フェイ リン）
後宮で唯一の食医。暴虐を尽くした先帝の廃姫であり、毒を熟知する白澤一族の叡智を受け継ぐ最後の末裔。

**鴆**（チェン）
怪しげな翳をもつ美貌の毒師。実は胥雕皇帝の嫡嗣で、皇太子として宮廷に戻ってきた。

**明藍星**【ミン ラン シン】
慧玲に仕える女官。明るく素直な性格。虫が嫌い。

**麗雪梅**【リー シュエ メイ】
春宮の季妃。胥雕皇帝の帝姫を出産した。

**卦狼**【グァラン】
春宮の妃嬪・姚李紗の宦官。窮奇の一族の生き残り。

**竜劉**【ロォン リウ】
鴆の側近。怠けもので頭も鈍いが武芸に秀でている。

**胥欣華**【シュ シン ファ】
現皇后。神秘的な雰囲気を纏う、謎多き人物。

**蔡索盟**【ツァイ スォ モン】
慧玲の父。もとは賢帝だったが、後に処刑された。

# 目　次

第九章
夏煙の華と天津飯　5

第十章
偽虎の民と角煮包　165

# 第九章　夏煙の華と天津飯

大陸を統一する剋(コク)帝国は毒疫(どくえき)の禍(か)に見舞われていた。一年八カ月経(た)っても終息のきざしはなく民心は陰っていたが、皇后の懐妊という喜ばしい報(しら)せがもたらされ、宮廷から都にいたるまで祝福の声で華やいでいた。

後宮は皐月(こがつ)の緑雨(りよくう)が降り続けていた。

春から夏に、季節を変える恵みの雨だ。南部に横たわる山脈の影響で都には地方よりも駆け足で雨季がくる。新緑を映す雨の雫(しずく)が紫陽花(あじさい)のつぼみを膨らませて、睡蓮(すいれん)の茎を伸ばす。後宮の庭が夏の花々で賑(にぎ)わう時期はそう遠くもないだろう。

皇后の住まう貴宮(たかみや)は時季(じき)に縛られず、梅に向日葵(ひまわり)、竜胆(りんどう)と春から秋までの花が咲きそろっていた。だが、貴宮にも雨は降る。雨霧の帳(とばり)をかぶり、今は貴宮も他の宮と同様に雨季の趣を漂わせていた。

貴宮の一角には水晶宮がある。応接につかわれる玻璃(ガラス)張りの宮殿は濡(ぬ)れた緑にかこまれて、朧月(おぼろづき)のように微睡(まどろ)んでいた。

「このたびはご懐妊、おめでとうございます」

銀髪に孔雀の笄を挿し、青緑の襦裙をまとった姑娘が袖を掲げて低頭する。慧玲が揖礼する

蔡慧玲、彼女は白澤という叡智の一族の血脈を継ぐ後宮の食医だ。

先では車椅子にすわった欣華皇后が華のように微笑んでいた。

「御子は望めないと言われ続けてきたけれど、こんな奇蹟があるだなんて。ほんとうに

幸せだわ。皇帝陛下の忘れがたみね」

欣華は嬉しそうに膨らんだ胎をなでる。

「すでに安定期に入られているとお聴きいたしました」

雕皇帝が崩御してから約五カ月が経つ。

雕皇帝は土毒を解毒したあと、貴宮に御渡りしており、時期から考えても皇后に宿っ

たのが雕の御子であることは疑いようもなかった。

「この頃はお胎を蹴るようになったのよ」

「まあ、左様ですか。お健やかで喜ばしいことですね。……それでは失礼いたします」

慧玲は頭をさげ、みずからの膝に皇后の脚を乗せた。皇后は雕皇帝に連れてこられた

時から脚が動かず、日頃から女官に介助されている。幸いにも動かないのは脚だけだが、

出産に危険をともなうため、懐妊を機に脚の治療が始まった。

「他の医師たちはとうに匙を投げてしまったから、あとは貴女だけが頼りなのよ」

「善処いたします」

　触診したかぎりだと筋が弛緩(しかん)して、萎えていた。強めに指圧して「痛みは感じますか」と尋ねたが、麻痺(まひ)しているのか、欣華は首を横に振る。

「幼いころに熱が続いたご経験はありますか」

　幼少期に高熱をだすと末梢(まっしょう)神経に後遺症が残ることがある。

　皇后は困惑したように眼をふせた。

「ごめんなさい、後宮に迎えられるまでのことは想(おも)いだせないの……」

「たいへん失礼いたしました」

　慌てて頭をさげる。失念していたが、皇后が記憶喪失だという噂(うわさ)は聞いたことがあった。戦場をあてもなく彷徨(さまよ)っていたところを雕皇帝が保護し、宮廷に連れてきたとか。欣華が雕皇帝と同性なのはそれゆえである。

　続けておこなった腹診、聴診でも異常はみられなかった。さながら呪いのようだと考えかけて、非現実的な考えだとみずからを叱責する。

「お食事は取られていますか」

「ちゃんと喰べているわ。でもそうねぇ、この頃は喰べても喰べてもお腹が減っちゃってこまっているの」

　異常な食欲亢進(こうしん)か。妊娠時には食欲の変動があるものだが、欣華は肥(ふと)った様子はなく痩せている。吸収が滞っているのではないだろうか。

欣華は時々長期の睡眠を取るという噂があった。長い時はひと月程眠り続けるとか。事実だとすれば、脚が動かないこととも関係があるかもしれない。

(だとすれば、あの病証か)

試せることは片端から試す。白澤たる母親が治療できなかった皇后の脚を、姑娘として完治させる。それが慧玲の使命だ。

「承知いたしました。貴宮の庖厨をお借りしてもよろしいでしょうか」

「もちろんよ。ふふ、貴女の薬膳なんていつ振りかしら。楽しみにしているわね」

欣華は姑娘のように純真な微笑をこぼす。彼女の微笑にはいつだって陰りがない。

今は亡き雕皇帝が寵愛した華の微笑だった。

……………

貴宮の庖厨は大理石で造られていた。

そればかりか、鍋から湯勺まで純銀製だ。皇帝の食事をつくる宮廷の庖厨でもこれほど豪奢な造りではなかった。食医つきの女官である明藍星は庖厨に入るなり「ふえぇっ、御殿じゃないですか」と眼をまわして倒れそうになっていた。

「皇后陛下は気虚ではないかと考えられます」

藍星はしばらく騒いでいたが、慧玲の推測を聴き、いっきに真剣な表情になる。

「気ですか？　確か、人の身のうちには三種の要素が循環していて、五臓六腑を始めとした器官を動かしているんですよね」

「そう、それが気血水です。血は血液にして火の働きをつかさどる。水は津液といって、胃液や唾液などが含まれます。身体を潤滑に動かす水の要素ですね。最後が気。健全な状態のことを元気というようにこの気こそが命の源であり、健康の基礎をつかさどります。この気が枯渇している状態を気虚と言います」

気虚に陥ると疲れやすくなるほか、胃腸を含めた脾の働きが鈍り消化吸収不良になる。大抵は食欲不振になるが、肝気虚だと逆に食欲が旺盛になる。だが、吸収が滞っているために食事量にかかわらず痩せてしまう。

「気には生まれつき備わっている先天の気と、食物や呼吸、環境から補う後天の気があります。後者のなかでも、食物によって補う栄養素は水穀の気と言います」

慧玲は喋りつつ水桶を運ぶ。

「よって今晩の薬膳には水穀の気を補い血を養う、こちらの食材をつかいましょう」

水桶を覗きこんだ藍星が「げっ」と声をあげた。

「これ、蛇ですか!?」

「魚ですよ。鰻と言います。東方の島国では夏の疲れには鰻と推奨されていて、民間でも広く食されているとか」

都ではそれなりに希少で、高級な食材として扱われている。

「捌いていきますが、血には微毒があるので眼に入らないよう気をつけてくださいね」

「りょっ、了解です」

藍星は桶のなかで泳ぎまわる鰻を取りだそうとする。だが、鰻はぬめぬめとしていて細長い身をくねらすので、かんたんには捕まえられなかった。

「わっ、わっ、わっ」

あわあわしながら、藍星はまな板に鰻を乗せた。

慧玲がすかさず、あばれる鰻をつかむ。頭を落とさないように中骨に一撃をいれて締めた。続けて鰻の頭部に釘を刺して、まな板にうちつける。

背から庖丁をいれ、身をふたつにひらく。尾の先端まできたところで庖丁をかえして、往復するように滑らせ、骨や毒のある肝をそぎ落とす。

この間、五秒だ。よどみのない庖丁捌きに藍星は圧倒されている。

「ちなみに鰻の毒は熱で分解されるので、それほど危険なものではありません。肝はあとから吸い物にしましょうね」

毒のあるものほど扱いかた次第で強力な薬となる。

　だが、有毒の血か。慧玲は調理を続けながら、鴆のことを想いだしていた。

　鴆は皇太子だが、その素姓は滅びた毒師の一族だ。人毒という禁じられた毒を身に帯びていて、血潮をひと雫垂らすだけで人を絶命させることができる。危険な男だが、慧玲とは切っても切れない関係だ。

　秋宮での麦角中毒の事件後、慧玲は一時昏睡状態となった。意識を取りもどしてからは十日が経つが、鴆とはあれきり逢えていなかった。

　逢いたい。だが鴆からは逢いにこれても、後宮食医に過ぎない慧玲が要請もなく宮廷に渡ることはできなかった。

「慧玲様、考えごとですか？」

　鍋に伸ばして焼いていた卵がこげそうになっていた。藍星に声をかけられ、慧玲は慌てて箸を動かして、薄焼き卵をすくいあげた。

「すみません、だいじょうぶです」

　頭を振って、もやもやとした思考を振り払った。

　いつだってそう、鴆だけが慧玲の冷静な思考をかき乱す。彼は比類なき毒だ。

「山椒は挽き終わりましたか」

「完璧です。でも珍しいですね。普段だったら花椒をつかうのに」

「脂の乗った鰻には品の良い辛味を持った山椒こそが合います。花椒では主張が強すぎて、鰻をひきたてるどころか旨(うま)みまで消してしまいますからね。それに山椒には胃腸に働きかけ、消化吸収を促進する効能があるんですよ」

「わ、皇后様の気虚にぴったりのお薬になるわけですね。さすがです」

鰻のたれはさきに鍋につくっておいた。

「七輪をつかって鰻を焼きましょう」

鰻というと紹興酒で煮るか、拉麵(ラーメン)の湯(スープ)にするのが定番だが、慧玲は串に通して七輪で焼いた。焦げめがついたら蒸籠(せいろ)に入れて十二分ほど蒸す。あわ雪のようにふんわりとした身に刷毛(はけ)でたれをつけ、再度七輪に乗せた。たれをつけては焼いてを繰りかえす。備(びん)長炭(ちょうたん)の香が鰻にうつり、豊かな風味をかもしだす。

「うわあ、これはぜったいにおいしいですよ！　においだけでご飯三杯はいけます！」

藍星はほんとうに香りだけで頰が落ちそうになったのか、両手で押さえていた。

錦糸卵を散らした白飯に鰻を乗せる。最後にあざやかな緑の粉山椒をひと振り。小さな重箱に収まったそれは、さながら美食の箱庭だ。

「調いました、鰻重(うなじゅう)でございます」

…………

箸をつけるなり、欣華皇后は歓声をあげた。

「まあ、なんておいしいのかしら。嘉饌とはこのことね」

鰻重だけではなく、鰻を胡瓜と和えた酢の物、鰻の肝をつかった吸い物もそろえた。甘辛い味つけの鰻重に酸味や苦味を添えることで、気血水を補う完璧な薬膳となる。

「鰻は煮つけた物を食べたことがあったけれど、こんなにふわふわに焼きあげるなんて。脂も乗っていて、絶品だわ」

「鰻は気を補うほか、腎と肝を養うことで筋や骨を強化する効能がございます。気が滞りなく循環すれば末梢神経の痺れを取りのぞけるのではないかと思い、調えました」

「そうなのね、だから貴女のつくるご飯はとってもおいしいのねぇ」

万華鏡を想わせる瞳が、慧玲を映す。

「……ああ、ほんとうにおいしそう」

欣華は微かに唇を舐めた。なぜか唐突に恐怖感がわきあがり、慧玲は総毛だつ。理屈ではない。本能からこみあげるものだ。

「肝吸いにはどんな効能があるのかしら」

尋ねられて、慧玲は一瞬にして我にかえる。

「鰻の肝は血虚を補い、免疫を高める効果があります」

「物知りね。ふふ、さすがは後宮食医さんだわ」

「身にあまるお褒めの言葉を賜りまして、恐縮でございます」

先程の、身が竦(すく)むような緊張はなんだったのか。頭をさげながら考えたが、慧玲には思いあたることがなかった。

「今後、朝昼晩の食の監修を、貴女にお願いするわ。晩ご飯だけは貴女に直接調理してもらえると嬉しいのだけれど」

「謹んで拝命いたしました」

皇后の食を監修するなんて身に余る重役だ。期待を裏切るわけにはいかない。慧玲は決意を新たに額(ぬか)づいた。


…………


藍星を連れて、貴宮から帰る時には雨脚が強くなっていた。

「やみませんね。この調子だと明日も雨でしょうか。お洗濯物がぜんぜん乾かなくてこまってるんですよ。いいかげん、かびちゃいそう」

橋を渡りながら藍星がため息をついた。

「霖(ながあめ)の時期ですからね。この時期は蟲(むし)が騒ぎだして毒も盛んとなります。先人は今の時期を、毒月(どくつき)と呼んでいたんですよ」

「うわあ、物騒……」

「だからこそ、細（ささ）やかでも薬膳を取りいれて、未病のうちに絶つことがたいせつです。気候は暖かくなっても雨続きだと足さきから冷えてきます。水滞になりやすいので、こんな時期こそ温かい物を食べるのがおすすめです。帰ったら、一緒に鴨（かも）の薬膳粥（がゆ）でも食べましょうか？」

「鴨粥……はわわっ、想像しただけでも涎（よだれ）がとまらなくなりそうです。ちゃちゃっと残りの診察を終えて、帰りましょう」

食医にたいする薬の依頼は途絶えることがない。だが、ほんとうならば病に罹ってから薬を処方するのではなく、病にならないために薬膳を調えるのが食医の役割だ。

地毒の禍が収まれば、いつか、そんな時がくるのだろうか。

翌朝になっても雨が続いていた。
乾かないのは洗濯物ばかりではない。生薬も大抵は乾燥させてから漢方薬にするが、こう雨続きだとせっかく採取した植物の根がだめになってしまう。たんぽぽの根を摘みつつ慧玲が朝から肩を落としていたところ、賑やかな声が聞こえてきた。

「慧玲様、慧玲様！」

雨の喧騒を蹴散らして、藍星が飛びこんできた。

「じゃじゃじゃんっ」

盛大な掛け声とともに藍星は持っていた木簡を拡げる。

「私、明藍星、正七品・御女から正六品・宝林に昇級いたしました！」

慧玲は思わず笑顔になった。たんぽぽの根を放りだして藍星のもとにかけ寄る。

「すごい、おめでとうございます」

「朝からもうっ嬉しくて嬉しくて！　これってあれですよね、お給金、あがりますよね！　えへへ、お給金お給金」

藍星は嬉々としてお給金の舞いを踊っている。ぽよぽよ、くるくる。踊りまわる藍星の頭をなで、慧玲は微笑みかけた。

「藍星の働きぶりは昇級にふさわしいものです。日頃からほんとうによく頑張っていますね。あなたのような女官がつかえてくれていることを、私は誇りにおもいます」

「わ、わわっ、そんなそんな、涙がでちゃいます」

藍星は涙を浮かべて、慧玲に思いきり抱きついた。藍星のほうが年上だとはとてもじゃないが思えない。

「慧玲様が推挽してくださったんですよね？　ありがとうございます」

後宮においても、昇級というのは推挙するものがいて承認される。

「残念ながら私にその権限はありませんよ。後宮食医とはいえ、私は正五品(しょうごほん)ですので。権利を持っているとすれば、皇太子である鴆様でしょうか」

藍星が眼をまるくして、硬直する。

「え、鴆様……ですか？　だ、だってあの、鴆様ですよ？」

藍星は蟲がきらいだ。鴆が蟲を操る毒師であることは知らないが、本能では勘づいているのか、天敵とばかりに鴆を怖がっていた。鴆も藍星にたいしては辛辣というか、愛想よく微笑んでいても態度の端々に険がある。

「ですが、ほかに思いあたるひとはいません」

「そ、そんなはず、鴆様が……あの、鴆様が？　ふえええええっ!?」

軒で雨を避けていた雀(すずめ)たちが、藍星の絶叫におどろいて飛びたっていった。

◇

雨に濡れた水晶宮はさながら、曇り玻璃(ガラス)だ。濁った玻璃に紫が映る。

「貿易は好調だと聞いたわ」

柘榴(ざくろ)茶を飲んでいた欣華が茶杯をおいて、鴆に微笑みかけた。

禁色（きんじき）の絹を身にまとった鴆は、皇后にたいして跪（ひざまず）くことも袖を掲げることもしなかった。彼はいま、皇太子というお飾りの身分ではなく、毒師の暗殺者としてこの場にいる。それを理解している欣華もまた、鴆の非礼を咎（とが）めることはしなかった。

「民が豊かになるのは素敵なことね」

欣華はころころと鈴を転がすように笑っているが、慈愛によるものではなく、単純に食材になる肉は脂が乗って肥えているほうがいいという程度の話に過ぎないことを、鴆だけが知っている。

その証拠に彼女は微笑みながら、不穏なことを囁（ささや）きかけてくる。

「そろそろ、大きな争いでもあればいいのだけれど、ね？」

欣華は人を喰（く）らう化生（ばけもの）だ。彼女の飢えを満たすため、雕皇帝は不要な争いを敢（あ）えて招き続けてきた。いまは鴆がその役割を担っている。

「貿易が盛んになると賊や密売商人が動きだす。賊と組んで私腹を肥やす地方官もいる。それらを取り締まり死刑に処せば戦争がなくとも貴方（あなた）の飢えは充分に満たせるはずです」

「そうね、あなたはほんとうによくやってくれているわ、でも」

欣華は心細げに膨らんできた胎に手を添える。

「この頃は特にお腹が減るの。懐妊したせいかしら」

雛皇帝との御子が男ならば、妾腹かついまだ立太子していない鴆にとって脅威となる。事実、皇后を支持するものたちは正統な御子を次期皇帝となすべく動きだしていた。

もっとも鴆は端から皇帝になるつもりはない。

最大の問題は彼女がその身に孕んでいるのが、人間の赤ん坊とはかぎらないことだ。どのような化生が産まれてくるのか、鴆は想像するだけでもぞっとした。

「戦争、ね。考えておきますよ」

「嬉しいわ。ああ、そうだわ、こちらもお願いね」

欣華は名簿のようなものを渡してきた。鴆は即座に暗殺命令だと理解する。

「宮廷にはまだ、危険なひとたちが残っているでしょう？　妾の愛しい御子を虐めるようなものはぜんぶ摘んでしまわないとだめね」

歌うように言葉を紡ぎながら、彼女は飾られていた花の茎を折っていく。項垂れ、宙ぶらりんにぶらさがる花の頚がずらりとならぶ。

母親の残虐な愛だ。

欣華の推察どおり、宮廷では様々な思惑が絡みあっている。皇后を疎んずるものは八割がた処分したが、愚かな振りをしている鴆を皇帝に担ぎあげて実権を握ろうとする姑息なものが増えてきていた。欲の坩堝だ。直接は皇后の敵にはならずとも危険分子には違いない。

「お胎に息づいている御子が愛しくてしょうがないの。時々お胎を蹴るのよ。お胎のなかで蝶が舞っているみたい。ふふ、可愛い、まもってあげないとねぇ」

蜜のようにあまやかな声に鴆は言い知れぬ嫌悪を感じた。

「それにしても、人毒というのは理を過ぎたものね」

欣華は鴆の眼を覗きこむ。

「その身を毒となして毒あるものを統べる。唾を垂らすだけでも命を奪えるなんて、ねえ？　人というのはたまに、神より奇なることを考えるものね。妾では考えつかないような恐ろしいことを」

彼女の意をはかりかねて鴆は微笑を崩さず、沈黙に徹する。胎の御子をおびやかすなと牽制されているのか。あるいは人毒を失ったのではないかと疑われているのか。

「でも、彼女はあなたの毒を好いているみたい。宮廷でも接吻をしていたとか、ふふ、恋って素敵。それとも人毒というのはあまやかだったりするのかしら？」

鴆は敢えて嘲笑を織りまぜて尋ねかえす。

「どうでしょうね、試してみますか」

微かに舌を覗かせた。

毒蛇のような挑発にも皇后は臆さない。互いの喉もとに牙を喰いこませるような睨みあいを経て、皇后は声をたてて笑みをこぼした。

「やめておくわ。妾は苦いものはきらいなのよ」

「苦い、だけですか」

「人の命を絶つ程度の毒なんて、妾にとってはまずいだけよ。それに……ふふ、妾の可愛い食医さんを怒らせたくはないもの」

　予想だにしなかった方向に話を振られて、鴆が失笑する。

「は、それはいいね、妬みは毒だ。そんなものを彼女からひきだせるんだったら、喀きそうでも我慢するだけの価値はありますね」

　銀の髪を結わえた薬の姑娘を想い浮かべる。白澤の叡智を授かり、患者ならば誰にでも命を賭ける博愛と強さを持った姑娘だ。

「ですが、彼女は可愛らしく嫉妬なんかしてはくれないでしょう、残念ながら」

　鴆は外掛の袖に名簿を収めて欣華皇后に背をむけた。

　水晶宮を後にして、雨に濡れた大理石の階段をくだる。最後の一段を踏んだところで張りつめていた息をついた。

　この身にはいま、人毒がない。

　皇后はすでに疑いを持っているが、確証がないため、人毒の話を振ることで鴆が動じるかどうか熟視していたのだ。

（彼女は人毒で死なせた死骸は喰らうが、人毒そのものは避けている。人毒を危険視し

ているから、僕を側(そば)におき、監視している）

皇后に真実をさとられては危険だ。

幸いなことに鴆は人毒に頼らずとも調毒ができる。剣や鍼(はり)をもちいて、人の命を絶つ技能も身につけている。だから、暗殺を遂げることに支障はなかった。

隠しとおせるはずだ。

鴆はあらためて神経を張りつめ、濡れた石段を蹴る。

雨に打たれて死にかけた蝶が石段の隅で息絶えようとしていた。

離舎(りしゃ)の雨樋(あまどい)は壊れている。

窓のすぐそばで雨が細滝のようになって喧(やかま)しい音をたてていた。昨年の嵐で軒に取りつけた竹樋が外れて、それきり修理が滞っているのだ。

雨音に掻(か)きけされそうな黄昏(こうこん)の正刻（午後八時）の鐘を聞きながら、慧玲は藍星と一緒に離舎で山椒の下処理をしていた。棘(とげ)のある枝から、若葉と緑の実を摘む。これを乾燥させて挽くと食欲亢進に効能のある薬味になる。漢方の生薬としては熟した実をつかうが、薬味には若い実のほうが適していた。

「なんとなくですけど」

　実と葉を黙々と分けながら、藍星がつぶやいた。

「この植物のにおいって、鴆様が喫っておられる煙草に似ていませんか」

「鴆様の煙草ですか？」

　慧玲は意外な話題に首を傾げた。

「確かに鴆様の煙草には香檸檬によく似た香りの薬草が調合されていますからね。山椒も柑橘系の植物なので、似て感じるのかもしれません」

「へえ、そうなんですね。……えっと、その、時々ですけど、慧玲様からも似たような香りがするんですよね」

「そ、そうですか」

　思わず手がとまる。心あたりがあったからだ。紫烟の香が移るほど鴆と一緒にいたことはある。時折だが、抱き締められて眠ったこともあった。

　藍星がそわそわとしながら、尋ねてきた。

「慧玲様と鴆様って」

「に、似たような薬のにおいがしみついているだけだとおもいますよ」

　ごまかさなくてはならないようなことはないはずなのに、言い訳が口をつく。慌てて作業を再開しかけて、慧玲は山椒の枝にある棘で指を刺してしまった。

「わっ、だいじょうぶですか」

毒はないが、かすり傷でも侮ると破傷風になることもある。包帯を巻きつけた。

「一度休憩してお茶にしませんか？　慧玲様はちょっと、ご無理をなさりすぎです」

「気を遣わせてしまって、すみません」

藍星には度々負担をかけてしまっている。藍星は「ぜんぜんです」と微笑み「新しい夏妃（かき）様からいただいた季（とき）めぐりの茶があるんですよ」と茶葉を取りだしてきた。

季めぐりの茶とは後宮行事のひとつだ。春には春の季妃（きき）が、夏ならば夏の季妃が、ほかの宮に茶葉を贈る。如月（きさらぎ）には雪梅（シュエメイ）が白龍珠（はくりゅうじゅ）という特別な茉莉花（まつりか）茶を各宮に贈呈した。

「高級な茶葉ですからね、想いをこめて淹（い）れますよ。あ、慧玲様のお疲れにあわせて、とっておきの漢方を足しましょうか」

「いいえ、それはだいじょうぶです。貴重な茶葉でしたら、素材の味を楽しんだほうがよいかと」

いつだったか、藍星が最強の健康茶とやらを淹れてくれたことがあった。だが、効能のある食材をごちゃ混ぜにした結果、腐った泥の味になっていた。あとから尋ねたところ、すりおろした大蒜（にんにく）、八角（ハッカク）、馬芹（クミン）、酢、豚脂（ラード）を、緑茶に混ぜたのだとか。確かに健康によい物ばかりだが、不味（まず）すぎて死にかけた。不味いものは毒だ。

「鴆様は今後、この後宮をどうなさるんですかね」

匙で茶葉をすくいながら、藍星がつぶやいた。

「どう、と言いますと」

「もっぱらの噂ですよ。後宮の妃妾を総入れ替えするんじゃないかって。雕皇帝陛下は索盟皇帝陛下の後宮をひき継がれましたが、いちから妃妾を集めなおした皇帝も過去にはおられますからね。なんとか残してもらうために鴆様に媚びている妃妾もいるとか」

妃妾たちが競うように着飾っているとはおもっていたが、そんな事情があったとは。

「先程も鴆様をお見掛けしましたが、妃妾たちの取りまきがすさまじかったですよ。怒濤のように鴆様を追いまわしていました」

「鴆様が後宮にきているのですか」

慧玲は思わず、身を乗りだす。

「え、はい、たぶんまだおられると想いますけど」

いてもたってもいられなかった。宮廷にいる鴆がいつ、また後宮に渡ってくるかわからない。確実に逢えるとすれば今だけだ。

逢わなければ。

逢って、確かめなければならないことが、ある。

「すぐに帰りますから」

幸いなことに雨脚は弱まってきていた。すでに袖で凌げるほどだ。提燈だけを持ち、慧玲は飛びだしていった。

離舎に残された藍星は盆に載せた茶を眺めて、ぼうぜんとなる。

「え、ええ……いま、淹れたばかりなんですけど」

茶は馥郁（ふくいく）たる香を漂わせている。さすがは高級な茶葉だけあった。だが、さめてしまったら風味が落ちるだろう。

藍星がぽつりとつぶやいた。

「……もったいないから、飲も」

袖笠雨（そでがさあめ）が降るなか、慧玲は宮廷と後宮を結ぶ橋のたもとで鴆を待っていた。銀梅花（ギンバイカ）の陰で細かな雨を凌ぐ。枝さきでは真珠のようなつぼみが結びはじめていた。雨季が終わるころに咲くだろうか。

しばらくして、夜雨（よさめ）の帳を破り鴆がやってきた。

「鴆」

繁（しげ）みから身を乗りだして、慧玲は鴆の袖をひき寄せる。

「っ――」

物陰に連れこむなり、唇を奪った。

鴆の唾には人毒がある。接吻(くちづけ)をするだけで指さきが痺れることもある。だが、昏睡からさめた時にかわした接吻からは、毒を感じなかった。

唇が触れあうだけのものだったからか。

あるいは彼の身に異変が起きたのではないか。

確かめるべく舌を絡めたが、まだ、確証を得るには足りない。

慧玲の思惑を察したのか、鴆は息をのんで咄嗟(とっさ)に振りほどこうとする。だが、慧玲はつまさきだって鴆の服をつかみ、喰いさがった。

ひと息にかみつく。

「くっ」

鴆の舌から、血が滲(にじ)む。

致死毒であるはずの血潮が、慧玲の喉にたらりと落ちてきた。緩やかに飲みくだす。

錆(さび)臭い味だけが、身のうちにしみわたった。

「おまえ」

赤い唾の糸をひいて、唇を離す。

「毒がなくなったね？」

鴆が眼を見張り、続けて嗤笑(ししょう)するように唇の端を持ちあげた。彼が嘲るように嗤(わら)うのは真実をごまかそうとする時の癖だ。

「――まさか」

秋の季宮で薬物を飲まされた慧玲は、毒を喰らう毒を制御できなくなった。魂を喰い破られかけた時に鴆が助けにきてくれた。

あのとき、なにがあったのかは想いだせない。だが、あの事件を境として鴆の人毒がなくなったのだとすれば、彼の毒を奪ったのは他でもなく――

「私が、喰らってしまったのね？」

真実を理解して、身が震えた。

人毒。それは身のうちで千種の毒を喰いあわせ、調毒する、禁じられた毒だ。鴆がどれほどの地獄を乗り越え、この毒を身につけたのか、まえに彼から聴いたことがある。

慧玲にとっての白澤の叡智と等しいものだ。

それを、彼女が奪った。

「ごめん、なさ――」

言葉にするまでもなく、鴆から接吻をされる。後悔や悔悟の念を言葉にできないよう塞がれて、呼吸まで絶え絶えになったころに解放された。

「……は、そんな言葉は聴きたくないね。言っただろう、僕の毒はあますことなく貴女のものだと」

「そうね、……そうだった」

後悔など、毒にも薬にもならない。惜しみなく毒を捧げてくれた鴆に報いるとするならば、最強の劇薬をかえすべきだ。

濡れた唇をかみ締めて。

「だったら」

慧玲は緑眼をそらさずに鴆を見据える。

「なおのこと、私のために毒を取りもどして」

人毒がなくなっても、おまえはおまえよ。

そうなぐさめるのはたやすかった。だが、違う――それは肯定ではなく否定だ。彼がこれまで重ねてきた一切を、否定することになる。

産まれおちた時から鴆は毒に呪縛され、慧玲は薬に呪われた。だから、いま、ふたりはひとつの地獄にいる。

彼女だけは、彼の毒を否定するわけにはいかなかった。

臆するな。か細くなりそうな声を、意識して張りつめる。

強かな女帝のように慧玲は命令する。

「私を満たせるのはおまえの毒だけよ。私を、飢えさせないで」

鴆がふっと微笑して、跪く。慧玲の脚をつかんで沓から踵を抜かせ、凍えきったつまさきに唇を寄せた。

「誓うよ」

いつだって、そう。

鴆のほうが慧玲に屈服しているようでいて、実は脚をつかまれて接吻されている慧玲こそが鴆に縛られている。鴆が振りほどけば、慧玲は倒れる。だが、彼は慧玲を離さないだろう。信頼ではなく、もっと強い理解がそこにはある。

絡みあい、結びつき、ほどけない縁だ。

「三カ月だ。菊の風が吹くまでには取りかえす」

人毒を身に宿すには十三年掛かる。だが鴆は七歳の時に母親から毒を享け、十七歳の時には完璧に禁毒を修得した。彼が三カ月とさだめたならば、破るはずがなかった。

「待つわ」

風が吹きつけてきた。雲がちぎれて微かに月が覗く。

細くて昏い月明かりは、それでも地獄のみちゆきを照らす標のように垂天からひと筋、差していた。

◇

鶏鳴の正刻（午前二時）、後宮も眠る時刻だ。

春の宮の一角にはまだ、燈火がともっていた。

桃李紗の宮だ。李紗は額に濡れた布を乗せて眠っている。呼吸が荒い。

熱にうかされる彼女に寄り添い、額の布を取り替えているのは李紗つきの宦官である卦狼だ。剽悍な顔だちをしているが、酷い火傷の痕がある。頰は焼けおちたのか、左側の口端から耳までが裂けて狗を想わせた。日中は傷を隠すため、仮面をつけているが、今は外している。

「媛さん」

卦狼は武骨な指で、李紗の頰に張りついた髪を掃いのける。そのなにげない手振りからも李紗にたいする穏やかな情愛が滲んでいた。

李紗が熱をだしたのは黄昏を過ぎたころだった。李紗は病弱で時々こういうことがある。朝まで続くようならば後宮食医に診察を依頼しようと決めて、卦狼はぬるくなった水桶を抱えて立ちあがる。

窓から風が吹きこんできた。窓は閉めていたはずだ。

警戒して振りかえれば、細身の男が窓に腰かけていた。鴆だ。燈火を映して、紫の眼が毒々しく揺らめいた。卦狼はあることを察して、神経を張りつめる。

「皇太子様、じゃねェよな、いまは」

「勘がいいね。……毒師としての貴男(あなた)に頼みがある」

毒師という言葉に卦狼が眉根を寄せた。

鴆と卦狼はともに窮奇(きゅうき)の一族だ。復讐(ふくしゅう)をめぐって剣をかわし、今後毒師として彼に逢うことはないだろうとおもっていた。

「端午までにそろえてほしいものがあるんだよ」

「高慢な貴様が俺なんざに頭をさげるってか？　明日は毒の槍(やり)でも降るんじゃねェのか」

「一度頭をさげたくらいですり減るような、やすい矜持(きょうじ)は持ちあわせていないものでね。この毒をそろえてくれ」

鴆から木簡を投げ渡される。そこには蛇から蜈蚣(むかで)、蛙(かえる)にいたるまで、ありとあらゆる毒蟲(どくむし)の名が連なっていた。だが鴆は人毒の禁を破った蟲つかいの毒師だ。蟲ならば彼のほうがはるかに持っているはずだ。

詮索しないほうが身のためだ。それなのに卦狼は無意識のうちに神経を研ぎすませ、鴆の毒気の異変に感づいてしまった。理解したとたん、冷たい汗が噴きだしてくる。

あれは呪縛のような毒で、解毒はできないはずだ。

なにがあったのかは想像もつかないが、確かなことはひとつだ。

「——なくなったのか」

「そうだよ」

鴆は異様なほどに落ちついている。

乾いた喉を低く鳴らして、卦狼が嗤った。

「は、よかったじゃねェか。禁毒なんざ、ないほうがいいんだよ。今後はいっさい毒にかかわるな」

卦狼は知っている。鴆という男は毒師の宗家が造りだした蠱毒の甕の底だ。一族の怨嗟や呪詛を一身に受け、生き続けてきた毒念の塊。卦狼からすれば息子ほどの歳なのに、それほどの重荷を課せられた鴆に哀れみがなかったといえば嘘になる。

「毒に妄執するな。同族からの警告だ」

木簡に書きとめられた百種の毒蟲が意味するところを察して、投げかえす。鴆は危なげなくそれをつかむ。

「妄執、か。的はずれにも程があるな」

鴆は嗤いながら、紫の眼を鈍くひらめかせる。ああ、毒だ。人毒は損なわれても、鴆から毒が失せることはないのだ。

「あれは僕の毒だ。毒こそが、僕だ」

彼は毒を誇る。

「ひき離せはしないよ」

なぜだろうか。最後の言葉だけは、愛しむような響きを帯びていた。借り物の怨嗟ではなく、異なる火がいま、鴆を突き動かしている。

「わかったよ。そろえてやる」

李紗を人質に取られたら卦狼は抗えないのに、鴆はそれをしなかった。それだけでも誠意があるという証明になる。

端午までにということは禁毒たる蠱毒を試すつもりだろう。

蠱毒は端午の晩に造る。端午は毒月の毒の日だからだ。

甕に捕らえて喰いあわせ、最後に残った蟲の毒を取りこめば、一種の蟲でも百種の蟲を征服したことになる。もっともそれは毒に克てればの話だ。失敗すれば地獄の苦痛と死を味わうことになる。だが、鴆が敗けることはないだろう。

「お前、変わったな」

帰りぎわ、暗がりに紛れかけた鴆の後ろ姿に声を掛ける。鴆は振りかえらなかったが、最後に垣間見えた横顔は微笑んでいるようだった。

「道連れでもできたか」

恩でも、愛でもない。ともすれば新たな呪縛ともいえるようなものだ。だが、縛られることで解ける呪いもあるだろう。卦狼がそうであるように。

いつのまにか、雨はやんでいた。

◇

「だぁかぁらぁ、媚薬（びやく）よ、媚薬。薬なんだからつくれるでしょ？」

　調薬を依頼されて、慧玲は夏の季宮にきていた。

　昨晩まで続いていた雨が嘘のように晴れて、すでに夏を予感させる暑さだ。蟬（せみ）のように賑やかな声で、新たな夏の妃は息もつかずに喋（しゃべ）る。

「あ、もしかして、媚薬っていうのがなにか、わからないとかぁ？　ふふふ、それはごめんなさいねぇ？　食医ちゃん、まだ経験なさそうだもんね」

　虞愛（ユウアイ）。先の夏妃である凬（フォン）が処刑されたあと、新たに夏妃に選ばれた華（おんな）だ。張りのある唇に紅を乗せ、微笑むさまは胡蝶蘭（こちょうらん）を連想させた。雪梅も欣華も大変麗しいが、彼女ほどに華やかで愛らしい妃には慧玲は逢ったことがなかった。時が時ならば傾国の美女と呼ばれただろう。

　そんな愛だが、椅子の側には多くの宦官を侍（はべ）らせていた。うちわであおがせたり、飲み物を持たせたり、髪をとかせたりしている。まるで女王様だ。

「御渡りもない今、媚薬を要するとは思えないのですが」

「あら、わからないの？　それをつかって彼らと遊んであげるのよ、ね？」

宦官の袖をひき、唇を重ねた。濃厚な接吻に宦官はすっかり耽溺している。慧玲は視線のやり場にこまりながら進言する。

「皇帝がおられない時期とはいえど、後宮に身をおくかぎりはそのような振る舞いは」

「食医ちゃんって、おかたいのねぇ。つまんなぁい。御子ができなければ、なにをしたっていいでしょ」

愛は抜け抜けとそんなことを言った。

相手が宦官でも男女の関係を結べば、姦通の罪で死刑だ。慧玲は青ざめるが、愛は意にも介さずに続ける。

「花ざかりを、誰にも愛でられずに終えるなんてたえられないもの」

「お言葉ですが、野の花は誰に愛でられずとも咲くものでしょう。摘まれるのを望むならば、愛するひとの御手だけ。それが花の誇りであるはずです。違いますか」

「知ったようなことを言うのね。でも、あたしは野の花じゃないのよ。そうよね、あなたたち」

宦官たちは息を巻いて、賛同する。

「もちろんです。野の花なんて失礼にも程があります」

「愛様は蘭です。愛でられるために育てられた最高級の華です」

「お慕いいたしております、愛様」

「ね」

　飼い犬を褒めるように愛は指さきで宦官たちの顎をなでた。宦官たちはとろけそうになっている。

「あ、密告してもむだよ。証拠がないもの。それに後宮の妃妾を取り締まっている刑部や大理寺にはあたしを特別扱いしてくれる宦官がいるの。これまでにも嫉妬した女官が告発していたけど、彼女たちのほうがきっつい処罰を受けたみたいだしぃ」

　華の顔を綻ばせながら、愛は残忍な眼をする。碌でもない女だ——さすがに我慢の限界がきて、慧玲は唇の端をひくつかせた。

「で、結局、媚薬はつくれないのね？　案外役にたたないんだぁ、食医って」

　とどめとばかりに嘲笑をあびせかけられる。

（藍星がいなくてよかった）

　彼女だったらとっくに愛をぐうで殴っていてもおかしくはなかった。慧玲も頭をさげながら胸のうちで毒づく。

（知性も品性もない……碌でもない毒花ね）

◇

「ほんっとうにとんでもない姑娘でしょう？　虞愛って」

麗雪梅がふんと唇をとがらせた。

雪梅の御子である杏如の健診を終えて、慧玲は雪梅から茶会に誘われていた。

晴れやかな午後だ。青天に雲雀がさえずっている。咲きにおう姫卯木にかこまれた亭には緑の風が吹きわたり、こもれびがさざめいていた。

「季めぐりの茶だって彼女が選んだ茶葉というだけで、どれほど希少なものでも飲むきぶんにはなれないわ」

慧玲は苦笑する。雪梅はよほどに愛をきらっているらしい。

雪梅も色事の噂が絶えなかったが、彼女の舞に惹かれて宦官や男が近寄ってきていただけで事実無根だ。雪梅はたったひとりの宦官とだけ、心を通わせた。

「男や宦官に褒められるのは私だって好きよ。でも、指さきひとつ、触れさせないわ。それが華たる身の矜持だもの」

雪梅は胸を張って、嫣然と唇を綻ばせた。

小鈴がこぽこぽと茶をそそぐ。杯を満たす琥珀いろの茶から心落ちつく花の香が漂ってきた。

「以前、愛妃を告発した女官がいたのですが、そのような証拠はないと断じられたあげく、愛妃の私物を盗んだ罪をかぶせられて後宮から追放されてしまいました。横暴にもほどがあります」

小鈴の話に慧玲は眉をひそめた。

「酷い話ですね」

「ああ、やだやだ、お茶がまずくなっちゃう。そんなことより、慧玲に報告したいことがあったのよ。ね、小鈴」

雪梅は辟易（へきえき）して愛の話を切りあげた。話を振られた小鈴は恥ずかしそうにはにかむ。

「はい、実はこのたび、春宮（はるみや）の経理をさせていただけることになりました」

慧玲は眼をまるくした。経理は宦官の役割であって、女官が帳簿の管理をするなんて異例だ。そもそも女の身では経理ができるようになる教育は受けられないはずだった。

そこまで考えて、慧玲は想いだす。小鈴は男のように勉強がしたかったと言った。小鈴の望みを聴いた雪梅は便宜をはかり、小鈴に書を与えていた。

「小鈴が確認したらね、経理係の宦官が横領を働いていたのよ。殷春（イエンチュン）がいたころはこんなことなかったのに。横領を明るみにだして差額を収めたら、今後は小鈴が経理をするよう、宮廷から任命されたの。すごいでしょう？　私も誇らしいわ」

「そんな、私なんか。雪梅様が勉強をさせてくださったおかげです」

小鈴は頬を紅潮させ、恐縮する。慧玲は小鈴にむかって袖を掲げ、感服の意を表す。

「報われるには報われるだけの足跡があるものです。小鈴様が弛まぬ努力を重ねてこられた結果なのですから、誇ってください」

「もったいない御言葉です。ありがとうございます。女にだって、経理は務まるのだと宮廷に証明できたことが嬉しいです」

小鈴は幸せそうに微笑む。

女は教育を受けられない。科挙試験にも参加できない。

だが、民は平等であるべきだ。

女の身であろうと、小鈴のように意欲のあるものがきちんとした教育を受けられ、官職につけるようになるのが、道理にかなった社会のあり様ではないのか。

からになった茶杯に新たな茶がそそがれる。

「髪に挿している簪、新しい物になったのね」

雪梅に指摘されて、慧玲は髪に挿していた簪に手をやる。紫の藤花を模った珠飾りが微かに音を奏でた。

「実は……前の物が壊れてしまって」

「また、殿方からもらったのね。どう考えても、貴女の好みではないもの」

雪梅の推察どおりだ。慧玲は素朴で飾りのない物を好んでいた。華やかな物は身にそぐわないとおもっているからだ。

「似あいませんよね」

「悔しいほどに似あっているわ」

雪梅に褒められるなんておどろいた。雪梅は世辞を言わないため、とても信頼できる。

「愛されているのね。でも、気をつけなさいよ。自身の趣味で選んだ物を身につけさせて、女を染めあげようとする男はきまって蜘蛛（くも）みたいに執念深いから」

想像がついてしまって、慧玲は苦笑する。

愛かどうかはわからずとも、愛執の念をむけられているのは事実だ。

「まあ、貴女にはそれくらいでちょうどいいんでしょうね。だって、貴女ってがんじがらめに縛られていないと雪みたいにふっといなくなってしまいそうだもの」

「そう、ですか？　私はそもそも後宮から離れることもないのですが」

ぽかんとして瞬（まばた）きを繰りかえせば、雪梅はため息をついた。

「鈍感ね。そういうところよ」

春宮の命婦である黄葉（ファンイエ）が「失礼致します」と亭にあがってきた。宦官を連れている。

「李紗嬪（ひん）より遣いの者がお越しです。慧玲様にご依頼があるとか」

卦狼は雪梅にむかって袖を掲げてから、慧玲にむきなおる。

「昨晩から媛さんが熱をだしている。昨晩までは咳(せき)だけだったが、今朝から様子がおかしい。診察を頼む」

仮面をつけていても青ざめているのがわかる。そうとうな異常事態だと察して、慧玲は茶会を辞して李紗の宮にむかう。

吹きつけてきた風が雲をあつめる。残された茶杯のなかにぽつりと姫卯木の花がひとつ、こぼれた。

青はたちまちに曇った。

日のあたらない北窓の部屋で李紗は項垂れて椅子の背にもたれていた。強張(こわば)った指で膝に掛けられた布を握り締めている。髪を結いあげず、紅も差していないその姿は、花器に挿されてしおれた野花を想わせた。

「食医です、診察に参りました」

「ああ、きて、くださったのですね。ありがとうございます。今朝から胸がもやもやとして、花が……けほっ」

最後まで言葉にならず、咳がこみあげてきた。

李紗は咳と一緒にあるものを喀きだす。つぼみだ。緑がかった細いつぼみが、拡げられた布にほたほたと落ちた。

こぼれるなり、つぼみの群はうす紅の花を咲かせた。

「毒疫なんだな？」

卦狼が尋ねてきた。慧玲は肯定する。

「はい。残念ながら、毒疫です」

いかなる毒疫かを解くため、まずは脈診をする。頻脈だ。血管が異常に収縮している。続けては腹診だが、慧玲は先に眼を診察した。瞳孔が拡大していた。

「散瞳ですね」

「つうことは植物の毒か」

診察をみていた卦狼が呻る。毒師だけあって彼の推察は正しい。散瞳は走野老を始めとした有毒植物を服した患者に起きる現象だ。

「木の毒です」

聴診する。呼吸が浅い。肺が荒れて気管支が狭くなっているのだ。

「肌も荒れておられますね」

「それは……は、恥ずかしいです」

李紗は戸惑いを滲ませたが、慧玲は真剣に続けた。

「白澤の書において、肺の華は肌と申します。肺が荒れると、肌から潤いが損なわれていきます。肌を診れば、肺の損傷もわかるというほどです」

肺は木を制する金の特性を持つ。そんな肺にまで影響が拡がってきているということは、金を侮るほどに木の毒が強くなっている証拠だ。

また、李紗が咳きこんだ。あふれてきた涙もまた、花と咲き綻ぶ。

毒を解く手掛かりとなるのはこの花だ。

花の軸は細く先が星型に拡がっている。喇叭(らっぱ)に似たかたちだ。

慧玲は頭のなかにある白澤の書を解いた。白澤の叡智は特異だ。口承でありながら薬や毒となる物のかたち、におい、味にいたるまで正確に記録され、継承されている。

「葉煙草(はたばこ)の花ですね」

強い毒性を持つ植物だが、各地で嗜好(しこう)物として栽培されている。いうまでもなく後宮には植わっていない。

(地毒に有毒植物が絡むなんて)

地毒とは毒ではないものが毒に転ずる現象だ。この毒疫は異例だった。

「葉煙草に花なんか咲くのか？」

卦狼が尋ねてきた。

「花の咲かぬ植物はありませんよ。ただ、栽培時は花が栄養を吸って葉の生育を遅らせるため、花が綻びだすとすぐに摘んでしまいます。ですから、そうは見掛けません」

「しかし、なんで媛さんに葉煙草の毒が」

「失礼ながら、卦狼様は日頃から煙草を喫われたりは」

「いや、喫わねェな」

鴆は愛煙家だが、あの葉には本物の煙草は含まれていない。後宮には煙草を喫うものはそうそういないだろう。

「すみませんっ、遅れました」

息を切らして、藍星がやってきた。

藍星は冬宮の患者の診察をしてから、雪梅の宮で慧玲と落ちあうことになっていた。だが、慧玲が急遽李紗の宮に移動したため、後から追いかけてきたのだ。

李紗が咳きこみ、花を喀いているのをみて、藍星はおどろいた様子で声をあげた。

「うわっ、李紗様もですか」

「どういうことですか」

「実は冬の宮でも、この花喀きの毒疫が……って、げほっ」

藍星が声をつまらせ、唐突に口を押さえる。

指のすきまからあふれてきたのは葉煙草の花だった。

◇

宮廷の書庫室には官費の重要な帳簿が保管されている。

書庫室に入室するには管理者に許可を申請する必要があり、制限を受けないのは一部の官職だけだ。皇太子である鴆は官職を持たない身ながら特例として入室できるが、官吏たちは部外者である鴆が書庫室に踏みいることを警戒していた。だが帰還以降、教養のない愚かな皇太子の振りを続けてきたため、現在では鴆が書庫室にいても、どうせ読めまいと馬鹿にされるだけで、すでに危険視するものはいない。

まわりの眼を欺きつつ、鴆は秘密裏に横領の調査を進めていた。

左丞相(さじょうしょう)は民の納めた税金で私腹を肥やしていたが、権力を握った輩(やから)が考えることは大差ない。左丞相が死んでも他のものが私欲のために民を喰い物にする。宮廷とはそういうところだ。

(ああ、ここだね)

どう考えても、計算のあわない項がある。そこだけならば誤差の範疇(はんちゅう)だが、ひとつふたつではなく、あわせれば莫大(ばくだい)な金額が動いていた。

「皇太子様、いやはや、こちらにおられましたか」

背後から声をかけられて、振りかえる。

九卿太傅（きゅうけいたいふ）である鯀（ガン）がいた。雕皇帝の信頼を得、宦官でありながら政（まつりごと）の実権を掌握している。彼は白髪のまざった頭をさげて、鴆に媚びへつらってきた。

「勉強熱心で素晴らしいですな。いまは亡き皇帝陛下もたいそうお喜びでしょう」

「どうかな。勉学に励んではいるが、幼少期から宮廷で正統な教育を受けていない身には難しいことばかりだ。われながら情けないよ。みなには迷惑をかけているね」

へらりと笑って、てきとうにごまかしながら鴆は思考を巡らせる。

官費を動かせるものはかぎられている。だが、帳簿を書き換えられるものはいくらでもいるのが現実だ。書庫室への入室は確かに制限されているが、裏がえせば申請さえすれば誰でも入室できるということだ。そして経理という面倒な役割を宦官に押しつけ、楽をしようとする官吏も後を絶たない。

強欲、怠惰、無知。怨嗟ほどには強くはないが、総じて人の持つ毒だ。

（宮廷は人間の毒に毒されている）

藍星が、倒れた。

花を喀いて息絶え絶えになりながら「このくらい、へっちゃらです」「まだまだ、御役にたてます」と訴えていたが、なんとか諭して離舎に帰らせた。

後宮では李紗を含め、花喀きの毒疫患者が三十名ほど確認された。だが、患者たちを結びつけるものが、ない。強いていうならば、患者は妃妾の割合が八割を占めていた。

毒のもとが解けないかぎり、今後も毒疫が拡大する危険がある。毒疫の経路がわからないため、藍星も官舎ではなく離舎に隔離し、療養させることにした。

幸いなのはすぐには命にかかわる毒ではないことか。

「李紗嬪、緩和の薬を御持ちいたしました。銀耳雪梨糖水(シロキクラゲとなしのはちみつに)です」

盆に載せられた椀(わん)を差しだす。

李紗は蜂蜜で煮たシロキクラゲを匙ですくい、吸いこんだ。シロキクラゲはぷるんと弾(はじ)けてから、舌で蕩(とろ)ける。一方で、梨は煮崩れることもなく心地のよい食感を残していた。ふたつの食感を味わって李紗が穏やかな息をつく。

「は……楽に呼吸(いき)ができます。ただれたみたいにひりひりしていた喉がすっと通って、胸の締めつけが緩んできました。ほんとうにあなたの薬はすごいものですね」

「よかった。こちらの薬では残念ながら、解毒まではできかねます。ですが、ひとまずは衰えた肺を癒すことができれば、咳が減ってお楽になられるかと」

シロキクラゲは肺を補い潤す金の薬だ。潤いのある肌、張りのある美声をつくることから、美容にこだわる妃妾たちがこぞって後宮に取り寄せたという。

だが、李紗を蝕（むしば）んでいるのは金を侮る木の毒だ。金の薬では肺に吹きだまる毒を緩和するには及ばない。

だから、土の要素を持つ蜂蜜を取りいれた。

五行思想において金は土によって培われる。金は水を産み、この循環が肺を潤わせ、毒を緩和する薬となる。

後で藍星や他の患者にも食べさせなければ。

「ずいぶんと楽になってきました」

「よかったな、媛さん」

卦狼は安堵（あんど）して、李紗の頭をなでる。

「食後の薬茶を淹れてきますね」

庖厨を借りて、慧玲は金銀花茶（きんぎんかちゃ）を淹れようと湯を沸かす。金銀花（スイカズラ）には解熱の効能があり喉や肺の炎症を抑えるほか、煙草の毒を分解する効果がある。

茶器を探していた慧玲は、棚におかれた華やかな茶筒に目をとめた。夏の妃が選んだという季めぐりの茶葉だ。藍星がせっかく淹れてくれたのに、鴆と逢っているうちにわすれてしまった。申し訳ない。後で埋めあわせをしないと。

高級な茶葉だと聞いたが、どんなものだろうか。蓋をあけて、なかを覗いた。蘭の芳香が拡がる。

蘭花茶（ランファチュ）か。

「……変ね、赤い粉が混ざっている」

花茶は薫花（シュンファ）という工程を経て、基となる茶葉に花の香を移したものだ。香りづけが充分ではない安物の茶葉ほど、本物の花を混ぜてごまかす。高級な茶葉ほど花を取りのぞくはずなのに。

茶葉から微かに毒のにおいがした。

てのひらにだして、舐め、味を確かめる。

（花なんかじゃない、これは）

蝗（いなご）だ。

昆虫特有のにおいが拡がり、舌の先端が痺れだす。毒の蝗だ。なぜ、そんなものが茶葉に紛れているのか。

茶葉に異物が混入することはまれにある。だがこれは乾燥させた蝗をわざわざ細かく挽き、粉末状にしてあった。故意に調合したことは疑う余地もない。

「食医。媛さんは眠っちまったよ。せっかく茶を淹れてるところなのにすまねェが、寝かせといてやって……なんだ、ひどい顔だぞ、なにかあったのか」

「卦狼様、茶葉に毒の蝗が」

報告にきた卦狼に慧玲が茶葉を差しだす。

「なんだって……やられたな。くそっ、俺が感づいていれば」

無理もない。茶を淹れるのは李紗つきの女官の役割で、卦狼が茶葉を確認することはそうそうないだろう。重ねて、卦狼は火傷のせいで鼻が利かない。茶から漂う微かな毒の臭いを嗅ぎわけるのは不可能だ。

「ですが、蝗の毒でなぜ、煙草の花を喀くのでしょうか」

慧玲は腑(ふ)に落ちなかったが、卦狼は瞬時に理解したらしい。

「葉煙草は害虫駆除の農薬だ。昔から虫害が酷いと葉煙草を煮だして、畑に撒(ま)いた」

「煙草の毒は人畜にも害を及ぼすのでは」

「そう、危険だ。だから昨今は毒をつかわず硫黄を燃やすようになった。だが蝗害(こうがい)にさらされたら、より強い毒に頼るのもまあ、理解はできる」

卦狼の毒の知識で煙草と蝗がつながった。

「だが、異常繁殖した蝗には次第に毒が効かなくなっていく。毒で弱った蝗を喰っているうちに抗体ができるからな」

「聴いたことがあります。異常繁殖した蝗は群化して凶暴になる。共喰いを始めて、これまでは食べなかった有毒植物まで根こそぎ喰らうようになるとか。李紗嬪に大走野老(ベラドンナ)を誤食したかのような散瞳の症状が表れていたのも、蝗が食べた毒の影響と考えて間違いなさそうですね」

「皮肉なもんだろ。植物は虫に喰われないために毒を身につけた。だが、飢えた蝗は毒ごと喰い散らかして、てめえが毒蝗になっちまうんだからよ」

卦狼は低く喉をならしてつぶやいた。

「毒と毒の喰いあいみたいなもんだな」

それは何処か、蠱毒のあり様とも酷似していた。

だがこれで地毒に有毒植物が絡んでいるのにも合点がいく。毒ではない蝗が毒になった。ここに地毒の理が反映されている。

「この茶葉について宮廷に調査を依頼してきていただけますか？」

「あァ、わかった」

「私は皇后陛下のもとに赴き、夏の季めぐりの御茶を飲まないよう、後宮全体に御布令をだしてもらってきます」

これは夏妃である愛が選んだ季めぐりの茶だ。だが都に赴いて茶を取り寄せ、各宮に配布するのは宦官の役割だ。どこで毒が混入されたのか、慎重に調査する必要がある。

「厄介な毒だが……媛さんは助かるんだな？」

「おまかせください。かならず毒を絶ちます」

気遣わしげな卦狼の言葉に力強くかえしてから、慧玲はひそかに唇をかみ締めた。

解毒に必須となる薬種は二種だ。ひとつは麴（こうじ）という酵素だ。これは雕皇帝の毒疫を解毒した時に取り寄せてもらった残りが離舎の倉に保管されている。

（どうしても、たりないものがある）

薬種なくして後宮の毒は絶てない。

だが、こればかりは宮廷に依頼して取り寄せてもらえるものではなかった。

（だったら、私にできることはひとつだ）

皇后が懐妊しているこの時期に許可が得られるとは思えない。だが他に道はなかった。

慧玲は強い意志を滲ませ、春宮を後にする。

貴宮に続く橋を渡りはじめたところで雨がざあと降りだす。雨の雫は鞭（むち）を振るうように後から後から背をたたき、慧玲の焦燥感を急（せ）きたてた。

「ん、美味（おい）しかったわ」
膳をきれいにたいらげて、欣華皇后は微笑んだ。
今晩は仔羊（こひつじ）と春野菜の煮こみだった。若い羊の赤身は臭みがなく、かまずともほろほろと崩れるほどにやわらかい。蕪（かぶら）、新玉葱（たまねぎ）、芽きゃべつといった春の野菜と一緒に鍋にいれ、月桂葉で香りづけをした。陽を補い、気虚を改善する芳醇な薬膳だ。

「皇后陛下、折り入ってお願いがございます」

慧玲があらたまって欣華皇后に嘆願する。

「季めぐりの茶葉に毒が混入しており、後宮にて毒疫の発症が相ついでおります。この毒疫を解毒するには、特殊な薬種が必要となります」

「わかったわ。ただちに遠征隊を組んで取り寄せましょう」

「有難き御言葉でございます。ですが、これはたいへん希少で、大陸南部に跨る山脈の塩湖でしか採取できないものなのです。火毒の残る土地に踏みいることになります。毒の効かない私でなければ、薬の素材を捜すまでもなく命を落とすことになるでしょう。出張の許諾をたまわりたくお願いいたします」

大陸南部の山脈とは先任の夏妃であった凮の故郷だ。

山脈には坤族と昊族というふたつの部族がおり、長きにわたって争いを続けていた。昨年の春に雕皇帝は坤族と結託して昊族を滅ぼし、かの地には坤族だけが残った。だが争いのさなか、天毒によって山脈に火禍がもたらされた。

鎮火したあとも火の毒が残留している。

「事情はわかったわ。でも、あなたが後宮にいないあいだ、妾の脚の治療はどうなるのかしら」

「畏れながら、一時中断させていただくことになります」

「南部の山脈までは往復だけでも十日はかかるでしょう？　知ってのとおり、いまはとても大事な時期よ。あなたがそれほど長期にわたって後宮をあけるのは残念ながら認可できないわ」

大掛かりな遠征隊を組むと、そうなるだろう。だが単身での移動ならば無理を押して走り続けることもできる。

「七日後にはかならず、薬種を調達して帰還いたします」

白澤であった母親と一緒に旅をしていたころは、駿馬を飛ばして尋常ならざる速さで大陸の端から端まで駈けまわっていた。馬を駈る技能はもちろん、どんな馬でもたちまちに駿馬に変える薬膳を心得ている。

「どうかご許諾を」

欣華皇后は唇に指を添えてなやむ。

「……そういえば、地毒を直に喰らったことはなかったわよねぇ？」

微かにひとりごとをつぶやいてから、華が綻ぶように微笑を咲かせた。

「許しましょう。後宮を衛るのが皇后の務めですもの。たとえ皇帝陛下がおられなくても変わりなく」

「皇后陛下の御仁愛に心より御礼申しあげます」

叩頭（こうとう）して額を地につけていた慧玲は、欣華が瞳を蕩かせて舌なめずりをしたことに気づかなかった。

慧玲は旅支度を調えて、宮廷の北側にある裏玄関まできていた。

時刻は平旦（午前四時）を過ぎたころだ。朝を待たずして雲がきれて、明けの明星が瞬いていた。慧玲は護衛をつけることもなく、暗いうちに単身で発（た）つと決めた。

それがどうしてこんなことになったのか——

露に濡れたようなうす縹（はなだ）いろの空の静寂を破って、喧しい声があがった。

「なんで、宦官なんかがついてくるんですかねぇ」

「お前こそなんだ、ちゃらついた絹の服なんか着やがって。観光じゃねェんだぞ、坊ちゃん」

慧玲はなぜか、言い争う竜劉（ロオンリウ）と卦狼のあいだに挟まれていた。

「媛さんの薬を捜しにいくんだろう？　だったら、俺が道中の護衛をする。ただでさえこの頃は賊が増えてやがるって噂だ。どんな危険があるかもわからん」

鉈（なた）ほどに頑強そうな刀を腰に携えた卦狼が呻る。

「俺は皇太子様に頼まれましたからねぇ。なんなら、めっちゃいきたくないです。けど嫌々でも出張するか、辞退して首が飛ぶかって二択っぽかったのでしかたなくですよ」

たいする劉はやたらと重そうな荷を肩に掛け、欠伸ばかりしていた。

竜劉。彼は皇太子の補佐をする侍中という官職の男で、大士族である竜家の三男だ。日頃から怠そうだが、秋宮の事件を調査してくれたほか、官吏に絡まれていた時に助けてもらったことがある。

「……鴆様はずいぶんと耳敏いのですね」

慧玲は苦笑する。蟲もいないというのに、どうやって情報を収集しているのか。

あれから鴆には逢えていない。短期間とはいえ後宮を離れることを報告できなかったのが気に掛かっていたが、すでに知っているのであればひと安心だ。

だが、卦狼はいったい何処から旅のことを聴きつけたのだろうか。急遽ということもあって、慧玲からは藍星と雪梅、あるものを預けた小鈴にしか教えていなかったのに。

「お前、男のくせにどんだけ荷物を持ってきてんだよ」

「え、これですか？　たいしたものはないですよ、着替えとか枕とか」

「お泊り会かよ」

卦狼が呆れかえる。

「俺ってば繊細なんで、枕が変わると眠れないんですよね」

「帰れ。帰って家で寝とけ」

「遠慮します、皇太子様に永眠させられそうなんで」

揉めているふたりをよそに、慧玲は持参してきた饅頭ほどの練り薬を馬に食べさせる。

慧玲の薬には馬でさえ食欲をそそられるのか、がつがつとたいらげて、かっと眼を見開いた。馬が漲る――鍛えられた筋肉が膨張して、隆々と盛りあがる。馬は力強い嘶きをあげ、後ろ脚で雄々しく立ちあがった。

「おいっ、なにを食わせたらこんなになんだよ」

「馬の強壮薬です。毒散味、杜衡、狼芽を始めとした薬草を調合して携帯できるよう丹薬にしてあります。三日三晩休憩なしに走り続けてくれますよ」

慧玲は馬の頭をなでる。

「三日三晩って……馬が走れても、俺はそんなにずっと乗ってんの無理なんですけど」

「だったら、お前も食医にもらって丹薬を飲んどけよ、坊ちゃん」

「馬の薬を!?」

劉と卦狼が連れてきた馬にも丹薬を与えてから、慧玲は続けて、「こちらを」と赤い軟膏のようなものを渡す。

「茱萸の樹液です。これを馬の額に塗っておきます」

これで、伝説の馬とされる汗血馬に匹敵する速度をひきだすことができる。

「患者の身を想えば喋っている暇も惜しいです。いきましょう」

慧玲は馬に跨って、横腹を蹴る。馬は鼻息も荒く、待ってましたとばかりに走りだす。硬い蹄で地を蹴り土煙を噴きあげて、慧玲を乗せた馬はたちまち遠ざかっていった。

「ちょっ、待て、速すぎんだろ」

卦狼と劉も慌てて馬に乗り、慧玲の後を追いかけた。

寂れた都の郊外を抜けて草原にいたる。駿馬を通り越して暴れ馬の域だ。ともすれば騎乗者が振り落とされそうな勢いだが、慧玲は爆走馬をかんたんに乗りこなしている。

「食医様、なんか活き活きしてませんか」

「意外と野性味が強いっつうか……やべェな、うかうかしてたら置いてかれちまうぞ」

「げ、ほんとだ！　もう見えなくなりそうですよ！　やばすぎますって！　急いで追いかけましょう、おっさん！」

「おい、おっさんはやめろ」

地平線から朝日が昇る。夏を想わせる草いきれの風が吹き、晴れた青空に鷹が舞う。鷹は慧玲を導くように鳴いた。

◇

夏の風が吹いて、ひとつに結わえた髪をしならせる。

鴆は屋根に腰かけて、煙管を吹かしていた。毒蟲を連れていない今となっては煙管を喫う必要もなくなったが、癖になっている。

彼が視線を投げる先には、馬に乗って宮廷から遠ざかっていく白銀の姑娘がいた。

「僕には報告も挨拶もないんだね。ほんとにあんたは身勝手だ」

宮廷を通り掛かったのだ。東宮に寄って声を掛けることくらいできただろうに。紫烟を絡げて、鴆は拗ねたように悪態を吐きだす。

慧玲の後には卦狼と劉の馬が続く。

危険な旅になる。

卦狼ならば進んで慧玲の護衛をするだろうと踏み、今朝北門から発つことを教えたのは鴆だ。毒蟲を預かる時になにげなく話を振った。最愛の李紗の薬のためというのもあるが、卦狼は意外に義理堅い男で慧玲には解毒で命を助けられた恩がある。

(同族というだけでも不愉快だが、あの男は毒の知識もあり、実地での経験も重ねている。慧玲の役にはたつはずだ)

ついでに劉にも護衛を命じた。

(奴は底抜けの馬鹿だが、武芸は卓越している。まともにやりあったら卦狼でも勝てないだろう。比肩する武官はまずいない)

鴇はため息をつきながら、煙管の燃え滓を落とした。

「いつだって、他人のために命を賭けて。あんたはいくつ命を持っているつもりなんだろうね?」

昼夜を分かたずに移動を続ける。

約一日が経ち、慧玲たちは草原を越えて南北に走る旧街道を進んでいた。あたりは豊かな森で、旅人とすれ違うことはめったにない。新たな街道ができてから旧街道を通行するものは減り、辺境にむかう旅人がつかうくらいだ。

白澤の薬は効果抜群だった。馬は眠るどころか休憩も挿まず、駛走を続けている。今晩も走り続けることができれば、明朝には山脈につく。

慧玲も卦狼も疲れを滲ませずに進み続けていたが、ひとりだけ、ふらついて馬から振り落とされそうになっている男がいた。

「食医様、食医様。俺、ケツがふたつに割れかけてんですけど。ね、ちょっとだけでいいんで、休憩しませんか？　頼みますから」

限界なのか、先ほどから劉は情けない声をあげている。

「も、ほんとに無理ですって。つか、腹も減ったし眠すぎます。馬に乗ったまま、俺が死んだらどうするんですか」

「だいじょうぶです。一晩眠らず馬に乗っているくらいでは死にませんよ。水分補給はなさっているでしょう？」

水筒は持たせてある。晴れているとはいっても、夏ほどに暑くもない。

「うう、腹減った腹減った腹減った」

「おい、呪詛みたいなのを唱えだしてるぞ」

乗っている劉の思いが馬にも通じるのか、段々と馬脚が衰えだす。さすがに置いていくわけにもいかず、慧玲が馬をとめた。

「あんなの放っとけよ」

「できませんよ。腹が減ってはなんとやらと言いますから。それにほら、ここならば水場もあります。馬にも水を飲ませておくべきかと」

荷を減らすため、食料は持ってきていなかった。すべて現地調達となる。

森に踏みいると水芭蕉が群生する湿地帯になっていた。細いせせらぎはあるが、雨季にだけ流れるものなのか魚はいなかった。

不意に草が揺れた。慧玲が抜群の瞬発力でなにかを捕まえる。

「最高の食材がありましたよ」

慧玲が自慢げに捕まえたものを掲げる。

食材はもがきながら、げろげろぐおおぉぉと鳴いた。

「……でっかい蛙じゃないですか」

「牛蛙です。ほら、まるまると肥えていてつやもある。素晴らしいとおもいませんか」

「いや無理です、蛙ですもん。蛙なんか、どんな毒があるかわかりませんって」

「牛蛙に毒はありませんよ。毒があるのは蟇蛙です」

喋りながら、慧玲は鶏ほどはある蛙を逆さづりにして木の幹にたたきつけた。ここできちんと気絶させないと捌く時にかわいそうなので、ひと思いにやる。

劉はあまりの衝撃に白眼を剝きそうになっていた。

蛙を続々と捕まえて、慧玲は調理を始める。庖丁は持参してきた。蛙の皮を剝いで腹を割く。下処理を終えれば、うす桃いろの身がぷるんとあらわれた。

持ってきた塩胡椒を振り、森で摘んだ垣通という植物をつかって香りづけをした。垣通は何処にでも生えて小さな紫の花を咲かせる野の草だが、香草の一種で肉の臭みを取り除いてくれる。

「火は熾したぞ」

「助かります、卦狼様」

焚火をつかって蛙を焼く。次第に食欲をそそるにおいが漂ってきた。

「できました、蛙の串焼きです」

こんがりと焼けた蛙を差しだす。足のかたちがまだ蛙の原形を残しているが、意識しなければ骨つきの鶏ももに似ていた。

卦狼はまったく抵抗がないのか、仮面をずらしてかぶりついた。

「うめェな。ほら、坊ちゃんも腹になんかいれとけ」

「ええぇ、でも蛙じゃないですか、やだなあ」

ぼやきながらも食欲には抗えなかったのか、劉はおそるおそる端っこをかじった。かみ締めたとたんに旨みがあふれてきて、彼は眼を輝かせる。

「うまいですよ、これ！　蛙なのに、すっげえ蛙なのに！　味は鮎みたいですね！」

蛙というと野趣の強い味を想像するが、意外にも品のいい味わいだ。弾力のある食感は鶏のささみに似ているが、鱈や鰆といった白身魚の味がする。

「坊ちゃんは知らねェだろうが、田舎町だと蛙は鍋にして食うぞ。ま、食うために育ててるやつだし、野生の蛙をここまで臭みなく調理はできねェがな。さすがは食医だよ」

腹ごなしを終え、旅を再開する。劉は「腹が満たされたせいで眠くなってきたんですけど」とか言いだしたが、今度は慧玲も振りかえらなかった。

「ひと雨、きそうだな」

にわかに群がってきた暗雲を睨みつけて、卦狼が呻る。

黄昏を待たずして雨になった。


………


「やみそうにありませんね」

洞窟から外を覗いて、慧玲が嘆息混じりにつぶやいた。

小降りならば濡れながらでも移動を続けるつもりだったが、夜になって土砂降りになった。さすがに走り続けていられず、洞窟に身を寄せて仮眠を挿むことになった。

出発から約二日が経ち、疲れもたまっている。休憩する良い機会だ。

「ええっ、宿とかないんですか？　俺、こんなとこで眠れないんですけど。硬いし、かび臭いし、蚊どころか蜈蚣とかいそうじゃないですか」

劉はあいかわらず文句を垂れていたが、枕に頭を乗せるなり高いびきをかいて爆睡してしまった。疲れきっていたのか、実は無神経なのか、どちらだろうか。

「卦狼様、見張りお疲れ様です。替わりますね」

寝ずの番をしていた卦狼に慧玲が声をかける。

「食医こそ休んどけ。俺は馬に乗りながらでも眠れるからな。昼にも一度仮眠した」

「き、器用ですね。喋らないなとはおもっていたのですが、眠っておられたんですか」

卦狼は洞窟の壁にもたれて、森を唸らせる夜の嵐を眺めている。後宮に残してきた李紗に想いを馳せているのだろう。

「媛さんは今頃、咳で眠れずに苦しんでんだろうな」

「藍星のことも気掛かりです」

「あの女官はもとが頑丈だから心配いらんだろ。頭は悪いが忠実で、強い」

卦狼の言い様には親しみがこもっていた。慧玲は苦笑しながら弁解する。

「藍星は頭もよいですよ」

識字ができない女官や妃妾もいるなかで、藍星は難解な医書を読み習得している。

「いや、馬鹿だよ。馬鹿だが、努力してんだ。強い姑娘だよ、あれは」

「強いというのは同感です。彼女の強さには私もどれほど助けられているか、わかりません。彼女は私にとって道標の燈火のような存在ですから」

明藍星との縁はかけがえのないものだ。調薬の補助をしてくれているというばかりではなく、彼女がいることで慧玲はよりいっそう強い薬になれる。

「寒くなってきましたね。焚火にでもあたりましょうか」

服がまだ濡れているせいもあって、底冷えしてきた。

「服を乾かすならいまのうちだぞ。俺は振りかえらないが、あっちの坊ちゃんは姑娘(おんな)に気遣えるような神経はしてないだろ」

「ふふ、ありがとうございます。御言葉に甘えますね」

慧玲は帯を解き、服を乾かす。濡れ髪も解いて風にあてた。

「俺は火がきらいだ」

卦狼が三白眼をとがらせて、低くつぶやいた。仮面に隠れている卦狼の火傷を想いだして、慧玲は視線を彷徨わせる。

「すみません。それなのに、先程から火を熾してもらって、いやな思いをさせてしまいましたね」

「違う、こんな程度の火は怖かねェよ。だが、火禍の跡地に赴(い)くのは正直気が重い」

卦狼は宮廷に連綿とつかえていた窮奇という毒師の一族の生き残りだ。

窮奇の一族を滅ぼしたのは索盟皇帝だった。窮奇の里は燃やされたのだと鴆から聴いていた。毒に蝕まれて壊れるまえから索盟皇帝がそのような残虐なことをしていたとは考えたくない。だが、だからこそ真実を知っておきたかった。

「あの晩、なにがあったのですか」

「さあな。なにがどうなったのかは解らねェよ。ただ、寝てたらいきなり家が燃えた。

わけもわからずに飛びだしてったら、里のいたるところで火の手があがってた。夜だってのに、空が真っ赤でな、夕焼けみたいに明るかったよ」

卦狼は振りかえらずに語る。だが、背をむけていても眼のなかに炎が揺らめいているのがわかった。

「俺には親がいなかったからな。育ててくれた爺を捜してたら、燃えおちた家からこげた腕だけが突きだしてた。腕に刺青があってな。間違いなく爺だった。よそのがきを助けだそうとしたらしいが、がきは煙を吸いすぎて死んでたよ——家族も友も全部、焼けた」

「ごめんなさい」

「お前が燃やしたわけじゃねェだろ」

「ですが、索盟皇帝の罪は私の罪にも等しいものです」

「違う。俺はお前のそういうところがきらいだ。なんでもかんでも、てめェのせいにして抱えこみやがって」

慧玲は意外な叱咤を受けて戸惑い、唇をかみ締めた。自身が産まれてもいない時の罪を、この身にひき受けて責をかぶる。確かに傲慢だと想われてもしかたがない。

だが、皇帝とはいっさいの毒を喰らうものだ。

民が過ちをなせば、皇帝が民の罪をひきかぶり、その結果を享受することになる。先帝、先々帝の罪を負い続けるのも皇帝の役割だ。慧玲はそう教えられてきた。

卦狼はため息をつき、濡れた髪を掻きむしってから続けた。

「俺はあの晩、皇帝の軍を見ていない」

焚火の薪が爆ぜた。

「どういうことですか」

「言葉どおりだ。索盟皇帝は毒師と絶縁した。それは事実だ。だが、火を放ったのが索盟皇帝かどうかはさだかじゃない。少なくとも、俺は疑ってる。そもそもあれだけの里をいっきに燃やすとなれば、大軍を率いて攻めこむか、里の構造を熟知してねェと無理だからな」

「ならば、いったい、誰が」

「宗家だ」

卦狼が声を落とした。

「絶縁され、皇帝を逆怨みした宗家の長が里に火を放ち、焼死した一族の怨嗟を生き残った宗家の娘にかぶせた——そう考えれば理屈があう。蠱毒みたいなモンだ。現実に、火禍を逃げ延びた宗家の娘によって最強の禁毒がなされている」

「鴆のことですか」

「なんだ、知ってるのか」

卦狼は意外そうに声をあげた。鴆が他人に一族の話をするとは想わなかったらしい。

「だが、宗家を唆したやつがいるはずだ。一族を燃やして復讐を果たせとな」

ちょっとでも冷静に考えれば、一族を根絶するなんて異様な復讐は選ばない。よからぬことを吹きこまれ、宗家が錯乱していたことは明らかだった。

語り終えて、どちらからともなく息をつく。

「ありがとうございます。辛い話をさせてしまいましたね」

「とっくに終わったことだ。言うほどには辛かねェよ」

慧玲はようやく乾いた服を羽織りなおして帯を締めた。解いていた髪はあらためて結いあげ、笄を挿してから、卦狼の側に歩み寄った。

「卦狼様のご推察どおり、索盟皇帝が里を燃やしたのではなかったとしても、彼が絶縁を選ばなければこのような結果にはならなかった。それは事実です」

索盟皇帝の罪をも喰らうように慧玲はその身に一切の咎をひき受ける。悔悟の念。それでいて卑屈ではなかった。果敢に誇りたかく、糾弾する。

「索盟皇帝は毒も薬もあわせ飲んで、窮奇の一族と進んでいく理を模索するべきだった。毒は薬に転ずるもの。窮奇の一族もまた愛すべき民だったはず」

白澤たる先の皇后は毒を疎み、索盟皇帝に窮奇の一族との絶縁を勧めた。察するに、窮奇の一族は毒を扱うというだけではなく、内廷の政を蝕む毒でもあっただろう。だがそれを制し、毒を薬となしてこそ、皇帝ではなかったのか。

「愛すべき民、か」

かみ締めるように卦狼がつぶやいた。

「俺は麗雪梅に毒を盛った。だが、お前はそんな俺の命を助けた。なんでそんなことをするのか俺には納得できなかったが、今頃になって理解できたよ。お前は薬なんだな」

慧玲はきょとんとなる。

「もとより、私はそのつもりですが」

そうじゃないとばかりに卦狼は頭を振った。

「食医でもなく、薬師でもなく――――薬なんだよ」

いまひとつ、その違いが理解できなかった。だが、彼の言葉は異様なほどに重く、胸に落ちてきた。

「雨、やんできたな」

雲がちぎれて月が覗いていた。まだ霧のような雨が降り続いているが、まもなくやむだろう。これでまた、先に進むことができる。

「劉様を起こしてきますね」

慧玲は熟睡している劉の肩を揺さぶり「劉様、劉様」と声をかける。

「眠い……槍が降っても蛙が降っても……起きたく……ない、ぐうぅ」

「だめですよ。起きてください」

思いきり腕を引っ張って、なんとか起こしたが、劉はまた横に倒れていびきを掻きはじめた。見かねた卦狼がいっさい手加減せずにその頭をひっぱたいた。

「いてぇっ、なにするんですかっ」

「起きたみたいだな」

「そりゃあ殴られたら起きますよっ。ひどすぎませんか……」

劉はしばらくごねていたが、さすがに二度寝はせずに荷をまとめる。卦狼は焚火の始末をしてくれた。燃え滓を踏んで鎮火させながら、卦狼がつぶやいた。

「そうか、あの救いようのない男を変えたのはお前だったのか、食医」

◇

蠱毒の造りかたはそれほど難しいものではない。

五月五日の晩、蜘蛛、蜈蚣、蠍、蟻、蜂、蛇、虱といった百種の蟲を甕にいれる。後は蓋をしめて、九毒の日という決められた時に経過を確認する。

飢えた蟲が喰いあい、最後に残ったものが蠱となる。

蠱毒は変幻自在なる呪いのような毒だ。

病死に似せて死に至らしめることもできれば、心神耗弱に陥らせて自死に誘うこともできる。死に瀕するほどの苦痛を与えながら殺さない拷問のような毒にもできるということだ。それを巧くつかえば、命を落とす危険なく百種の毒を物にできる。

時は平旦の正刻（午前四時）、鴆は東宮の私室で蠱毒を造っていた。

甕のなかで毒の蟲が絡みあう。群というよりは蟲の塊だ。鴆は腕を斬りつけ、あふれてきた血潮を蠱毒の甕に垂らす。

毒は血をもって制す。窮奇の一族に継承される蠱毒の秘だ。

「鴆――」

背後から女の声が聴こえた。鴆の私室に許可もなく侵入できるものはいない。それなのに、声は衣擦れの韻を連れて背に張りつくように近寄ってくる。

「万毒を喰らい、最強の毒となりなさい。如何なる薬でも解毒できぬほど強く――」

死んだ母親だ。毒を扱っているとき、鴆は母親の声を幻聴することがあった。

「怨んで、呪って、なにもかもを毒すのよ。私から幸せを奪った奴らに復讐して――」

母親は聴き飽きた呪詛の声を虚ろに繰りかえす。結局は記憶の焼きまわしだ。だから鴆は毒蟲のうごめく甕から視線を動かさず、聴こえない振りに徹していた。

「だってそうでしょう？　貴男を産んだのは最強の毒を造るためよ。そうでなければ、怨めしき皇族の男とのあいだになんか。屈辱だわ、身を焼かれるような想いに堪えて産んでやったのに――」

だが、今晩ばかりは様子が違っていた。

「それなのに、なんで、貴男は毒を喰われたの――」

鴆は息をのみ、振りかえる。

彫刻の施された壁に伸びた自身の影が、痩せた女の輪郭をかたどる。夜の帳のような髪を垂らして、母親は鴆を睨む。

「毒師は毒に喰われてはならないとあれほど教えたでしょう――？」

神経毒のように鼓膜を痺れさせる嘲笑をあげ、母親は呪詛する。

「愛したから？　愚かね。毒でしかない貴男が、ひとを愛するなんてできるはずがないのに――」

彼は毒となるべく産まれた。愛を教えられたことなんか、ない。いまだってあの姑娘にたいする想いが愛なのか、毒なのか、理解できてはいなかった。

「だって、貴男は私の毒だもの――」

「そうだね」

紫の双眸(そうぼう)を昏く燃やして。

「そうだったよ、これまではね」

鴆は握り締めていた剣を、思いきり壁に突きたてた。

「知っていたかな。愚鈍で浅はかで強欲な貴女が、僕はずっと、きらいだったんだよ」

それでも、愛されたかったころがあった。幼さゆえの本能として。

「さようなら」

蟲の群が散り散りになるように母親の幻は崩れた。

幻聴も途絶えて、鴆は張りつめていた息をつき、蠱毒の甕に蓋をする。

喰らい、喰らわれ――それが毒たる鴆の愛だ。だが慧玲はそんな地獄のような愛をかみ砕き、あますことなく飲みほしてくれる。

知らず、微笑がこぼれた。

こんな幸福、きっと、彼女ですら知らないだろうと。

◇

大陸の南部に跨る山脈は炎駒嶺(イエンチユイリン)という。

炎駒(えんく)とは火を統べる麒麟(きりん)を表す。麒麟がこの地に降臨して燃える息吹を吹きこんだことで、肥沃なる連峰になったと伝承される。故事に違わず緑豊かな嶺で、中腹には塩湖群が拡がり特有の地形は希有(けう)な動植物の生息地となっていた。

森を抜け、山脈を眼前に仰いだ慧玲たちは絶句する。

山が焼け死んでいた。

昨年火禍がもたらされたと聴いてはいたが、現実は想像をはるかに絶していた。森が焼けた程度ではなく、山脈そのものが焦土と化している。

「ひどい」

踏み締める土が焼け焦げ、毒の灰に埋もれている。芽吹きの時期を迎えても緑の息吹はなく、大地は死の沈黙を湛(たた)えていた。

「噂には聴いていたが、ここまでむごいとはな」

卦狼は青ざめ、微かだが呼吸も乱れていた。本能から湧きあがる震えをこらえるためか、強く剣を握り締めている。

「進めますか？」

「問題ない」

険峻(けんしゅん)な崖に挿まれた街道を進んでいく。微かに霧がかかってきた。煙だ。鎮火から半年経つが、残り火からは煙がくすぶり続けている。この煙は火毒を含む。慧玲たちは口もとに特殊な布をあて、毒をふせいだ。

「ところでなんですけど、俺たちはこんなところまでなにを捜しにきたんでしたっけ」

「話、聞いてなかったのかよ、この坊ちゃんは」

卦狼があきれて肩をすくめた。

慧玲は出発の日に説明した話を復唱する。

「山脈の塩湖にだけ棲息する畢方という希少な鳥がいます。燃えるとさかを持った片脚の鶴です。この鳥の卵が、後宮で蔓延する木毒を絶つ最良の薬となります。この卵を持ち帰るのが今回の旅の目的です」

雕皇帝の解毒の時には八珍の一種として紅頭鷹を取り寄せたが、これは畢方のとさかのことだ。塩湖にある巣から卵を持ちだすのとは違い、遠くから射落とせばいいだけなので、この時は宮廷の遠征隊を派遣した。

「おおっ、なるほど、木の毒には火の薬ってわけですか」

理解できたとばかりに劉が声を張りあげた。

「残念ながら違います、木には金です」

「坊ちゃん、お前はもう喋るな」

卦狼に叱られて劉が落ちこむ。慧玲は苦笑しながら続ける。

「五行思想においては木を制するのは金です。ですが、このたびの木毒は金を侮る。よって、強力な木の薬をつかい木の毒を制します」

「相殺は患者に負担をかけるんじゃないのか」

「植物は絶えず、養分を奪いあい競争しています。なので、木によって木を制するのは他の要素よりも容易なのです。患者の身を危険にさらすこともありません」

劉が懲りずに口を挿む。

「え、でも、畢方のどこに木の要素があるんですか？　確か、燃えてるんじゃ」

「木が燃えることで火が熾る――つまり、火を産むのは木です。これに基づき、畢方は木の精とされています。その卵は樹液の結晶である琥珀とよく似ているそうですよ」

「つまり、畢方の卵は木の薬種ってことか」

進むほどに火禍の惨状があらわになる。燃えつきた木々が焦げた幹をさらして、死に絶えていた。豊饒な山岳地帯だったとは思えない不毛の地になり果てている。

暗いきもちになりながら、街道を進んでいたその時だ。

馬の前方に矢が射こまれた。馬は嘶き、慌てて脚をとめて居竦まる。

奇襲か。

動揺する慧玲とは違い、劉と卦狼の動きは早かった。剣を抜き左右から慧玲を衛るように身構える。

「我が山脈を踏み荒らすのは何者だ！」

勇ましい声に振り仰げば、崖頂のふちに武装した男たちがならんでいた。鎧をまとい弩弓を構えている。重さのある髪を風になびかせたその様は紛うことなき――

「坤族!?」

坤族は墨より黒い髪、昊族は赤い髪というのが、山脈に根差すふたつの部族を見分ける基準だ。だが坤族は部外者の侵入を阻むほどに排他的な部族ではなかったはずだ。

「名乗れ！　名乗らぬならば今度こそ射る！」

昨夏から宮廷と坤族の関係は険悪化した。

坤族は宮廷が火禍をもたらしたのではないかと疑いはじめ、宮廷は盟約の証(あかし)として後宮に嫁いだ凬が皇后に毒を盛ったことで坤族に不信感を懐(いだ)いた。

宮廷からの使者だと名乗るのは危険かもしれない。咄嗟に判断した慧玲が「医師です」と名乗りかけたのがさきか、劉が声を張りあげた。

「俺たちは剋からの使者である。宮廷から遥々(はるばる)参じた」

同様に異常事態だと察していた卦狼が「この馬鹿が」とつぶやいた。

「剋だと」「剋が攻めてきたのか」「条約を破って」「許せん」

坤族がざわめいた。殺気だつ坤族をみて、劉はぽかんとする。

「あれ、変なふうに誤解されてません？　また俺、なんかやっちゃいましたか？」

坤族がこちらにむかって、叫んできた。

「昨冬、宮廷が所望する希少な鳥を渡すかわりに我等は不可侵条約を結んだはず。今後坤族とはかかわらず、山脈に立ち入ることもしないという約束だ。それを破るのか」

「どうなってんだ、不可侵条約だって？　坊ちゃん、なにも聞かされてないのか」

「いや、なんも知らなかったんですけど」

残念ながら、劉はうっかり知らなかったというのがありそうで、まったくもって信頼できない。だが、公式に不可侵条約が締結されていたのであれば、鴆が知らないはずはなかった。鴆から念を押されたら、さすがの劉も失念はしないだろう。そう思いたい。

「ひとつの可能性ですが」

慧玲が声を落としてつぶやく。

「雕皇帝陛下の解毒の時に宮廷から派遣された隊は坤族の助けを借りることができず、畢方の調達が停頓していた。かといって諦めて帰るわけにもいかず、勝手に不可侵条約を持ちだして、坤族を動かしたのではないでしょうか」

「責任なんぞ取れねェから報告もせず、有耶無耶にしたっつうわけか。あり得るな」

真相はどうであれ、取りかえしのつかない事態であることに違いはない。

「奴等に二度と山脈の地を踏ませてなるものか、かかれ――」

坤族がいっせいに攻撃してきた。

矢の雨が風を切る。卦狼、劉は剣を振りまわして矢の群を確実に弾き落としていく。

だが、荒ぶ矢の嵐に馬が恐慌をきたした。慧玲を乗せた馬が暴走する。跳ねまわる馬にしがみついていられず、慧玲は宙に投げだされる。

「きゃあっ」

落馬の衝撃を想像して慧玲は身を硬くしたが、地にたたきつけられることはなかった。

卦狼が馬から身を乗りだして慧玲を抱きとめる。

「っと、危ねェところだったたな」

「た、助かりました、卦狼様」

卦狼は慧玲を膝に乗せ、矢の迎撃を一手に担っていた劉を振りかえる。

「撤退するぞ、坊ちゃん」

「了解です！」

唐突に矢の射撃がやむ。

坤族が対話を求めているのかと期待したが、違った。

街道の先から大狗(おおいぬ)の群が押し寄せてきた。坤族が馬と大狗を使役する民族だったことを想いだす。

「軍狗(ぐんく)か、くそっ、構えろ！」

争いのために訓練された狗だ。

狗の大群はいっせいに牙を剝き、馬に跳びかかってきた。卦狼は反射的に慧玲を肩に担ぎ、馬を捨てて着地する。馬は脚をかみ砕かれ、地にひきずり倒された。間一髪だ。

同様に馬から飛びおりた劉が地を蹴る。

「食医様の護衛は頼みましたよ。俺はひとまず狗を減らします」

慧玲の横を通りすぎ、劉は身ひとつで突撃する。

「危険です、これだけの大群を相手にするなんて」

「へいきですよ、俺、強いんで」

慧玲は叫んだが、劉は型破りの強さで続々と狗を退けていく。獅子奮迅の勢いとはまさにこのことか。

空では鷹が危険を知らせるように旋廻して鳴き続けていた。

慧玲はまったく役にたたないため、卦狼の後ろに身を隠して事態の観察に徹する。

周囲は狗に取りかこまれていて、狗を振りきれたとしても崖上から坤族が新たな矢をつがえて狙いをさだめている。退路はなかった。薬種を調達するどころか、これでは坤族に殺されてしまう。

「話を聴いてください！」

慧玲が声を張りあげ、坤族に呼びかけた。

「誤解です、私たちは争いにきたわけではありません。私は食医です、毒で苦しむ患者たちのために薬種を取りに――」

「知るか、貴様らのせいで山脈が燃えた」

坤族をひきいる男が激昂する。

「毒された山脈の有様をみたか。芽吹きも実りもなく獣たちは死に絶えた。水脈も殆どが枯渇して残された水は塩湖だけだ。許せるものか、愛する故郷を滅ぼされたのだぞ」

男の剣幕に慧玲が怯みかけたが、息をまいて反論する。

「火禍は我々の思惑ではございません！　あれは不運が重なった事故です」

「いかにあろうと故郷は焼かれた。不可侵条約も破られた。もう終わりだ、宮廷はこの時をもって坤族の敵となった」

坤族がある物を持ちだしてきた。

「大砲――そんな、嘘でしょう」

坤族がなぜ、大砲という最新の兵器を持っているのか。不可解だが、いまはそれどころではなかった。

砲撃などされてはひとたまりもない。

「こっちだよ」

背後から声を掛けられ、おどろいて振りかえる。

崖に横穴があった。

洞窟から人が身を乗りだしている。暗い赤の髪。坤族とも昊族とも似て非なるこの髪の色を、慧玲は知っていた。

「依依……」

思わず、ぽつりと声を洩らした。

夏の妃であった凮に忠誠を誓っていた女官、依依。彼女は坤族と昊族の間に産まれた姑娘で、その髪のせいで坤族の集落で迫害されてきた。そんな彼女を凪は受けいれた。凪は民族がひとつになることを理想としていた。依依の髪は凪にとって希望の象徴だった。だが、凪は復讐という毒を選んで死に、依依もまた後を追って毒をまき散らし、死刑に処された。

だから、ここにいるのが依依であるはずがない。

「白澤様でしょう？　助けてあげるから、ついてきて」

あらためてみれば、それは志学（十五歳）ほどの少年だった。赤みを帯びた暗い髪をひとつに結わえて胡服をきている。

素姓はわからない。だが慧玲は直感で彼を信頼しようとおもった。

「卦狼様、劉様！　こちらにきてください！」

慧玲の一声に、離れたところにいた卦狼と劉が狗の大群を振りきり、走ってきた。ふたりが洞窟に滑りこむのと同時に、砲弾が撃ちこまれる。

息を切らした卦狼が吹きあがる土煙を振りかえる。

「危ないところだったな」

「ほんと、やっべえって、さすがに砲弾は弾きかえせませんよ」

慧玲は微かに震えながらふたりの袖をつかんで、安堵の息をつく。

「よかった……ほんとうに」

砲撃が落ちつくとまた、狗の吠(ほ)えたてる声が聴こえてきた。狗たちは崖に身を寄せて砲撃を凌いだらしい。姿を晦(くら)ました慧玲たちを捜しているのがわかる。

「早くっ、こっちだよ」

赤髪の少年にうながされ、洞窟を進む。

洞窟内部は緑の光を帯びた茸(きのこ)が群生しており、足場は悪いが進むのには支障はない。浅瀬を渡ることで人の臭いを追跡できないよう途切れさせ、狗から逃げきった。

洞窟を抜けるというところで少年が歩みを緩めた。

「ここまできたらだいじょうぶだよ」

「感謝します。ですが、なぜ私たちを助けてくださったのですか？　昊族、ではないですよね」

風が吹きつけてきた。

緑のにおいがする心地の良い風だ。視線をあげた。森が拡がる。

真昼の穏やかな日差しのなかで、芽吹いたばかりの青葉がきらめいている。野の花が咲き群れて蝶たちがたわむれていた。火禍の爪痕はない。

何処までも続く緑を背に、少年が振りかえる。その肩に鷹が舞い降りて翼をとじた。

「おいらは气族(チイ)だよ。气族の巽巽(シュンシュン)だ」

聴きなれない民族だ。この山脈には坤族と昊族のふたつの民族しかいないはず。慧玲の戸惑いを察してか、少年がにっかりと笑った。

「昊族と坤族の混血民族さ」

その集落は緑であふれていた。

険阻(けんそ)な岩崖にかこまれた地形が幸いして、延焼を免れたのだ。

新緑が萌(も)える草原に木材と布で建てられた家屋が密集し、小規模な集落をなしていた。天幕(テント)のような家々は昊族がつかう幕包(パオ)という移動式住居に似ている。

巽巽に助けられた慧玲たちは气族の集落に導かれた。

集落では鶏とかけまわる子らの賑やかな笑い声が絶えることなく、木陰では姑娘たちが馬に櫛をかけている。鳩を肩に乗せているものがいれば、狗を連れているものもいた。すれ違うひとたちはそろって、暗赤色の髪をしている。

坤族と昊族、ふたつの民族の血脈を継いでいる証だ。

「族長様、白澤様がお越しになられたよ。銀の髪に孔雀の笄、教わったとおりだった」

菩提樹(ぼだいじゅ)の根かたにすわって瞑想(めいそう)していた老人のもとに連れてこられる。老人は盲(めし)いているのか、眼をあけることなく息をのむ。

「白澤様、またお逢いできるとは。そのせつは風土病に蝕まれた一族を助けていただき、あの時の御恩はかた時も忘れてはおりません」

感極まった族長に手を取られ、身に覚えのない慧玲は恐縮する。

「残念ながら、私は白澤の一族ではありますが、こちらの集落を訪れたことはございません。風土病を絶ったのはおそらく、私の母ではないかと」

幼少のころに母親に連れられて山脈を旅したことがある。

昊族の集落で宿を借りたが、母親は慧玲を残して七日ほど帰ってこなかった。母親はそのあいだ、この気族の集落で風土病の根絶に励んでいたのか。

落胆させてしまったかとおもったが、族長は皺(しわ)に埋もれた眼もとを緩めて何度も頷(うなず)く。

「白澤様の小姐様(おじょうさま)でしたか。伺っております。幼い身ながらとても優秀な姑娘だと」

「母様が、ですか」

意外だった。慧玲自身は母親から褒められたことがないというのに、他人にはそんなふうに喋っていたなんて。

「そうでしたか、貴女様が。ご立派になられたのですね」

逢ったこともない異民族の長に感慨深げに語られて、慧玲は気恥ずかしいような、なんとも落ちつかない気持ちになる。

「白澤様はお健やかにお過ごしですか」

「いえ、一昨年の秋に」

言葉を濁しても長には察しがついたのか、彼は光を映さぬ眼から涙をこぼした。

「魂は陽天（そら）に魄（はく）は陰地（だいち）に。風が再びに命を循（めぐ）らせるまで安らかな眠りにつかんことを」

聴きなれない祭文だが、鎮魂の意を乗せたものだとわかる。山脈の民族が冥福を祈るとき、坤族は魄が地に還（かえ）るといい、昊族は魂が天に還るという。

「母が逝去したのち、一族の叡智を継いだ私は後宮食医となりました。このたびは後宮の患者を救えるただひとつの薬種を捜してここまで旅をしてきたのですが、坤族に奇襲されて」

「そうそう、ひどかったんだよ。坤族が大砲を持ちだしてきてさ。もうちょっとで白澤様たちが死んじゃうところだった」

巽巽が横からいかに危険な事態だったかを説明する。

「ほんとうに危ういところを、巽巽様に助けていただきました。御礼申しあげます」

「とんでもございません。白澤様にはひとかたならぬ御恩を賜りました。細やかながら御恩がえしができたのならば幸甚です」

族長は青い胡服の袖を掲げて低頭する。

「皆様は――気族なのですね」

「いかにも。ここは坤族と昊族のあいだに産まれた子らが造った集落なのです。終わりのない争いのなかで、まれに血が混ざりあうことはございました。暴力の果てに望まれぬ混血が産み落とされることもあれば、部族の壁を越えて想いを通わせ愛の結晶が産まれることも。ですが、混ざりものは昊族には疎まれ、坤族からは憎まれて、受けいれてもらえる場がなかった」

族長は「ゆえに」と続けた。

「我々は互いに身を寄せ、気族と新たに名乗り山峡の秘境にこの集落を造ったのです。以後、何十年にもわたって息を潜めておりました」

「左様でしたか」

慧玲は万感の想いで息をついた。

凪の理想は夢ではなく、現実に息づいていた――

「ふたつの一族をひとつに。そのような理想を掲げていたひとがおられました」

「ふむ、血の混ざった同胞ですかな」

「昊族でした。ですが、彼女はふたつの血脈をあわせ持った姑娘を愛しみ、たいせつになさっていました。民族の和睦を願う、素晴らしいひとだった」

「それは……ぜひともお逢いしたかった」

凪が新たな民族のことを知れば、どれほどに喜ぶだろうか。晴れやかな笑い声が胸によみがえる。依依もまた涙を浮かべて微笑むに違いなかった。

不意に羽搏(はばた)きが聴こえて、菩提樹の枝に一羽(わ)の鷹がとまる。

「あ、そうだ、この鷹が報せてくれたんだよ。ほんとに綺麗(きれい)な翼だよね、嘴(くちばし)のかたちもいい。雛(ひな)の頃からたいせつにされてたんだろうな」

想いかえせば、この鷹は宮廷からずっと、慧玲たちの旅についてきていた。

そうか、これは凬の鷹だ。鷹は嬉しそうに囀(さえず)ると舞いあがり、青空に吸いこまれるように遠ざかっていった。

…………

「塩湖かあ。洞窟を進んでいけば、塩湖につながる路(みち)もないことはない、けどなあ」

洞窟を経由して、山脈の中程にある塩湖までいけないかと尋ねたところ、巽巽は表情を曇らせた。

「塩湖は毒には汚染されなかったみたいだ。遠くから眺めたかぎりだと、湖の水はまだ青く透きとおっていたよ」

「高濃度の塩が、火を制したのですね」

「でも山峡にある塩湖地帯は凬の吹きだまりだから、毒の灰が積もってて、近寄ったら一瞬で全身が燃えあがっちゃうよ。畢方の肉が必要なんだったら、畢方が塩湖を離れた時に射落とせばいいけど。卵は塩湖で産むからなあ」

「洞窟の路を教えていただけませんか」

「だめだめ、危険すぎるよ」

巽巽はぶんぶんと頭を振った。族長も巽巽と同意見らしい。

「恩人の姑娘をみすみす死地に逝かせるようなことはできませぬ」

だが慧玲の決意は揺るがなかった。

孔雀の笄からさがった水琴鈴(すいきんれい)が凜(りん)と鳴る。

「いえ、それでもむかいます。私は白澤ですから。薬のため、患者のためならば、いかなる毒でも踏み越えます」

「まことにお母様と瓜(うり)ふたつですな。……わかりました。巽巽、明朝になったら案内して差しあげなさい」

「ええっ、でも」

巽巽は戸惑っていたが、族長は慧玲から白澤たる誇りを感じ、尊重する意を表した。

族長は盲いた眼を微かにあける。山脈の湖を想わせる青が覗いた。

「この地は今、天毒地毒に蝕まれております。毒を絶つのは白澤の一族をおいて、ほかにはおられません。どうか、生きてお還りくださいませ、白澤様」

……………

動物の骨で造られた楽器が賑やかに鳴る。

祭りに歌がかかせないのは後宮でも異民族の集落でも変わらない。日が落ちて、气族は歓迎の宴を催してくれた。

新鮮な乳酪、小麦麺の炒め物、鹿の燻製、馬乳酒。集落のありったけのご馳走を振る舞われ、腹が満たされて眠たくなったころ、幕包に通される。菱格子に組みあげられた木材の骨格に布を張って造られた家屋だ。質素だが、意外にも頑丈そうだ。

これまでだったら、劉は確実に「狭い」「きたない」「家畜臭い」と不満を垂らしていたはずだが、旅での経験が過酷すぎたせいか「壁がある！」「屋根がある！」と感激して「白澤様々ですよ」とはしゃいでいた。

「それで、どうやって畢方の巣を捜すかは考えてあるのか？　やみくもに塩湖を捜すのは効率が悪すぎるだろう」

卦狼に話を振られて、慧玲が切りだした。

「ちょうど、卦狼様にお願いがあったのです」

畢方は飛んでいる時だけ燃える。火を標に捜すにはまず飛びたたせる必要がある。畢方は縄張り意識が強く、飛んでいる火をみると同じ群の仲間かどうかを確かめるために巣を飛びたち、集まってくる習性がある。

「鳥に似せて火を飛ばす——そのようなことはできますか」

「金属を布に織りこんで燃えつきにくい凧を造り、火をつけて飛ばせばいい。まかせろよ、俺の得意分野だ」

卦狼は錬丹術を得意とする毒師だ。彼に依頼すればなんとかなるのではとおもってはいたが、実に頼もしい。助かった。

「塩湖までは地毒に汚染された危険地帯を通ることになります。私には地毒が効きません。よってここからは私だけで進みます」

毒の灰は吸いこむだけでも毒疫に罹患する危険をともなう。現に昨年の夏にはこの毒の灰を盛られた皇后が火の毒疫になった。

「地毒が効かないだと？　白澤の一族ってのはそういうものなのか？」

誤解だが、慧玲は敢えて訂正せずにおいた。

「便利ですねぇ。だったらお言葉にあまえて、俺たちは集落に残らせて——」

「いや、だとしてもぎりぎりまではついていく。どんな危険があるか、わからねェからな。ここまできて、食医が塩湖から帰ってこなかったら取りかえしがつかん」

慧玲は「強い毒です。命を危険にさらすことになります」と繰りかえしたが、卦狼は食いさがる。

「媛さんの薬だ。命なんざ端から賭けてる」

慧玲は苦笑して、説得を諦め、いざという時のために準備してきた薬を渡す。知母(チモ)、石膏(セッコウ)、黄連(オウレン)、山梔子(クチナシ)、黄柏(オウバク)、水虎(カッパ)の胆(い)を調合した香包(こうづつみ)。口もとにあてる布に挿めば気管や肺から火毒に侵されることはふせげる。

「結局、塩湖まで一緒にいくことになったんですね……やだなぁ」

「お前は別に待っててもいいんだぜ、坊ちゃん」

「いやいやいや、いきますよ。いきますけど――うん、だったらなおのこと、きちんと睡眠を取っておきますね」

劉は枕の支度をしてごろんと身を横たえ、慧玲たちに背をむけた。

毒がおそろしいのだろうか。そこまで考えかけて、慧玲は頭を振った。

毒はもともと、おそろしいものなのだ。命あるかぎり、毒にたいして恐怖を抱くのは本能だ。抗えるものではなく、抗ってよいものでもない。

慧玲はとうに本能が壊れている。いや、毒されているとでもいうべきか。

劉はまともだ。それなのに、異様な旅につきあわせて、無理をさせてしまっているのではないか。

「ごめんなさい、その」

言葉をかけようとしたが、卦狼が首を横に振って「こんなのに構うな」とばかりに制してきた。

慧玲は唇をかみ締め、劉からそっと離れる。彼女が遠ざかってから、劉は枕に顔を埋めてぽつりとつぶやいた。

「なんで、そろいもそろって、かんたんに命なんか賭けて頑張れるんだよ……ほんと、わけわかんねぇよなあ」

母親と一緒に大陸を旅するなかで、慧玲が感銘を受けた風景は数えきれないが、なかでも特に心に残っているのが炎駒嶺の塩湖だった。

遥（はる）かなる峰々を背にして、約十里に亘（わた）って段状に連なる塩湖群が拡がる。

白い塩湖は透きとおる青の清水を湛えて、瑠璃にも劣らぬ輝きを帯びていた。青い鱗（うろこ）の蛟竜（みずち）が身を躍らせて嶺を昇らんとするかのような雄大な風景だ。

幼き日の慧玲は塩湖にかけ寄り、清らかな水に手を浸そうとした。

「この塩湖は毒ですよ」

母親の言葉におどろいて振りかえる。

「毒、なのですか。こんなに透きとおっているのに」

「そもそも塩は毒です。取りすぎれば死にいたる。自死の時に最もよくつかわれる身近な毒が、塩ですよ」

成人の男でも、茶碗一杯の塩で命を落とす。

「この湖は高濃度の塩分に加えて砒素に似た毒があり、魚ですら棲息することはできません。ですが、ほら、ごらんなさい」

湖の底からにわかに黄金の波が湧きあがった。

海月の群だ。黄金の光を帯びた海月たちが悠々と青い湖を廻遊する。例えるならば真昼の星雲だ。慧玲は魅了される。

「でも、この海月にはとても強い毒があるのでしょうね。だって、こんな毒の湖でもだいじょうぶなんですもの。そうですよね、母様」

そもそも、どのような海にも、毒のない海月というものはいない。だが、予想に反して慧玲の母親は首を横に振る。

「黄金海月に毒はありません。塩湖には海月を捕食する魚がいないので毒を持つ必要がなかったのですよ」

毒に護られているから、無毒でいられる。慧玲は不思議な心地で母親の話を聴いていた。毒の湖を漂う毒のない海月たちの舞は美しく穏やかで、いつまでも胸に残り続けた。

だからこそ、変わり果てた塩湖をみた時の絶望感は尋常ならざるものがあった。

（蛟竜が死んでいる）

塩湖を取りまく森は燃えつきて骸をさらし、白かった湖の岸は黒い灰に埋もれて動物たちの骨が積みあがっている。

透きとおる塩湖の青さだけが、変わらない。

蛟竜はとうに息絶え、その身は崩れて腐乱しているのに、鱗だけが朽ちることなく輝き続けているかのような。

眠れぬ屍を想わせる悲惨さだ。

塩湖の水鏡が黄金にゆらめくこともなかった。あれほどいた黄金海月の群は絶滅してしまったのだろうか。

「異様な湖だな。死の臭いがたまってやがる」

「こんなところに鶴がいるんですか？　ちょっと想像がつかないんですけど」

集落でのひと晩を経て、慧玲たちは巽巽に案内を頼み、塩湖にむかった。洞窟を抜けたところで巽巽と別れ、焼け野を踏みわけて塩湖が眺望できる坂の上に到着した。

「ささっと終えて帰りましょう。なんか、喉がイガイガしてきましたし」

毒の危険をはかるために慧玲が先頭を進んでいたが、劉がそう言って勝手に先に進もうとする。だが、足首ほどまで積もった灰を踏みつけたとたん、足が燃えあがった。

「うわっ、やっべぇ」

劉が跳び退く。慌てて反対側の足で踏みつけ、鎮火させたが、右側の靴はすっかりと焼けこげてしまった。靴底がべろんと剝がれる。

「俺たちはこれ以上は近寄れそうにないですねぇ」

「ちっ、しかたねェな。だったらここからあげるか」

錬丹術で造った特殊な凧に卦狼が火をつけ、曇天にあげる。あとは狙いどおりに誘きだされてくれるかどうかだ。

縋るような想いで眺めていると、にわかに塩湖がざわめいた。

塩湖からひとつ、ふたつと火が舞いあがる。畢方だ。

慧玲は畢方が飛翔した地点を瞬時に覚え、巣のある場所を目算する。親鳥が離れているうちに卵を回収しなければならない。

地毒にも臆することなく、慧玲は塩湖にむかって坂をくだり、進む。

塩湖の岸には黒い雪のような灰が吹きだまり、膝たけを越えるほどに積もっていた。踏みだすごとにごぼりと脚が沈む。慧玲は裙の裾を持ちあげ歩き続けていたが、端から縮むように服が燃えはじめた。

「食医様、あれ、燃えてないですかっ。毒が効かないんじゃなかったんですかっ」

「食医、引きかえせ！」

背後から声が追いかけてきたが、慧玲は振りかえらない。

地毒が効かないというのは嘘ではなかった。皇后が火毒に害された時も地毒のもとになった燃え殻を舐めたにもかかわらず、慧玲は毒疫にはならなかった。地毒は解毒しやすい。微量の地毒ならば毒がまわるまえに無毒化できるほどに。

だが、これほどに多量な毒だと、解毒が追いつかず遅々と毒に蝕まれることになる。素脚が焼けただれてきた。火のなかを渡っているような灼熱感が牙を剝く。靴はすでに燃えおちて崩れてしまった。

裸足で燃え殻を踏みしだいて、慧玲は塩湖までたどりついた。

岸づたいに畢方の巣を捜す。

「あった」

塩の塊を積みあげて造られた巣のなかに琥珀に似た半透明の卵がならんでいた。光を弾いてきらきらと瞬いている。岸から腕を伸ばしてつかんだのがさきか。

ぶわっと強い熱を感じた。慧玲は咄嗟に視線をあげる。

青い翼をはばたかせて、男の身のたけを越える大きな鶴が舞いおりた。眼つきは鋭く、鉤型になった嘴は猛禽を想わせる。頭のとさかが、ゆらゆらと燃えていた。

「畢方――」

畢方は片脚だけで湖縁にたたずむ。

卵を奪おうとしている慧玲を威嚇しているのだろうか。畢方は人を捕食することもある。慧玲は警戒したが、攻撃してくる様子はなかった。

「なにかを、訴えている？」

畢方は悲痛な一声をあげた。白澤の智をもってしても鳥の言葉は理解できない。だがなぜだろうか。感じるものがあった。

「山脈の解毒を、私に望んでいるの？」

万毒を絶つ白澤の一族でも土地の解毒まではできない。そこまで考えてひとつ、思いあたる。

「私のなかに麒麟の魂があるのがわかるのね」

麒麟は中庸をつかさどる。

慧玲が身のうちに取りこんだ毒を解けるのはこの麒麟の中庸の働きによるものだ。つまり、麒麟の前身たる鳳凰も同様の力を持つ。

ならば、地毒を解毒することもできるのではないか。

地毒とは中庸が崩れることで起きる現象だ。この地においては火が強すぎるせいで、木が育たず水までもが枯渇してしまった。

伝承によると、麒麟は荒廃した地を踏むことで新たなる息吹を吹きこむという。

（秋の宮の時みたいに解毒できれば——紋様が現れるのはきまって強い毒をのんだ時だ。

これまでの経験からだと皇后陛下から賜る毒盃と麦角の薬物だけ。でも、強力な地毒ならば、あるいは）

危険な賭けだ。人の領分ではない。

だが鼓動は脈打ち、慧玲に命ずる。毒を絶ち、万命を助けよと。

麒麟は仁愛の魂を持ち、あらゆる命に慈愛をもって接する。草ひとつでも踏むことをおそれ、虫が息絶えるだけでも哀しむという。豊かだった山脈が毒に蝕まれ、万命が失われていっていることを、麒麟がひどく嘆いているのがわかる。

慧玲は跪いて、地に積もる毒の灰をすくいあげ、喰らった。

胸から額にかけて青い紋様が拡がる。

華は咲かなかったが、清らかな香を帯びた風が吹きあがった。毒の灰が乱舞する。

「そうよ、毒を吹きとばして」

慧玲の声にこたえるように風は吹きすさぶ。

地の毒を吸いあげ、喰らいつくした黒い竜巻が天地の境をかき混ぜる。混沌だ。日が陰り、夜より遥かに暗い無明の闇となる。

「いったい、なにがどうなってんですか！」

劉は絶叫して頭をかばい、身を縮めた。無理もない。

「食医！」

卦狼は慧玲を助けにいこうと踏みだしたが、吹き寄せる突風に阻まれて進めなかった。風の波濤はたちまちに拡がり、段状の滝のような塩湖をさかのぼって峰々をなで、野を渡って山脈一帯を擁する。

火毒を一掃して、風は吹きやんだ。

「終わった、の？」

慧玲が息をつく。

身を貫くような眩暈がした。火毒を喰らったせいか、腕も脚も灼熱感をともなって痺れていた。ふらつきつつも崩れまいと地を踏み締める。

裸足で踏みつけた土壌から芽が吹いた。

緑の波紋が環をかいて拡がるように草が萌えだす。息吹は鈍いろに枯れた地を瑞々しい緑に変える。焼けこげていた幹の根かたから産まれたばかりの新芽が弾けた。森が息を吹きかえす。燃えおちることなく残っていた枝先に青葉が繁って、きらきらと光るそよ風が渡る。

ああ、春だ。永遠に続くと想われた死の冬が終わり、山脈の春がきた。

春は風に乗って、峰にまで吹きあがる。

連峰が青になるころ、塩湖の岸では塩害を克服した特殊な花たちが咲きみだれた。春を歓ぶようにつぼみが綻び、彩りを喪っていた風景が麗らかな命の輝きに満ちていく。

「わけがわからないんですけど、なんか、すごくないですか……俺、感動して涙が」

「まさか、麒麟でも通ったのか？」

劉と卦狼が呆然としている。

緑にかこまれた湖の底から湧きたつように黄金がきらめいた。黄金海月だ。呼吸もわすれて、甦る大地を眺めていた慧玲が安堵して微笑をこぼした。

畢方が頭を垂れる。畢方は慧玲に敬意を表してから、卵を残して舞いあがった。

「卵を譲ってくれるのね、ありがとう」

畢方の火が青空の果てに遠ざかってから、慧玲は卵を拾いあげようとしてふらつき、危うく塩湖に落ちそうになった。脈が鈍い。毒のせいではなく、強い飢渇がこみあげてきて胸を掻きむしる。

また暴走して、昏睡するわけにはいかない。

「鴆」

慧玲は鴆からもらった簪を抜いて、毒の珠をひとつ取りはずす。鴆の毒ならば、かならずや飢えをやわらげてくれるはずだ。彼の毒は彼女のものなのだから。

透きとおる紫の珠を舌に乗せ、飲みこむ。

紋様が後退して乱れていた脈が落ちついてきた。

鴆の毒が意識をつなぎとめてくれる。側にいなくとも、彼だけが。

「っ……無事か、食医！」

「食医様、死んでませんか！」

我にかえった卦狼がかけ寄ってきた。後から劉が続く。

遠くにいたふたりからすれば、禍々(まがまが)しい嵐が吹き荒んだとおもったら緑が萌えはじめて理解が追いつかないはずだ。

だが慧玲は特に事情を語ることはなく、微笑みながら、裙の裾に乗せた琥珀いろの卵をみせた。

「終わりましたよ。還りましょう、後宮に」

宮廷には禁秘の毒がある。

月に一度、毒に飢えて死に瀕する慧玲を満たすことができるのはこの秘毒だけだ。鴆の人毒でさえ一時凌(いちじしの)ぎにしかならない。この秘毒を鴆が調毒できるようになれば、慧玲を宮廷の支配から解きはなつことができる。

よって鴆はこの毒について調査を続けていた。

ある晩だ。皇后が貴宮の命婦に「例の毒を」と命じるのを聴いた。命婦を尾行したところ、命婦は後宮の霊廟に吸いこまれていった。

　霊廟の表扉は固く閉ざされている。廟を潜窟としてつかっていた毒師の一族は裏の経路から侵入していたが、命婦が通る時だけは扉が開いた。残念ながら、扉はすぐに閉ざされ、命婦を追跡することはできなかった。

　霊廟と秘毒にいかなるつながりがあるのか。

　霊廟といえば、冬の季妃である儒皓梟が調査していたはずだ。しかしながら調査時に宦官が規律を破り廟から毒の鉱物を持ちだして宮廷で毒疫が蔓延する事態となった。結果として調査は中止となり、責任者たる皓梟は謹慎処分を受けることになった。

　皓梟ならば、手掛かりとなる情報を持っているのではないか。鴆はそう考え、冬の季宮にきていた。

　時刻は鶏鳴の正刻（午前二時）、あたりは静まりかえっていた。

　高殿を積みあげて造られた冬宮のなかでも、抜きんでて高い塔が冬の季宮だ。一階から八階までは書庫室となっているが、鴆は屋根を渡って九階の窓から侵入した。

　謹慎処分を受けている者とでも申請すれば面会は可能だが、欣華皇后に勘繰られるのは得策ではない。

　部屋のなかは書物の海だった。

　古紙から竹簡、木簡。多様な文献が散らばっており、埋もれるように青銅器を始めとした遺物が投げだされている。察するに積まれていた書物がなにかの拍子に崩れて、それきりになっているのだろう。棚には顕微鏡、機巧算盤などがある。貴重な物を蒐集して管理しているつもりなのだろうが、鴆からすれば我楽多の吹きだまりだ。

真っ白な後ろ姿が、うす暗がりにぼうと浮かびあがっていた。皓梟だ。とうに春を過ぎたが真冬と変わらずに白い羽根の披肩を羽織って、机にむかっていた。

「儒皓梟、貴方の智慧をお借りしたい」

声をかけたが、聴こえていないのか、彼女はいっこうに振りかえらない。

「儒皓梟」

諦めずに何度か呼びかければ、ため息まじりに声がかえってきた。

「聴こえておる。まったくもって喧しいのう。妾は手が離せぬ。落ちつくまでしばし待たれよ」

窓から侵入してきた皇太子を待たせて、落ちついて作業を優先するとは。変わりものという噂どおりだ。だが、おとなしく待っていても朝まで終わりそうになかった。

「単刀直入に訊くよ。あの廟はなんだ。あそこにはなにがある」

「ふむ、廟か」

興味を持ったのか、皓梟が手をとめて振りかえる。

「そちは饕餮を知っておるかや」

「饕餮か。人喰（ひとく）いの怪物だ。敵の躰から魂までも喰らい滅ぼしてくれると、群雄割拠（ぐんゆうかっきょ）の時代には大陸各地で信仰されたとか」

すかさず答える。正解だったのか、皓梟は嬉しそうに笏（しゃく）をかざして笑った。

「ほほ、盤古経（ばんこきょう）も読めぬうつけ者と聞いておったが、噂とは信頼に値せぬものよな」

皓梟が語りだす。

「大陸には約一千年前より、饕餮崇拝が根差しておる。遺構を調査すれば、かならず饕餮紋（とうてつもん）が彫られた遺物が発掘されるほどにな。ほれ、そこにもあろう、その鼎（かなえ）よ」

鴆はうながされて、文献に埋もれた鼎を引っ張りだす。青銅の鼎には蝸牛（かたつむり）の殻のようにまるまった角を持つ怪物の姿が彫られていた。

「饕餮にたいする崇拝は広範にわたる。だが饕餮を徹底して排した特異なる国があった。それがこの剋よ」

「それほど特異か？　剋は盤古経に基づき、建国から今にいたるまで麒麟を信仰してきた。だから饕餮にたいする崇拝は、異教として迫害されたんじゃないのか」

「ほほほ、その考えは凡庸よな。だが、妥当でもある。それでは麒麟信仰には空白期があると言ったらどうする？」

「空白期？」

鴆が眉根を寄せた。そんな話は聞いたことがない。

「左様。九百五十年前から六百五十年前までの約三百年にわたって、麒麟の遺構や遺物が造られておらぬのだ。麒麟祭祀の痕跡もない。奇しくも、後宮の廟はその空白期に造られており、地下祭壇からは饕餮紋が発掘された」

石棺の紋様を転写した紙を渡される。青銅器に彫られた紋と一致していた。

「この時期、麒麟から饕餮に信仰の変遷があったと考察できる」

皇后のことを考える。人を喰らう異様な女、人に非ざる化生ではないかと疑っていたが、まさか——だが、そうだとすれば得心がいく。

衝撃をなんとかのみくだしてから、鴆はつぶやいた。

「解っているのはそれだけか？　あの霊廟はなにか、という僕からの疑問には答えられていないね」

「辛辣な男よの。しかもせっかちときた」

「暇じゃないものでね」

「ほほほ、まあ、きらいではないがな。辛気臭い愚か者よりは好ましきかな」

根っからの研究者である皓梟は調査結果について尋ねられるのが嬉しいのか、気を損ねることなく、今度は竹簡を掻きわけて壁画の複写を取りだした。

「廟の祭壇に彫られていた壁画よ」

「盤古経か」

筆致は粗く一部が崩れてしまっていたが、天地創造から刻の帝が地を統治するくだりが描かれているのが解読できた。盤古経に登場する刻の帝からコクという韻を借り、この国は《剋》と命名されたという。

「赤い顔料に水銀がつかわれていることから、壁画は五百年から六百年ほど前に描かれたものと推定される。時系列からして饕餮崇拝が廃止されてから描かれたものであろうや。して、ここからさき、うぬはいかに読み解く？」

壁画は終盤に進むにつれて、様変わりした。盤古経の記述からは遠ざかり、麒麟を取りかこむように植物を始めとした様々なものが描かれている。薬師とも毒師ともつかないものたちが薬碾（やくてん）で植物の根を挽いたり、甕を埋めて発酵させたりしている。

「薬の製造工程か」

「考察するに麒麟祭祀の薬であろう」

人が祭壇に薬を捧げ、麒麟がそれを飲んでいる。

胸さわぎがした。

あらためて鴆は薬種を確かめる。

曼陀羅華（マンダラゲ）、九頭蛇（ヒュドラ）の胆、三屍蠱（サンシコ）、古柯（コカ）の葉など鴆がよく知るものばかりだ。総じて毒である。人の魂を壊す最強の毒である竜血に似た赤い珠まで描かれていた。

鴆は想いかえす。麦角中毒の患者の錯乱ぶりは、慧玲が秘毒を飲んだ時の様子と似ていた。白澤の姑娘が後宮を離れられないよう、皇帝が敢えて依存度の強い毒を渡したのかとも考えたが、それでは順番違いだ。

慧玲のなかにいる毒を喰らう毒――を満たせるのはあの秘毒だけなのだから。

ここから導きだされることはなにか。鴆は思考を巡らせる。

「宮廷は望んで信仰を変えたわけではなく饕餮を崇拝する他になかったんじゃないのか」

「ふむ、なにゆえにそう考える？」

「あくまでも推測だが、麒麟がこの地を捨てて失踪した時期があるように感じた。察するに大陸戦争が勃発したころかな。それによって剋は一度、滅びた。だが、饕餮を信仰することで再建した。それが空白期にあたる。違うかな」

皓梟の唇が緩やかな弧を描いた。肯定の証だ。鴆は続けた。

「約三百年ほどの時を経て、麒麟は帰還した。宮廷は再び麒麟がこの地を離れることを恐れた。だから麒麟に依存性の強い毒を与え、縛りつけた――そう考えるのが理にかなっている」

皓梟は微笑しつつ、鴆の眼を覗きこむ。

「眼光紙背に徹すとはこのことか。よもや妾と考察が一致するとはな」

紙燭が揺らぎ、燃えつきた。皓梟は残念そうにため息をついて睫をふせる。

「間もなく見張りがくる。続きはまた後日に話そうではないか」

鴆は散乱する文献を踏まないように神経をつかって、窓に足を掛けた。塔と塔をつなぐ吊り橋で見張りの官吏の燈火が揺れている。

「今度は土産を持って参れ。索盟にも昔から相談に乗ってやっていたが、やつは手土産もなしにきたことはなかったぞ」

「それは失礼したね。また考えておくよ」

袖を振って、鴆が退室する。

今朝から曇天続きだったが、奇妙な風が吹いて昼からにわかに雲が晴れた。いまは月が覗いている。微かに潤んだ青い月だ。満ちるまでにはまだ、かかる。

宮廷は毒薬を造り、麒麟を縛ることで豊饒を得た。いまは白澤の姑娘が同様に縛られている。

鴆は重い息をついた。

この宮廷は毒によって永続しているのだ。その一端が宮廷につかえた毒師の一族であり、秘毒だ。

「うんざりするね」

気を紛らわせるために煙管を喫おうとしたが、鴆は酷く咳きこむ。

唇の端から血が滲んだ。先程飲んだ砒素の毒がまわってきたのだ。砒素は暗殺にもちいられる危険な毒だ。人毒にはなくてはならない毒物でもある。

「まだ、この程度の毒だ」

鴆は血を拭うこともなく、低くつぶやいた。

毒を飲んでは克服して、その身に取りこむ。地獄をのむようなものだ。幼いころはつらくて壊れそうになった。

だが、いまは奇妙なほどに満ちたりていた。

「慧玲」

地獄でできたあの姑娘を喰らっているような、奇妙な昂揚がある。彼女の毒に蝕まれるのならば、身のうちを焼かれても構わない。

喰らい、喰らわれて。

「あんたは最高にあまくて最低に苦い、ほんと癖になる毒だよ」

◇

竜劉は頑張るということをしたことがなかった。

理由はかんたんだ。頑張ることがきらいなのである。武芸は特に頑張らなくても上達したし、宮廷にあがり武官となってからは竜家というだけで順調に昇進していった。彼の職場にいるのも大抵は士族出身で適切な教育を受けて官吏の役職についたものばかりで、度を越えて頑張っているものはいなかった。そんなわけで、劉は頑張るという経験をせず、二十一歳までだらだらと生きてきた。

だがこの歳になって、彼のまわりに頑張っているものが続々と現れてきた。

まず、皇太子である鴆だ。宮廷で育っていない落胤と誹られながらそよ風のように微笑んでわざと侮られるように振る舞い、頭のなかではとんでもないことを考えている。続けて明藍星。屈託のない笑顔が可愛いが、実は根性があって頑張り屋だ。旅についてきた卦狼というおっさんも、結婚もできない愛する女のために命を賭けるという。

極めつけは毒々しい食医だ。

彼女は頑張りすぎだった。もはや命をけずっている。毒が効かないと言っておきながら、毒で燃えながら歩き続けていた。頑張りすぎを通り越して、こわい。

そんな人たちにかこまれて、彼はぽつねんとおもった。

「なんで、そんな頑張れるんですかね、みんな」

叩きつけるような雨のなかで馬を駈りながらつぶやけば、卦狼が「ああん？」と声を張りあげた。

「頑張らねェと追いつかれるからだろうが！」

慧玲たちは険峻な絶壁と奈落に続く崖とに挟まれた山峡の径を、馬に乗って逃げていた。後ろから怒濤のような蹄の地響きがあがる。

「ぜったいに逃がすな」

「琥珀を奪え」

怒号を飛ばして賊たちが追いかけてきた。

貿易が盛んになってから、賊による襲撃が頻発しているという噂は聞いていた。だが、まさかわが身に振りかかるとは劉は予想だにしていなかった。

賊は慧玲が持っている畢方の卵を本物の琥珀だと勘違いしている。琥珀は北方の金と称されるほどに高値がつく。「誤解です。これは卵です」と慧玲が叫んだが、聴く耳は持ってもらえなかった。

「いまからでも、あの薬を馬に飲ませられねェのかよ」

「残念ながら、このような悪路では危険です」

険難だが、坤族に会わずに済むと教えられた経路だ。ただでも天候が荒れているこんな晩で、限界を超える速度で馬を走らせては事故の危険がある。

「くそっ、あとは後宮に帰るだけだってのによ」

「卵、渡せば助かるんじゃないですかね」

思ったことが、ぽろりと劉の口をついた。

「なんだと？　なに考えてんだ、てめェ」

卦狼が青筋をたてて振りかえる。ずぶ濡れの髪からしぶきが飛び散った。

「ええっ、怒んなくていいじゃないですか。崖から落ちたり賊にやられたりするんだったら、渡してもいいかなって思っただけなんですけど。卵くらい塩湖にいけばまた」

「卵くらい、ではありません」

先を進んでいた慧玲が卵を抱き締め、声を張りあげた。

「この卵は親鳥が未練を振りきり、渡してくれたものです。患者の命を助けるためにつかえど、琥珀でないと知れば投げ捨てるような賊に渡すことはできません。それに後宮を離れるのは七日という約束です。今からひきかえしては間にあわなくなります」

「ふうん、頑張るなあ」

馬鹿にしているわけではない。しみじみと感じているだけだ。

「なんでそんな頑張れるんですか。てきとうでいいじゃないですか。人間、死んだら終わりですよ」

「命より大事なもんがあるからだろ。こんな時になにをグダグダ言ってやがるんだよ」

ふたりが言い争うなか、慧玲がいきなり馬をとめた。危うくぶつかりかけて、劉は鐙を踏んで馬を急停止させる。

なにかあったんですかと尋ねるまでもなかった。

進行方向にあたる崖の角から、松明を掲げた賊の大群が押し寄せてきた。

山峡一帯を縄張りとする賊はその地理を熟知している。いつのまにか二手に分かれて廻りこまれ、挟みうちにされてしまった。

「そこの若旦那は頭がいいな。その通りだ。琥珀を渡せば殺さずに帰してやる。ついでにそっちの姑娘(おんな)もだ。変わった髪をしてるが、売れば高値がつきそうだからな」

慧玲は身を強張らせる。

「冗談じゃねェ、俺たちを狙ったことを後悔させてやるよ」

卦狼は剣鉈を構えて、ためらいなく斬りかかる。

賊が叫声をあげて突進してきた。いっきに戦闘になる。敵は屈強な騎馬の男で、五十人を超えていた。卦狼、劉がいかに強くとも劣勢であることは明らかだ。

「頑張る、かあ……あ、そういえば」

卦狼からやや遅れて劉は剣を抜く。

「こんな俺でもたった一度だけ、頑張ったことがあったんですよね」

劉は襲いかかってきた賊の剣を弾き、すれ違いざまに斬った。血潮を噴きあげて敵が倒れる。

「いつだったかな、そうそう俺が志学(十五歳)のころですね。家族で乗っていた馬車が賊に襲撃されたんですよ。んで俺が残らず、賊を追い払ったっつうか、殺したんですよね」

家を相続することのない三男ということで、劉は幼少から伸び伸びと育ってきた。いたずらをしても叱られず、勉強や修練を強いられたこともなく、長男や二男からは日頃からうらやまれていた。

三男だから可愛がられていると。

それは誤解だ。親はただ、三男に関心がないだけだった。剣で結果をだしても褒められず、科挙を及第しても特に声をかけられることもなく、物だけは与えられる。最高級の絹の服、官吏の俸給では到底身につけられないような剣、馬車、別荘。

だが、彼の心は愛に飢え続けた。

「褒めてもらえるかなあっておもったんですよね。でも、父親も母親もすっかり俺を避けるようになってしまって」

ははは、と乾いた笑い声が喉からあふれる。

「笑えるでしょう。家族とはあれきり、六年は喋ってないんですよ」

あの時から、劉は頑張ることをやめたのだ。

「こんな時になんだよ、坊ちゃん。身の上話がしたいんだったら、後から――」

「あなたは強かったのですね」

わずらわしげに眉根を寄せた卦狼とは違って、慧玲は吹きすさぶ嵐のなかでも真剣に彼の話を聴いていた。

「まあ、武芸には長けてたっていうか」

いまでも喧嘩は好きだ。

勝った、敗けた。それだけでなにも考えなくて済む。だが、命までは賭けたくない。

御前試合には進んで参加するが、勝算のない争いは避けたかった。

それでも、命懸けで頑張るものたちを遠くから眺めていて、ああ、格好いいなとおもったのだ。

「違います。あなたはご家族のために剣を振るわれたのでしょう？　それこそが、あなたが強いという証ですよ。剣の強さとはいつ、誰のために振るうか、ですから」

そんなふうに褒められるとはおもわなかった。びっくりして振りかえれば、燈火を映す緑眼が揺るぎなく、劉を見据えていた。

雨の帳を射通して彼女は眼差す。

「あなたはご立派でしたよ。平気で敵を殺したわけじゃない。ほんとうは勇気を振りしぼられたんですよね。よく頑張りましたね」

緑の水鏡には少年が映っていた。震えあがり命ごいをするだけの家族をかばい、その手を血で汚した十五歳の劉だ。平然と人を殺すなんてと両親から非難されて途方に暮れている幼い背中。

「そっか」

今頃になって、彼は理解する。

俺はあんなふうにまっすぐ俺のことをみてくれるひとが欲しかったんだと。

劉は崩れるように笑った。

「そうですよねぇ、あの時の俺って格好よかったとおもうんですよね。頑張ってみようかな、もう一度だけ」

雷鳴が響きわたる。

劉は明滅する天に剣を振りかざした。

「やってみたかったんですよね。ここは俺にまかせて、さきにいけ！　ってやつ」

彼は叫ぶなり、賊にむかって突撃する。地から吹きあげる颶風（ぐふう）のように乱舞して敵騎を斬りふせ、劉は進路をひらいた。

「食医！　今だ、進むぞ！」

卦狼が手綱を繰り、劉の切りひらいた突破口から敵陣を駆け抜ける。慧玲も卦狼の声に続いたが、突破したところで敵にかこまれた劉を振りかえる。

「劉様は」

「振りむくな、進め！」

彼は捨て身で敵をひき受けてくれた。慧玲が患者に命を捧げ、卦狼が愛するひとに身命を賭すように——だが、違うのだ。

これだけは伝えなければ。慧玲は雷鳴に負けじと声を嗄らす。

「劉様！　私たちは命を賭けています！　ですが、命を捨ててはいません！　負けるつもりがないから命を賭けられるのです。だから、だから」

「了解です。俺にも負けるなってことですね？」

「ご武運を！」

慧玲は後ろ髪をひかれる想いで、馬を駈る。

「逃がすな、追いかけろ！」

「っと、あんたらの相手は俺ですってば」

慧玲たちを追いかけようとした騎乗の賊の首が飛ぶ。劉は馬から馬に飛び移り、賊を斬り捨てた。雷霆のごとく劉の剣撃が唸る。敵の馬を奪い、また馬を捨て、奇をてらった動きで敵をかく乱した。

「いっときますが、俺、強いですよ？」

眠れる竜が吼えるように牙を覗かせて笑いながら、彼は声を張りあげる。

叫喚と血潮の地嵐がごうと吹き荒れた。

◇

朝には、嵐が過ぎた。

雲をうす紫にそめて、遥かな峰から朝日が顔を覗かせた。清々しい初夏の朝焼けだ。

賊から逃げきった慧玲たちは、峠で劉の帰還を待っていた。だが、待てども馬の嘶きが聴こえてくることはなかった。

「日が昇った。諦めろ」

非情に徹して卦狼がうながす。

「あとちょっとだけ、待ちます」

「だめだ。賊が追いかけてきたらどうする。お前が捕まったら、命懸けで活路をひらいたあいつが浮かばれねェぞ」

卦狼の声は低くかすれていた。彼だって劉が死んだとは想いたくないのだ。だが、諦めて進まなければならない刻限がせまっていた。

「ですが」

食いさがり、坂道に視線をむけた慧玲が「あっ」と声をあげた。

ふらつきながら坂をおりてきたものがいた。真後ろから差す朝日で影絵となっていたが、あれは他でもなく。

「劉様――――」

慧玲は馬から飛びおりて、かけ寄っていった。

ふたりがまだ峠で待ち続けているとは思ってもみなかったのか、劉が動きをとめて「あれ」と間の抜けた声を洩らした。

「勝って、くださったのですね、劉様」

劉は血潮でずぶ濡れになっていた。編みあげた髪はほどけ、かすり傷だらけの頬に張りついている。上質な絹で織られた服は破れてほつれて酷い有様だ。だが、彼は屈託なく笑いかけてきた。

「俺、格好よかったですかね？」

慧玲はちから強く、微笑みかえす。

「……ええ、とても格好よかったです」

後から歩み寄ってきた卦狼が遠慮もなく、ばしっと思いきり劉の背をたたいた。

「みなおしたよ、坊ちゃん」

ふたりの言葉を聴き、劉は嬉しそうにはにかんだ。いっきに緊張が解けたのか、気絶する。卦狼がすかさず彼を支えて、肩を抱いた。

「劉様っ」

「息はある。疲れただけだろ。こいつは俺の馬に乗せる」

朝日に擁(いだ)かれて馬が嘶き、風を切って走りだした。馬の蹄が水たまりを蹴る。朝の光を映して、きらめくしぶきがあがった。

卦狼は先を進む慧玲の背を眺めて、細く息をつく。

「薬、か」

薬というものは単純に毒を絶つだけではない。もとからそのものに備わっているちからをひきだすのもまた薬の役割だ。

それは皇帝の役割とも等しかった。皇帝はその者が有能であることより、才能を持った者たちを動かし、導いて、最大限に活躍させることに重きがある。

「あいつが皇帝だったら」

毒師の一族を捨てるのではなく、一族の毒ごと薬と転ずることもできただろうか。柄でもなく、過ぎたことを考えてしまったみずからにあきれて、卦狼は微かに苦笑した。

「けほっ」

藍星がひとつ、咳をした。

後宮では藍星が離舎の掃除をしていた。朝から晩まで続いていた咳はずいぶんと減って、毒疫の花も時々しか咯きださなくなってきた。慧玲の薬膳を日頃から食べていたおかげで、解毒薬がなくとも毒疫が癒えてきている。

健全な人の躰は本来、中庸を維持するようになっている。自浄作用の一環だ。

「これが未病を治すということなんですね、慧玲様」

危険な地域に出張している慧玲に想いを馳せる。

いまできることをしようと離舎の棚をならべかえていたところ、毒疫のもとになった季めぐりの茶葉が残っていた。藍星が持ってきたものだ。

「蝗の茶だったのかあ、これ。想いだすだけで、げぇえってなっちゃう」

藍星はあらためて茶葉を白い紙に取りだす。どぎつい赤の粉は毒蝗をすりつぶしたものだ。残りは茶葉だが、妙なものがまざっていた。

橙色の植物の実を乾燥させたようなかんじで、似たものを離舎の生薬の棚で見かけたことがある。

「確か、酸漿だったたっけ……でもなんで、こんなものが」

首を傾げて藍星は書庫室から借りた文献を取りだす。

「ええっと、なになに、酸漿は……黄疸にもちいるが、堕胎薬になるため妊婦には禁。避妊にも効能があるので、娼妓が服した……？」

蝗も含めて共喰いする蟲は妊婦には毒となると教わった。

だとすれば、この茶葉は妊婦に毒となる生薬を組みあわせていることになる。これはどういうことだろうか。

「あ、あわわっ」

　窓から風が吹きこみ、紙の上の茶葉を舞いあげた。藍星は慌てて紙をおさえたが、毒の茶葉がまき散らされる。

　藍星が「あちゃあ」と声を洩らした。また、掃除だ。

　七日振りに還ってきた後宮では紫陽花が咲きそろっていた。

「慧玲様っ、おかえりなさい」

　離舎から藍星が飛びだしてきて、慧玲に抱きついた。咳もなく声にも張りがある。

「藍星、もしかして毒疫が」

「ふっふっふっ、げんきになってきましたっ」

　藍星は胸を張る。

「完全解毒とまではさすがに無理そうですが、慧玲様の薬膳を食べていたおかげで強くなったんだと思います。というわけで、調薬の補助だったらまかせてください」

　帰還したばかりだが、毒疫で苦しんでいる患者たちが薬を待っている。慧玲は後宮の庖厨を借りて調薬を始めた。

その後、毒疫患者は増えていなかった。喀いた花から毒疫が拡がることはなさそうだ。

藍星にはまず小鈴に預けていたある物を取りにいってもらった。

まもなくして、藍星は小さな壺を抱えてきた。

「頼まれていたとおり、毎日かかさずに中身をかき混ぜてくださっていたみたいですが、これ、なんだったんですか」

慧玲が壺をあけ、藍星は覗きこむ。

黄褐色の、とろみのある味噌のようなものがつまっていた。絶妙に発酵していて香りたかい。ところどころに穀物のつぶが残っていて、それがまた、おいしそうだ。

「黒豆麴の醬です」

東の島から取り寄せた麴かびの残りをつかった。

かびは蝗の大敵だ。

大陸ではかつて蝗の群に空が埋めつくされ、昼がなくなるほどの大蝗害があった。蝗が通ったあとは草ひとつ残らず、民は土を喰らうほどに飢えた。終わりのない地獄を終わらせたのがかびだ。東の島ではかびをつかって蝗の群を制するという。

「麴かびにて蝗の毒を絶ち、黒豆、蒲公英、金銀花で煙草の毒を解きます」

黒豆麴の醬をつかって、とろみのついたあんかけのたれをつくる。金銀花、蒲公英は乾燥させて挽いたものをひとつまみだけ、あんに混ぜた。

「続けて、畢方の卵です」

琥珀に似た大きな卵だ。この卵が木をもって木を制する薬となる。

「はわわっ、きらきらしていますね。ほんとうに琥珀みたい。でも硬そう。ちょっとやそっとでは割れなさそうですね。金槌でも持ってきましょうか」

「実を言いますと、この卵は割らずに取りださなければならないのですよ」

「え、ええっ⁉　……哲学ですか？」

藍星は割るならまかせてくださいと張り切っていたが、途端に頭の痛そうな顔になる。

「こちらの卵殻膜には砒素の毒があり、外部から割られるといっきに毒が拡がって、他の卵まで捕食できないよう、敵の息の根をとめるんです」

「ええっ、物騒な卵ですね」

「塩湖のなかはともかく岸には捕食者がいますからね。ですが、卵の頭と底には針の先端ほどの経穴があって、ここだけは外側から殻を貫通しても毒は拡がりません」

「でも、そんなに小さな孔からどうやって黄身とかを取りだすんですか」

「裏技があります」

慧玲が針を持ってきた。卵の頭に穴をあけ、直線で結ばれるように測ってから底にも同様に針を刺す。ふいごをつかって風を吹きこめば、黄身と白身が飛びだしてきた。

「うわあ、すごい。奇芸みたいじゃないですか」

ふわふわ、とろとろにたまごを焼き、炊きたてご飯に乗せる。最後に醬(ひしお)あんをたっぷりとかければ、できあがりだ。

「調いました。琥珀卵(こはくたまご)の天津飯です」

まずは李紗の宮に運ぶ。

李紗の宮は花で埋もれていた。みがき抜かれた板張りの床にはうす紅の花が吹きだまり、噎せかえるほどの花の香が漂っている。

花の海にすわりこんで濡れた咳をしているのは李紗だ。唇からはひとつ、またひとつとかぎりなく花が咲いてはこぼれる。側には卦狼がつき添い、声をかけては背をなでてやっていた。

瞳を濡らす涙もまた、落ちた時には花になっていた。

「お待たせいたしました。薬です」

李紗は震える指で匙を取り、熱々の天津飯を口に運ぶ。つるりとした食感の天津飯ならば、荒れた喉でも食することができる。まろやかでこくのあるたまごに醬の旨みがとけたあんが絡んだ。

「……ああ」

食べ進めるごとに安らかな息が洩れて涙があふれた。それらはいつしか花になることはなくなり、頰で弾けて袖のたもとにしみこんでいった。

解毒がなされたのだ。

「また、あなたに助けていただきましたね、食医さん」

李紗は涙ながらに微笑む。

続けて卦狼の手を握り締めた。嬉しいのか、怒っているのか、微妙な声で訴える。

「卦狼にも心からの御礼を。……あなたが手紙ひとつ残していなくなってしまった時はどうしようかとおもいました。でも、約束どおり、帰ってきてくれた。ほんとうにありがとうございます」

あたりを埋めつくしていた花がしぼむ。木毒が絶たれた証だ。

「それにしても、なぜ、季めぐりの茶に毒がまざっていたのでしょう……？」

後宮にくるい咲いた花の毒疫は終息した。

だが、事件はいまだ終わらず。解けぬ毒が残り続けていた。

それから三日後、事件は意外なかたちで幕をおろした。
季めぐりの茶に毒を混入させたとして知命（ちめい）（五十歳）になる宦官が逮捕されたのだ。
夏妃の依頼で都から茶葉を取り寄せたとして容疑がかかり、彼は弁明することなく罪境を認めた。識字ができないため官職にもつけず、老いさらばえるだけの身。恵まれた環境で偉そうに振る舞ってきた妃たちに報復して、死刑になるつもりだったと。

「なんか、変じゃないですか」

官吏から結果を報告されたあと、疑問を呈したのは藍星だった。

「茶葉には蝗の他に酸漿が混入していました。どちらも妊婦に禁で、かつ懐妊しにくくする生薬です。そのふたつを組みあわせるなんて識字もできない宦官が思いつくでしょうか？　偶然にしてもできすぎですし」

「確かに釈然としませんね。そもそも都に産まれついた宦官がどうやって毒の蝗を入手したのかも明らかになっていません」

首謀者はそもそもこれが地毒の蝗であることを知らなかったのではないか。だとすれば本命は不妊毒か。不妊に避妊に堕胎。こうした知識があるとすれば、娼妓か。

宦官を侍らせた妖婦の姿が頭に浮かぶ。

「まさか、ほんとうに夏妃が――」

…………

「再調査を要請いたします」

慧玲は宮廷の官吏に訴えた。

あの毒を後宮にばらまいたのが宦官だとは考えにくい。識字ができ、医書を読み解ける程度の知識がある者、かつ去年から一昨年までに蝗害があった地域から後宮にきた者を捜してくれと依頼した。

後宮食医として信頼を得ている慧玲の訴えということで、官吏は事件を取り締まる三法司（さんほうし）に伝達すると約束してくれた。

帰りがけに夏の宮を通りがかった。

夏の宮には広大な池泉があり、桟橋から猪牙舟（ちょきぶね）に乗って各妃妾の殿舎に渡る。島々には庭が造られ、紫陽花が咲きそろっていた。あいにくの曇天だが、晴れていれば青い水鏡に紫陽花の群がさぞや映えるだろう。

紫陽花に埋もれてひっそりと紫蘭（シラン）が咲いていた。

紫蘭の根には強い薬効があり、破傷風にならないよう止血し傷の炎症を抑制する効能がある。慧玲は傷だらけだった劉のことを想いだす。幸いにも骨折はなかったが、裂傷が酷かったという。後ほど見舞いとして紫蘭を持っていこう。

紫蘭の根を採取して視線をあげる。

青い紫陽花の垣根の後ろで、紫の外掛が揺れた。

鼓動が弾む。鴆だ。想わず彼のもとに歩み寄ろうとして、慧玲は聴きおぼえのある姑娘のあまったるい声に足をとめた。

「真犯人が捕まってよかったです。女官たちなんか、あたしが毒を混ぜたんだろうって噂していて。妬まれてばかり。可愛いのってそんなに罪なんでしょうか」

愛が瞳を潤ませて鴆に訴えかけている。あいかわらず完璧な美貌だ。鴆は微笑んで、愛の髪を梳く。

「わかっているよ。心の清らかな貴方が、茶葉に毒なんか混ぜるはずがない」

「皇太子様は疑わずにいてくださるのですね、嬉しい。皇太子様にだったら、あたし、女のぜんぶを捧げても後悔はありません」

愛は接吻をせがむように鴆の項に腕をまわした。蕩ける蜜の微笑。愛ほどの美女に言い寄られて落ちない男はいないだろう。鴆は背をかがめ、花影に身を隠して顔を寄せた。接吻をしているのだ。

理解して、慧玲は胸を締めつけられた。経験したことのない情動が湧きあがる。

鴆が接吻するのはじぶんだけだとおもっていた。

彼には毒があり、唇を重ねるだけでも他人の命を奪うからだ。だが、鴆は人毒を失った。誰とでも触れあえるのだ。

(だからって)

わかっている。傷つくなんて変だ。なのに、胸が締めつけられて、うまく呼吸ができなかった。毒にでも焼かれているような。

（でも、こんな毒、知らない）

たえられず、慧玲は地を蹴る。

逃げだす慧玲の後ろ姿を、鴆だけが楽しげな眼をして眺めていた。


……………


雨催いの曇天から、糸を垂らすように雫が落ちた。

かといって雨になることもなく、逃げる慧玲の睫を弾いた。視界が滲んで、敷石に躓く。転んで膝を擦りむいた。だが、毒におかされたように焼ける胸のほうがよほどにつらかった。

胸もとを押さえて、慧玲はうずくまる。

「なんで、こんな」

「教えてあげようか」

後ろから、毒のある声が聴こえた。

振りかえると、いつのまにか鴆がたたずんでいた。しりもちをついたままで後退って逃げだそうとすれば、服の裾を踏みつけられて地に縫いとめられる。

「理解できないんだろう？　強くて、聡明で、毒や薬を知りつくしたあんたが、こんなにあり触れた毒を知らないなんてね」

ひどく嬉しそうな声だ。

愉快でたまらないとばかりに唇の端をゆがませた鴆に見くだされる。腕をひき寄せられ、慧玲は唇を奪われた。なぜだか、我慢できないほどいやな気分になって抵抗する。

「やめてっ」

鴆の腕を振りほどいて、唇を拭った。

「おまえがいつ、誰となにをしていても、私には関係ない。でも彼女と重ねた唇で、私に接吻をするなんて――」

「はっ、するはずがないだろう、けがらわしい。あんな頭の腐った姑娘、ほんとうだったら近寄りたくもないね」

鴆が嗤った。

「だ、だって」

「顔を寄せただけだよ。貴女が物陰から覗いているのは知っていたからね。想っていたとおり、貴女は勘違いしてくれた。だけど、ここまでとは想わなかったかな」

顎をつかまれる。毒々しい紫の双眸から視線が逸らせない。

「教えてあげるよ、それは妬みだ。心の毒だよ」

「毒……なんで」

考えたこともなかった。みずからのなかにこんな毒があるなんて。

「理解できないなら、考えてみなよ。毒の解明は得意分野だろう？」

考えて、ゆるゆると理解する。

「私は」

鴆を奪われるのがこわかったのだ。

毒だけではなく、彼の想いがひとつ残らず欲しかったのだと意識して、慧玲はかっと頬が燃えるのを感じた。自分がこんなふうに欲張りだったなんて知らなかった、知りたくなかったのに。耳まで熱かった。

「っ」

顔を隠そうとしたが、腕をつかまれて阻まれた。

「いい眺めだね。あんたが恥じらっているところをみられるなんて」

唇をかみ締めて睨みあげたが、鴆は愉快そうに笑うばかりだ。

「……おまえはいつだって、私に毒ばかり教えるのね」

諦めてつぶやけば、鴆は熟れた眼をどろりと蕩けさせた。

「そうだよ。言っただろう？　あんたの毒をひきずりだしてやるって」

囁きながら、またも接吻が落とされた。

毒を堪能するように舌が絡みつく。鴆にはすでに毒はないはずなのに、脊髄まで痺れた。あれだけ凍てついていた胸が嘘みたいにとけていく。頭がくらくらとして、慧玲は思わず鴆の外掛をつかむ。

「毒がなくても……酔わされそう」

「……はっ、あんまりあおるなよ」

鴆は低く嗤って、慧玲の喉もとに唇を寄せた。

唇を這わせて横に滑り、彼は彼女の細い首筋に浅くかみついた。毒蟲に刺されたような赤い痕を残して、彼は微笑む。

「妬むのは僕ばかりだとおもっていた」

逢えなかったぶんも埋めあわせるようにもう一度だけ唇を重ね、やっと満ちたりて互いに呼吸をととのえる。

「逢えたついでに貴女の耳に入れておきたかったことがある」

鴆が真剣な眼になって、切り替えた。

「宮廷では今、横領が相ついでいてね。多額の官費を持ちだして帳簿を書き換えたものがいる。実行犯は宦官だろうが、僕は虞愛が絡んでいるものと疑っている。彼女ならば宦官を操るのは御手の物だ」

「でも、横領といってもどうやって。後宮の季宮に金銭を持ちこむのは難しいはずよ」

「宦官に指示し、予算外資金として虞家の領地に割り振ることは可能だ。虞愛と逢瀬(おうせ)を重ねて聴きだしたが、なんでも虞家が統轄する領地は昨年の夏、蝗害に見舞われて借金地獄に陥っているらしい。虞愛は哀れみを誘ったつもりだろうが、横領の疑惑が深まっただけだよ」

蝗害と聴いて、慧玲の表情が張りつめた。

昨夏に蝗害が起きたのならば、時期から考えても虞愛が後宮に蝗を持ちこむことが可能となる。

御渡りのある時期ならば、他の妃が皇帝の御子を孕まないように毒を盛るのも理解できる。だが、今は皇帝がいない。姑息なたくらみではなく、もっと強い怨嗟を感じた。妊娠できる女そのものを怨んでいるような。

いずれにしてもこの事で疑いは確信に変わった。慧玲は鴆に言い切る。

「後宮に毒茶をばらまいたのも愛妃よ」

「へえ、虞愛は浅はかなことをしたね。横領はともかく、毒のほうは再調査すれば首謀者が虞愛だったとわかる。宦官に嘘の自白を強要したことが確定すれば、横領事件のほうに調査が入った時にも虞愛が疑われるだろう。虞愛の身が危険かもしれないね。お荷物になった捨て駒は殺されるのがおきまりだ」

「どういうこと」

裏で糸をひいているのが愛で、捨て駒は宦官たちのほうではないのか。

「木偶を操っている者を、さらに操っている者がいるということだよ。宦官といっても無知な者もいれば、奸知に長けた上級宦官もいる。糸というのは絡むものだ。解かなければ端緒はつかめない」

雨が降りだす。ほつれた糸屑を想わせる細い雨だ。しぼみかけていた紫蘭が雨に敲かれて、散った。

◇

「ほんとに男ってバカ」

愛は夏の季宮で高笑いしていた。

季めぐりの茶葉に混ぜて、不妊になる毒を撒き散らしたところまではよかった。

緩やかに身を蝕む毒ならば、毒味されてもばれることはない。妊娠できない身になってから絶望すればいいと思っていた。誤算だったのは毒疫だ。茶を疑われて危ないところだったが、男を操り、身がわりにした。

「泣きながら縋りついて一晩抱かせてやったら、死刑になるってわかっててかばってくれるんだもの。ちょろいわよねぇ」

最後まではできないくせに若い姑娘(おんな)のからだにしがみついて、涙まで流すさまはみっともなくて惨めで笑えた。

男は愚かで操りやすい。宦官たちはすでに愛の虜(とりこ)になっていて、横領までして虞家の領地に多額の金銭を運んでくれる。

あとは皇太子を落とせば、完璧だ。

彼には敢えて借金のことを話して哀れな姑娘をよそおい、情に訴えかけた。男は可哀想(かわいそう)な姑娘が好きだ。俺が助けてやらないと。そう想わせれば、大抵の男は落ちる。皇太子は顔が良い割にうぶなのか、接吻を拒まれてしまったが、今度こそ唇を奪ってやる。

父親からは「領地の貧窮は一族の恥だ。他言するな」と釘を刺されていた。だが、蝗害に見舞われても、見栄(みえ)を張って豊かな振りを続けた結果、借金ばかりが膨らむことになった。誇りなんかは一銭にもならない。

愛は青銅の鏡を取りだす。嘘泣きとはいえ涙をながしたので、化粧が崩れていた。胡粉(ごふん)をはたいて、唇に紅を施す。

「うん、やっぱり、あたしは誰よりもきれいだわ」

美貌。豊潤な肢体(からだ)。涙から笑顔まで、全部が女の武器だった。

これが女の争(たたか)いかただ。誰にも文句は言わせない。

「なんだって私の思いどおりよ。これからだってそう。奪ってやるの。私を苦しめてきた男たちから、もっと、もっともっと、もっと」

鏡にむかって、愛は呪詛のように繰りかえす。

身支度を終えたころになって、部屋を尋ねてきたものがいた。以前から愛の虜になっている、上級の宦官だ。

「お茶はいかがですか？　愛様のお好きな花茶を淹れて参りました」

「あら、嬉しい。ちょうど飲みたかったの」

愛は差しだされた茶を飲みながら宦官を側に招き、裾をたくしあげて脚を差しだす。

「ほら、いつもみたいに舐めなさい」

「ありがたき幸せです」

彼に脚を舐めさせるのが愛の娯楽のひとつだった。男を屈服させているという優越感に浸れる。しばらく遊びにふけっていたが、接吻を終えたあたりで強い眩暈がした。

身が緩やかに傾いて、愛は椅子から転落する。

「なに、これ……どうなって、るの」

呂律(ろれつ)がまわらない。飲みくだせないほどの唾があふれてきた。涙もとまらない。からだが、変だ。

「た、たす、けて」

腕を伸ばすが、宦官は愛を助けるどころか、飽きた玩具でもみるような眼つきで睨みつけてきた。

「馬鹿な女は扱いやすかったが、もうだめだな。後宮食医がお前を疑ってる。毒だけならばともかく、横領がばれたらたまったもんじゃない」

「なにを、言って」

「お前は用済みだってことだよ。股をひらくしか能のない馬鹿な女め。毒なんかばらまかなければ、こんなふうに殺されずに済んだのにな」

身体が痺れて動けない。宦官と遊んでいる時は念のため、人払いをしてある。声が聴こえても入室するなと言っておいたので、悲鳴をあげても助けはこない。愛は絶望のなかで意識を落とした。

「愛様ですか、あの……いまはちょっと」

「お逢いになれないと思います、ねぇ」

「そうそう、入室するなと仰せつかっているので」

鴆から話を聴いた慧玲は、愛の身を案じて夏の季宮にきていた。

だが、女官たちの態度は煮え切らなかった。慧玲はため息をつき「それでは知らないうちに私があがりこんでいたということにしてください」と女官たちを振り切って廻廊を進む。

今しがた聴いた鴆の言葉を頭のなかで反芻する。

「虞愛が後宮に嫁ぐまえから、宦官による横領はあった。だが、虞愛がきてからは増長を続け、ここ二カ月程で莫大な額になっている。個人の欲ではなく、虞家と上級宦官が結託して陰謀を企てている可能性が浮上してきた。虞家は先々帝のころに武器商人から昇進した氏族だ。索盟皇帝が無分別な武器の販売を禁じて、その後は衰退したけれどね。思いあたることはないか――」

そう尋ねられて、慧玲は瞬時に理解した。

坤族だ。彼らは新しい鎧を身につけ大砲まで持っていた。あれはすべて虞家から購入した物に違いない。

鴆は貿易を強化したが、武器や兵器の売買は規制した。武器の流通は紛争や反乱を招き、ともすれば戦争まで誘発する危険があるためだ。虞家はこの規律を破り、横領金を元手として武器を買いつけし、転売をおこなっている。ただちに取り締まらなければ、宮廷どころか国を巻きこんだ大事変を引きおこしかねなかった。

「毒茶の事件が表ざたになれば横領の事件にも捜査が入る。敵はそのまえに愛を処分するはずだ。僕だったらそうするね。散々宦官を弄んできたんだ。なにかあっても痴情の縺(もつ)れとしか思われない――」

愛は毒疫をばらまき、横領にまで手を染めた毒婦だ。だが、暗殺されそうになっているものを放ってはおけなかった。

「愛妃！」

夏の季妃の部屋に飛びこむ。

愛が倒れていた。遅かったか。慧玲は愛にかけ寄って声をかける。

愛は涎を垂らして白眼を剝いていたが、微かに声を洩らした。死んではいない。脚や腕が微かにけいれんしている。脈を確かめる。頻脈。毒物か。

茶卓には飲みかけの茶が残っていた。毒を確認する。香の強い茶なのでごまかされているが、微かに茸のにおいがした。紅天狗茸(ベニテングダケ)か。赤に白い斑(まだら)のかさを持つこの毒茸は誤食する程度では中毒死する危険は低い。だがこれは暗殺のために毒が強化されていた。

幸いなことにまだ息がある、薬をのめば解毒できるはずだ。

「かならず助けます」

吐物で窒息しないよう横むきに寝かせてから、慧玲は夏の季宮の庖厨に移動する。

「後宮食医です。愛妃に茶を淹れますので庖厨を借りても？」

「え、いいですけど」

女官たちを押し退けて、慧玲は調薬を始める。愛が毒を盛られ、死に瀕していることはまだ報せない。いま、騒ぎになっても解毒に支障をきたすだけだ。

慧玲は袖からある茶葉を取りだす。これだけでも効能はあるが、愛はすでに毒がまわっている。さらに強い薬にするには——あたりをみまわして、鍋で煮られていたあずきに視線をとめる。あずきには毒の排出を促進する効能がある。特に茸のような、酩酊(めいてい)状態に陥らせる毒には効果てきめんだ。

煮あずきをよそった椀に淹れたばかりの茶をそそぐ。

湯圓(タンユエン)風の蘭花茶小豆粥(はなちゃぜんざい)だ。

花茶にあずきという組みあわせは一風変わっているが、華やかな香りのなかにある素朴な甘さが絶妙だ。これならば、毒がまわっていても飲みこめるはず。

一秒でも時が惜しい。愛のもとに戻って声をかける。

「愛妃、お気を確かに、愛妃」

毒で気絶している時に揺さぶるのは危険だ。手で軽く頬をたたき、声をかけ続けていると、愛がこぽっと唾を噴いて息をした。

「うっ、あ、たす、助けて……しに、死にたくない、の」

「だいじょうぶです。こちらを飲んでください。かならず助けますから」

愛は息も絶え絶えに匙を含む。溺れるものがなりふりかまわず、差しだされた腕にしがみつくような懸命さがある。

　ひと匙、ひと匙と進めるごとに愛の呼吸が落ち着いてきた。

「蘭の、香ね……って、あれ」

　意識を取りもどした愛が震えあがる。

「ま、まさか、この茶葉って」

「そう、毒茶です。あなたが後宮にまき散らしたものですよ」

　愛は真実をさとられていると知って言い訳を考えるような素振りをしたが、思いつかなかったのか、観念して項垂れた。

「わざわざこの毒茶を飲ませるなんて。復讐のつもり？」

「違います。この茶に含まれる毒蝗は煙草だけではなく大走野老（ベラドンナ）の毒をも喰らい、吸収しています。大走野老の毒は紅天狗茸を解毒することができる」

　まさに毒をもって毒を制す、だ。

　大走野老は農薬中毒の解毒にもつかわれている。蝗たちはそれを知って、この大走野老の毒を喰らったのかもしれなかった。

　加えて茸という土の毒が毒茶の木毒を相克するため、愛が毒疫にかかることもない。

「なぜ、このような危険な毒を茶葉に混ぜたのですか」

　愛はぽつりとつぶやいた。

「妬ましかったのよ、子を授かれる女たちが」

微かに震えを帯びた、花の落ちるような声だった。

「後宮にいる妃妾たちはあたしとは違って、ちゃんと女なんだっておもったら、うらやましくて、妬ましくて」

「あなたは不妊をわずらっておいでなのですね」

「そうよ。笄年（十五歳）を過ぎても初潮がこなくて。いまだに月のものがきたことは一度だってないのよ。虞家の領地では度々蝗害があってね、幼いころに蝗の毒にあたって生死を彷徨ったから、医師はそのせいだろうって」

母親は愛をかばってくれていたが、そんな母親は酔った父親に殴られて死に、ひとり残された愛はでき損ないだと父親から散々疎まれた。子を産めないのならばせめて稼げと言われて、娼妓まがいのことをさせられてきたという。

「領地に都から官吏がくるとね、客室に連れていかれて、官吏に跨って腰を振るの。いやだった時もあったかな。でも、もうなれちゃった。きもちいいことは好きだもん。でも、男たちは許さない」

声がずんと重くなる。

「減るものじゃないって言うでしょ。減ってんのよ。奪われてるの。男にはわからない、わからないよ。それにね、男は母様を奪った」

父親のことを、彼女は男と言った。慧玲にはそれだけで、察しがついてしまった。

「毒疫がきてから、また蝗害があった。今度は毒の蝗よ。すごいわよ。空をみても地をみても蝗の群でね、あれは雨みたいなものよ。降るの、蝗が。通りすぎたあとにはなぁんにも残らないの。草の根どころか、紙とか家畜の毛まで喰べるのよ、蝗って。領民は飢えて、男たちは妻を、娘を売って食いつないでいたわ」

想像するだけでもぞっとした。飢えの地獄がどれほど酷いものかは、慧玲も母親との旅のなかで目のあたりにしている。

「蝗害の時は宮廷に申告すると、特例として免税してもらえるんでしょう？」

「その通りです、よくご存じですね」

「勉強したからね。でも、あの男は虞家の恥になるから申請はしないと言った。一族の矜持が、とか喚（わめ）いてたけど、どうせ農民からの納税が減ると虞家に入る税も減るからいやだったんでしょ。でも結局は農民たちが納税を放棄して領地を捨てただけだった」

生き残るため、父祖の地を捨てた農夫たちは賊になる。山脈の賊たちにもそうした事情があったのかもしれない。民の憂さを想い、慧玲は唇をかみ締めた。

「それで借金地獄よ。あたし、後宮に売られたの」

「だから横領を？」

「そうよ、あの男からも命令されてたし、どうせだったら男たちから奪いつくしてやるつもりだった……でも、違ったのね、あたし。また、奪われてるだけだったんだ」

愛は椅子に縋りつきながら身を持ちあげ、怒りにまかせて茶盆を払い除けた。華やかな茶杯が割れて、紅天狗茸の毒茶が飛び散る。

「やらせてくれるだけの馬鹿な女だってさっ、ほんと笑っちゃうっ」

愛は無理に嗤おうとしたが、涙があふれてきて喉がつまった。ひきつけのように肩が跳ねる。化粧が崩れても彼女は変わらずに華やかで、それが哀しかった。

「その通りだよっ。だって男に媚びろ、歓ばせろ、それ以外はなんにも教えてもらえなかったもん。字をおぼえて、医書を読んでたら殴られた。女が勉強なんかするな、学を身につけようなんておこがましいってね」

彼女は毒の華だ。男を怨み、女を妬み、彼女を喰い物にする捕食者たちに報復するために毒となった。だが、強烈な毒を身につけてもなお、結局は蝗のようにたかられて喰い荒らされただけだった姑娘――胸が締めつけられてならなかった。

「なによ、哀れむつもり？　可哀想なものが好きなのは男も女も一緒なのね」

あおるような嘲笑には慧玲は耳を傾けない。椅子にしがみついた愛の側で膝をつき、彼女は医師として患者に語りかけた。

「御子をなしたいですか？」

「……」

愛は濡れた睫をしばたたかせた。

「御子を、授かれるの？」

よどんでいた愛の眼が、微かに光を取りもどす。

彼女はまだ、望みを捨てられないのだ。だが、果たして、それが愛のほんとうの願いなのかはさだかではなかった。

愛したいから産みたいのか。あるいは執念なのか。

「日頃の食をあらためることで血の径の循環をうながし、月のものがくるよう、基礎から治すことができます。血の径が通れば、不妊も改善されるかと。そのためにまずは御身をたいせつになさってください。後宮ではあなたに客を取らせるものはいません。あなたは男に抱かれなくていい、抱かせてはならない」

教えこむように繰りかえす。

「女に、なれる？」

「ですが、よく考えておいてください。御子をなすことが、女の幸福ではありません。御子を愛で、育むことは女の幸せのひとつですが、そうでなければと呪縛されることはないのです」

震え続けている愛の手を、強く握り締める。

「学ぶことを女の幸せとしてもいい」

小鈴がそうであるように。

愛は一瞬だけ、嬉しそうに瞳を緩め、すぐに強張らせた。

「むり、だよ。わかってるもん、あたし、死刑なんでしょ。毒を盛ったり、横領させたり、取りかえしのつかないことをしちゃったから」

「やりなおせます、まだ」

毒疫は絶った。故郷の茶葉を取り寄せた際の事故だと言い張れば、死刑は免れるはずだ。横領にかんしては彼女とは別に、取り締まられるべきものがいるだろう。

愛は紅の落ちた唇をかみ締めた。

毒が抜けて、残されたものはひとつ。

「……やりなおしたいよ、最悪だった人生ぜんぶ。やりなおせたら、どれだけ」

いとけない後悔だった。

いっきに強くなってきた雨が窓を弾いた。罪を洗い流すように黄昏混じりの雨が降る。

華の涙もまた、つきることはなかった。

都の北東の端（はずれ）には城壁の跡がある。

かつては都のまわりには壁があり、敵兵の侵入を阻み続けていた。度重なる争いを経て壁は崩壊し、残っているのはここだけだ。城壁の跡は昼でも日が差さず、よどんだ風が渦まいている。

　ふたりの男が壁にもたれて密談をしていた。

「貿易は順調なようだな」

「虞家の本領ですから。ですが、昔のように商売ができるのは穌様が便宜をはかってくださったおかげです。有難きことにてございます」

　ひとりは太傅である穌だ。もうひとりは南部の領地を統轄する虞だった。

「坤族だけではなく、海を越えて蜃（シン）からも大砲を購入したいとの声が掛かっております。いまは蜃の王室の監視を掻（か）い潜（くぐ）る経路を模索しているところでして」

　密輸であろうと稼げるのならば、虞は規制を破ることに躊躇（ちゅうちょ）はなかった。

「蜃もじきに分裂し、内乱が勃発するであろう。噂によれば、領海条約の締結に不満を抱えるものたちが蜃の王室を転覆させようと謀っているとか」

「いやはや荒れて参りましたな。ですが、よろしいのですか？」

　虞は声を落とす。

「火種を撒いている武器商人の私が申せることではありませんが、最も荒れるのは剋です。紛争が相つぐことになるやも」

「願ってもないことだ。戦争は儲(もう)かるからな。政に関心のない皇后と帳簿も読めぬ愚かな皇太子。官費はいくらでも持ちだせる。それを元手にすれば、国をも買えるほどの巨富を築くのも夢ではない――」

鯀が高笑いしかけたその時だ。

物陰からいっせいに兵が現れて、鯀と虞を取りかこんだ。兵を率い、煙管を吹かして悠々と進みでてきたのは禁色を身にまとった男だ。

「へえ、ずいぶんと欲に汚れた夢だね」

「鴗――」

鴗を侮っていた鯀は不測の事態に青ざめて、口をはくはくさせる。

「国を売る夢は楽しかったかな？　だが残念ながら、ここまでだ。国の管理外で武器の生産および販売をすることは索盟皇帝の律令(りつりょう)により禁じられている。武器の密貿易は即、売国とみなす――売国奴を捕縛せよ！」

鴗の号令に兵が動く。抵抗する隙も与えずに鯀と虞を取り押さえた。縛りあげられた鯀は地に膝をつき、悔しげに喚く。

「貴様、愚かな振りをして謀ったのか！」

「そうだよ。騙(だま)されてくれてありがとう。おかげで宮廷の毒をひとつ、絶てた」

鴗は紫煙を鯀に吹きかけて嘲笑する。

窮した穌は鴆を睨んでいたが、なにを思ったのか、くつくつと嗤いだした。ひとしきり嗤笑してから、彼は黄ばんだ歯を剝きだしにする。

「この国は終わりだ。皇帝もいない、麒麟もいない、この国はじきに滅亡する。ならば、財を築いて早々に見限るのが最も賢い選択ではないか」

兵たちがどよめいた。穌は恐怖と疑いを擦りこむように繰りかえす。

「私はこの眼でみた、麒麟の骸が後宮の貴宮に運ばれていくさまをな」

鴆は落ちついていた。

「麒麟の死を騙(かた)るなんてね、実に不敬だ」

論ずるまでもないと斬り捨ててから、彼は続ける。

「麒麟は死んでなどいない。元宵祭(げんしょうさい)の晩に麒麟が哮(ほ)えた。宮廷にいたものは聴いたはずだ。千里先まで徹るような祝福の声を」

鴆は肯定をもとめ、兵らを振りかえる。兵のなかには確かにそれらしき声を聴いたものもいたのか、頭を垂れて是とした。

だが鴆は真実を知っている。

雕が皇帝として君臨し、索盟皇帝が処刑されたとき、麒麟は一度死に瀕している。正確にはその身は滅び、息絶えた。されども魂は慧玲のうちに宿り、復活する時を待ち続けている。

だからこそ解せない。

あの祭りの晩に聴こえた麒麟の咆哮はなんだったのか。

(確実なことはひとつだ)

鴆は揺るぎなく声を張りあげる。

「麒麟はいる」

それは皇帝となるべきものがいるという証にほかならない。

誇り高き姑娘の姿を想い描きながら、鴆は宣する。

「万毒を喰らう麒麟だよ」

虞愛の処遇がきまったのは雨の時季が終わるころだった。
調査を経て、茶への毒蝗の混入は父親の計略で、愛は知らずに毒茶をばらまかされただけという結論になった。
愛に懸想していた宦官が彼女を無理にかばった結果、事件が複雑化した。虞愛、および嘘の供述をした宦官には実刑がくだされたが、食医である慧玲が愛を弁護し、毒茶の事件においては死刑に処されたものはいなかった。

死刑となったのは横領および武器の密貿易に手を染めた鯀、虞の両名だ。他にも横領に関与した宦官は大勢いたが、ほとんどのものには証拠がなく、鯀と直接つながっていた宦官が他数名、死刑となった。

愛は夏妃の身分をはく奪され、季宮から追放された。

愛の父親である虞が死刑となって領地を没収されたため、愛には帰るところもなく冷宮に収容されることになった。冷宮というと収容されたものが衰弱死するまで捨ておく牢屋を連想するが、この後宮においては破屋に留められるだけで、そう酷いことはない。だが、華やかな暮らしに慣れた妃妾たちにとっては苦痛きわまりなく、御渡りもなく老いていくのを待つだけの終の宮として恐れられていた。

晴れわたる青空のもと、夏の季宮からそまつな格好をした愛がでてきた。華やかに結いあげていた髪をおろし、胡蝶蘭の髪飾りをひとつ、挿している。

桟橋には愛を冷宮に搬送するための舟が待っていた。船頭をつとめる宦官をみて、愛は眼尻をとがらせる。

「なによ、ひと晩じゃ足らなかったって？　あたし、ほんとは男、だいっきらいなの。目障りだから消えてよね」

愛のために無実の罪をかぶろうとした宦官が舟に乗っていた。知命にしては老けており、総白髪で老爺のようないでたちだ。彼は身を縮めるように頭を垂れる。

「身の程はわきまえております。ですが、貴女様だけだったのです。男の物もない宦官を男として扱ってくださったのは。いまだって私のようなものを男と。それがどれほどのことか――どうか、おともさせてください、愛様」

「なにそれ、馬鹿なんじゃない？」

宦官は苦笑した。

「はい、馬鹿です。字も読めずにただ、働いて死ぬだけの馬鹿です。ですが、貴女様は女の身でありながら、書を読まれる」

愛はわずかにたじろいだ。書を解く時は人目を避けていたからだ。馬鹿にされる、あるいは叱られるのではないかとおもって、彼女は無意識に身構えた。だが、宦官は日輪でも振り仰ぐように愛をみた。

「はかり知れぬほどのご努力の賜物(たまもの)であろうと。失礼ながら、書に眼を落とすその横顔を窓から覗いては敬愛の念を懐いておりました」

訳もなく、愛は涙腺が緩むのを感じた。

ほんとうの彼女を認めてくれるものなんて、これまでは誰もいなかった。

「……あんた、読めるようになりたいとはおもわないの？」

「わ、私は頭が悪いので」

「教えたげる。努力すれば、書くらい馬鹿でも読めるよ。そのかわり、冷宮では身のまわりのことをぜんぶやってよね。あたし、手が荒れるから掃除とかやりたくないの。わかったら、舟をだして」

宦官は口をあけてぽかんとしていたが、遅れて愛の言葉を理解し、顔を明るくした。

「は、はいっ」

宦官は慌てて舟を漕ぎだす。

青空を映す池泉に白いさざ波をたてて舟が進んでいく。池に手を差しいれて水とたわむれていた愛の髪から髪飾りが落ちて、波のあいまにのまれた。

「拾って参ります」

「いらない。あの男からもらったものだから――せいせいした」

後宮に嫁いだ時にひとつだけ、父親に持たせてもらったものだ。きらいなのに、きもちわるいのに、なぜだか捨てられなかった。愛はようやくに父親の呪縛から解きはなたれ、安堵の息をつく。

波は穏やかで、風は微かに夏のにおいがした。

「このたびはご迷惑をおかけいたしました」

毒疫が終息して、慧玲はあらためて皇后に詫び、拝跪していた。

「あらあら、あやまらなくてもいいのよ。貴女は約束通りに帰還し、後宮の毒疫を絶ってくれた。還ってきてからは食膳だって怠らずに調薬してくれている。今晩の薬膳だって絶品よ。とろとろで、食べたことのない食感だわ」

「そちらは牛の腱でございます。もとは硬い筋ですが、時間をかけて煮こむことでとろけるようにやわらかくなります」

施療を始めてそれなりに経つが、皇后の脚は変化をみせなかった。あとは思いつくかぎりの手段を試していくほかにない。

「同物同治という考えがあります。衰えている部位と同じ部位を食すことで回復を促進するというもので、心臓ならば鶏などの心臓を、胆ならば熊の胆を処方します」

「だから、こんなにもおいしいと感じられるのね、きっと」

皇后はあむっと嬉しそうに腱の煮こみを頬張る。

「なにか、御身が強くもとめられている食材等はございませんか？」

「それは喰べたいものということかしら」

万華鏡を連想させる虹いろの眼がくるりとまわる。

「心身が欲するものこそが薬となる。それが理です。なんなりと」

袖を掲げて低頭していたが、強い視線を感じ、慧玲は顔をあげる。皇后がじっとこちらをみていた。

視線に縛られるように身が竦んだ。人喰い虎、あるいは想像を絶する化生(ばけもの)に睨まれているような恐怖にさらされて、神経がぞわりと逆だつ。

「ああ、そうだったのねぇ。よくわかったわ、ふふふふ」

皇后の唇から、微かに舌が覗いた。

血潮に濡れたような、赤い舌が。

「なにもかもが変わっていくのね」

夏めいた風が銀の髪をなでた。

慧玲は鴆に連れられて、冬宮の塔の屋根にあがっていた。ここからは都が一望できる。

遥かかなたには炎駒嶺が横たわっていた。遠くから眺めるかぎり、連峰はのどかに晴れわたり穏やかだ。だが彼の地では今、紛争が勃発している。

武装した坤族が都にむかって侵攻をはじめたのだ。坤族の動きを警戒して、麓で駐屯していた宮廷の軍が動き、抗戦。制圧を試みている。

坤族は敗退するだろう。山脈に残るのは気族だけになる。

「それでも私は変わっていくより、みずからの意志で変えていきたい。そうすれば、変わらずに残せるものもあるはずだから」

「季節は移ろうものだろう。万物流転、変わらないものなんかないよ」

春宮の季妃は李紗から雪梅となり、夏宮には凪も愛もいなくなった。

鴗は紫の外掛をなびかせて煙管を吹かす。

「後宮だって、つぎからつぎに妃たちが替わって」

「貴女らしいね」

鴗は眼の端を弛めて、微笑する。

「慧玲、貴女ならば、後宮を今後どうする？」

そう尋ねられて、鴗が皇帝になったら後宮の妃妾を一新するのではないかと噂されていたのを想いだす。妃妾を総替えするには莫大な経費がかかる。鴗がそんなむだなことをするとは考えられなかったが、縮小するだろうと思ってはいた。

「おまえはどうしたいの」

「僕は、後宮なんかいらない」

鴗は言い捨てた。

「だが後宮は皇帝が御子を設けるだけではなく、諸侯を統制するためにもなくてはならないものだ。易々と廃することはできない——だから、貴女の考えを聴きたい」

現状を維持するか、革新するか。ほんとうならば皇帝が決めることを、鴆は敢えて慧玲に尋ねる。

「最近になって、知ったことがあるの」

慧玲は後宮食医として働き、様々な妃妾とかかわってきた。貢ぎ物の舞姫でありながら聡明な雪梅、独習で経理を修得した小鈴。書庫室に通い漢方を始めとする医の知識を身につけた藍星。書を読むことを禁じられた愛。有能なものばかりだ。

「女は勉学を許されない」

国子監（まなびや）にも通えず、学問に関心を持てば身の程知らずと侮蔑される。

「受験もできず、役職を持つこともできない」

鴆はなにを思ったのか、微かに眼を細める。

「私は白澤の一族として産まれ、幼いころから叡智を身につけることに専心してきた。薬の知識を骨に刻みつけ、肌に彫りこむように。だから、想像だにしていなかったの。女に産まれついたというだけで書を読むこともできないものがいるなんて」

慧玲は結論をだす。

「私は後宮に女のための教育の場を設けたい」

貢ぎ物の華ではなく、子を孕（な）す胎ではなく。

みずからの意志で選び、進めるよう。

「女に権利を、か」

「違う。男女に等しい権利を、よ。後宮を含めた宮廷が変われば、民の意識も変わるはず。変えていきたいの」

鴆はしばらく考えを巡らせていたが、つぶやくようにこぼした。

「僕の母親は集落を焼かれたあと、都にきて医師になろうとしたらしい。彼女は毒をつかって麻酔をかけ、傷を縫ったり患部を切除する技能を持っていた。だが女の身では患者から信頼されず、重ねて毒師であることを知られて迫害され、娼妓に身を落とした」

鴆の母親だ。復讐に妄執することがなければ、有能な女だったに違いない。

「……貴女の語るそれは遠い理想だよ。いきなり革新を進めることはできない。だからこそ、貴女が先に進むんだ。貴女が女の身で皇帝になれば理がひらける」

鴆が手を伸ばしてきた。慧玲は彼に誘われて、屋根の端まで進む。眼下に宮廷、都が拡がる。風が吹きあげ、銀の髪が乱舞した。

「麒麟に選ばれた貴女が女帝となれば、麒麟は還り、天毒地毒を絶つこともできるだろう。でも、麒椅を得るならば、かならず退けなければならないものがある」

緊迫した呼吸を一拍挿んで、鴆がその名を口にした。

「胥欣華だ」

慧玲が眼を見張る。

「索盟皇帝に毒を飲ませて壊すよう雕を唆したのも、雕に僕の母親を娶らせて人毒を産ませたのも欣華の策謀だ」

「皇后陛下が――」

毒のない清らかな微笑を想いうかべた。欣華皇后は慈愛を振りまきながら、後宮の頂に君臨し続け、皇帝が崩御した後は宮廷をも統べる華となった。

「意外だったか」

「……いいえ」

鴆に尋ねられて、慧玲は緩やかに頭を振る。

「想いだしたの。父様が壊れて、離舎に監禁されることがきまった時に宮廷の通路で、欣華様とすれ違ったことを」

欣華はまだ皇后ではなかった。彼女は涙ぐみながら慧玲の母親に声をかけてきた。

「おいたわしいことね、あんな後宮の端に追いやられるなんて」

母親の眼が瞬時に凍りついた。怨嗟と恐怖を滲ませて、母親は「おまえが」と叫びかけた。だが、宮廷はすでに皇后を支持するもので埋めつくされていた。まわりからの刺すような視線に母親は唇をひき結び、項垂れて通りすぎるほかになかった。

「母様は言った。あれがきてから、すべてがゆっくりと蝕まれていったと。あの時は理解できなかった、でも」

時を経て、鴆から聴かされた真実とここで結びついた。

「あれはいったい、なに？」

「胥欣華は人に非ず」

唐突に雲のない青天から雷轟が鳴り響いた。遠雷だ。雲を光らせることもなく、轟きは殷々と屋根の瓦を震わせる。

「人を喰らう饕餮だ」

# 第十章　偽虎の民と角煮包

都に赤い月が昇った。

時は平旦の初刻（午前三時）、木造の民家が軒を連ねる都の一画は静まりかえっている。誰もが新たな朝を待ち、眠りにつくなか、穏やかな夜陰をひき裂いて悲鳴があがった。

赤ん坊を抱いた女が裸足で民家から飛びだしてきた。真っ青な顔をして息を切らしている。後ろから血まみれの男が追いかけてきた。庖丁を握り締めて眼を血走らせ、鬼気迫る様子だ。

「あぁ、おまえさん、なんだってこんな」

近所でも評判の仲睦まじい夫婦だった。春に赤ん坊が産まれて舅姑もたいそう喜び、女は穏やかな幸福をかみ締めていた。

なのに、男は実の親を庖丁で刺した。喧嘩をしたわけでもなく、いつもどおりに眠っていたらいきなり庖丁を振りまわして――恐怖で足がもつれたのか、女が地を転がる。男に追いつかれ、女は泣きながら訴えかけた。

「せめて、赤ん坊だけは殺さないでおくれよ。私たちの大事なややこじゃないか」

だが男に妻の声は届かなかった。

「腹が減った」

男は低く唸る。

「渇いて渇いて、渇いて――ああぁ、逃げてくれ、とめられないんだ」

ひび割れた声で叫びながら、男は庖丁を振りおろした。女の絶叫があがる。だが声はゆがんで、ぶつりと切れた。赤ん坊の泣き声も聞こえなくなる。

あとには飢虎のような男の咆哮だけが血濡れの月を震わせ、響きわたった。

「都で異様な殺人事件が頻発している。こうも続くと新たな毒疫ではないかという疑いがあがってきた。後宮食医の叡智を借りたい」
そのような連絡を受け、慧玲は尚書省の職事官とともに宮廷の北部にある獄舎にむかっていた。時は人定（午後十時）を過ぎている。診察の依頼等を終えて、藍星は先に官舎に帰した。職事官とは雕皇帝の解毒のために遠征隊を組んだ時に会ったことがある。冷静で信頼のおける壮年の官吏だ。

　しかしながら、事件か。

「どのような事件なのですか」

「善良な民が突如として、家族をはじめとした身のまわりのものを惨殺するのだ」

　慧玲は息をのむ。想像するだに恐ろしく、凄惨な事件だ。

「殺人事件ともなれば、事件にいたるまでに兆候があるものだ。例をあげるとすれば、揉めごとがあったり不幸が続いていたりといったところか。だがこの頃頻発している事件にはその兆候がないのだ。穏やかで争いを好まない民が豹変して殺人を犯す」

　毒疫は感情を乱れさせる。だが落ちこんだり怒りやすくなったりといったことはあっても、無差別に人を殺すほどに錯乱することは、まずない。

「いつごろから続いているのですか」

「事の起こりは端午祭の翌晩だ」

　職事官いわく、第一の事件は一家惨殺で、逮捕されたのは笄年の娘だという。事件の異常性に都は震撼としたが、それを発端に類似した事件が頻発しはじめた。事件の加害者につながりはなく現場も散らばっているが、概要は一致しており複数の共通項がある。

「ひとつは時間帯の偏りだ。事件はきまって、平旦の初刻から終（午前三時から午前五時）のあいだに発生している」

　慧玲は話を聴きながら思考を巡らせる。

時刻によって発症する毒か。その時間帯ならば大抵のものは眠っている。夢遊病の一種か。副交感神経の働きと連動しているとか？

「続けて被害者の遺体の惨状だ。ほとんどの遺体が獣にでも喰い荒らされたような惨たらしい有様となっており、個人の特定が難しいほどに損壊していた」

遺体の損壊は身元が解らないようにするためか、よほどの私怨がなければできないことだ。特殊な事例といえる。

「事件の発生件数は二十日間で三十三件にのぼる」

「異常な頻度ですね……」

獄舎に近づくほど日陰になって、夏だというのにうすら寒い風が吹いてきた。

獄舎とは罪人を監禁するための舎だ。宮廷における司法をつかさどる官署は刑部、御史台、大理寺で、職事官が所属する尚書省は刑部を統轄する省だ。なお、獄舎の管理は大理寺が担当している。

「人が虎になる――巷ではそんな噂が囁かれているそうだ」

白澤の書を検索する。だが、聴いたことのない病例だ。ひどく胸さわぎがする。

「都の民たちは一連の事件をおそれ、索盟皇帝の祟りか、はたまた雕皇帝の失政による禍かと疑っている。これでは民心が著しく乱れかねん。早急に対処せねば」

話しているうちに獄舎についた。

獄舎はひび割れた土壁に瓦という古い造りの建物で、獄吏という専属の役人が監視の眼を光らせていた。職事官は獄吏から許可を得て、なかに踏みこむ。慧玲も後に続いた。

内部は小窓しかないため月が差さず、燈火がたかれていてもなお暗かった。

「加害者は一様に日出の初刻（午前五時）になると理性を取りもどす。取りかえしのつかないことをしたと悔悟の念にたえず、自害するものまでいる。これから診察してもらう罪人もしかりだ。彼は一昨晩に老いた実父母、妻、実子を惨殺した。その後は知人宅を襲い、一家を殺害。我にかえり血の海のなかで泣き崩れていたところ、捕吏に取り押さえられた」

獄舎の廊下を進む。格子のはめられた監房がならんでいた。なかには藁が敷かれているだけで、劣悪な環境だ。

ある監房の前で職事官が足をとめた。

而立（三十歳）程の男が収容されていた。板のような枷を首にはめられて腕も縛られている。自害させないための拘束か。あまりに動かないので眠っているのかとおもったが、虚ろに目をあけていた。

「彼が患者ですか」

「正確にはまだ、患者かどうかは定かではない」

だからこそ、診察を依頼されたのだ。

職事官が拘束を解いたが、男はまったく動かなかった。絶望して、一切の気力を失っているのがわかる。

「診察させていただきます」

男に声をかけ、脈診からはじめる。異常なしだ。腹診では体腔に軽度ながら水腫が診られたが、毒による症状であると診断できるほどの根拠は薄く、この程度ならば飲酒等による一時的な浮腫とも考えられた。

男が微かに声を洩らす。か細い声だ。慧玲は患者の訴えを聴こうと耳を寄せる。

「ごめんよぉ……ごめん、こんなつもりじゃなかったんだ……」

男の目から悔悟の涙がこぼれた。

「なぜ、ご家族を」

男は「わからない」と繰りかえすだけだ。譫妄状態に陥っていたのだろうか。

視診、聴診も終えたが、気になる病証はなかった。男に再度枷をはめて、慧玲と職事官は監房を出た。

「現段階ですと毒疫とは診断できません。彼はいたって健康です」

職事官は納得できないのか、怪訝そうに眉根を寄せた。

「ただ、これは白澤の姑娘としての勘ですが、これらの事件のもとになんらかの毒が潜んでいる危険性は高いかと思います」

　これほど異様な事件が連続しているのだ。偶然の一致とはとても考えられない。根幹に毒が絡んでいると考えるほうが理にかなっている。

「毒のなかには潜伏期を経て発症するものがあります。毒疫ではありませんが、例をあげるならば食中毒、感冒も同様です。諸症状が発症している時でないと、正確な診断はできかねます。錯乱症状は現在でも繰りかえしているのですか」

「事件後に錯乱を繰りかえすという例はどの逮捕者からも確認できていない」

　ならば、毒は発症後、分解されると考えられる。

「潜伏期に患者を割りだすことは可能だろうか」

「残念ながら難しいかと。無症状の者を無差別に診察するのも現実的ではありません」

　職事官はますます暗い顔になる。壁の燈火が身震いするように揺らいだ。

「実は昨晩、官吏の男が老いた母親を斬った。彼は私の昔からの友だった。穏やかで母親想いの男だったのに」

　慧玲は言葉を失う。

「予測のつかぬ非常事態だ。誰がいつ、事件を起こすとも知れん。私とてその危険はある。妻が他界して残された姑娘の身になにかあったらと考えるだけでも血が凍る。しばらくは家に帰らず、仮宿に身を寄せることにした」

　状況は想像を絶するほどに切迫している。

「病を治するにはかならず本を求む――毒のもとを解明すれば、解毒もしくは発症を抑えることができるはずです。なんとか、発症時の診察はできませんでしょうか」

職事官は葛藤を滲ませつつ「危険をともなうが」と提案する。

「都では正子（午前零時）から朝まで官吏による警邏が実施されている。隊に同行すれば、発症しているものを捕えた時にその場で診察することが可能かと」

「承知いたしました。ただちに都へと赴きます。出張許可の申請をお願いできますか」

断られるだろうと思っていたのか、曇っていた職事官の表情が晴れた。

「有難い。貴姉の腕は信頼している。宮廷で毒疫が蔓延したおりには大勢の部下たちの命を助けてもらった。とても感謝している。貴姉ならば……違うな、貴姉にしか都の毒を絶てない、頼む」

まかせてくださいとこたえかけたとき、毒のある声が割りこんできた。

「許可できないな」

振りかえれば、鴗がたたずんでいた。

「都での一連の事件は毒疫とは関連がない。後宮食医がわざわざ調査に赴く必要のない事案だ」

「ですが、鴗皇太子」

異を唱えた職事官を、鴗は冷たい眼で睨みつける。

「通報を受け、事件現場に赴いた官吏が殉死した。知らないとは言わせないよ。毒疫かどうかもさだかではない事件の調査に連れだして、食医の身を危険にさらすのか」

「精鋭の護衛をつけるつもりでした」

「その護衛が錯乱して、食医を傷つけないともかぎらない。違うかな」

職事官は言葉に窮する。だが、畏縮しながらも退かなかった。

「事態は一刻を争います。これが毒疫だとすれば、多数の民が犠牲に――」

「民、ね」

鴆が明らかな毒を覗かせた。軽侮するような声に職事官が息をのむ。

「皇后陛下の懐妊から約六カ月が経ち、早産の危険もともなう時期になる。食医が負傷して、有事の際に調薬に支障をきたせばその首だけでは済まないよ」

慧玲が鴆にたいして非難の眼をむける。牽制にしても度が過ぎていた。

太傅を弾劾してから、鴆は変わった。これまでは愚鈍な振りをして佞臣たちを欺き、宮廷内部を探っていたが、擬態の時期は終わり毒を誇示して牽制する段階にきていた。

だが、汚職を働く官吏と違って、職事官に非はない。彼は都の民を想い、事態を収束させようとしているだけだ。

「分を弁えぬことをいたしました。お許しください、鴆皇太子」

職事官は青ざめ、身を退く。かわりに慧玲が進みでた。

「鴆様、御言葉ですが」

慧玲は冷静に喰ってかかる。

「これほど異常な事件が相ついでいるのです。毒疫という可能性は充分に疑えます。毒疫でなくとも民が毒によって危険にさらされているのであれば、事態を収めるのは食医の職掌であるはず。調査させてください」

だが、鴆はすげなかった。

「後宮食医が都の調査にいくことを禁ずる、いや」

鴆が酷薄に嗤った。鴆の毒に慣れた慧玲でさえ、身が凍りつくような嗤いかただ。

「貴女は患者のためならば、禁くらいは易々と破る姑娘だったね」

鴆は慧玲の腕をつかむ。乱暴にひき寄せられ、慧玲は鴆の胸に倒れこむ格好になる。

「蔡慧玲の身柄は一時、東宮で預かる」

「っ、なにを」

実質、監禁ではないか。

慧玲は慌てる。腕を振りほどこうとするが、鴆は抵抗を許さなかった。蜘蛛の糸で縛りあげるように鴆の細い指がぎりぎりと喰いこむ。

「これは皇太子の命令だよ、食医」

身分を振りかざし、命令されては従うほかにない。

なにかが変だ。鴆は強引な男だが食医の職分に制限をかけるようなことはなかった。

慧玲は鴆の態度から、都で起きているのはただの連続殺人ではないと確信した。

東宮の敷地には離宮が建てられている。

索盟が皇帝だったころ、東宮には庶兄の雕がおかれていた。雕は戦場から連れて帰った姑娘を離宮に庇護し、妃として迎えた。

その姑娘というのが欣華皇后だ。

帝族が素姓も知れない異人の姑娘を娶ったとあって、当時は反発も強かった。だが次第に誰もが彼女に魅了されていった。彼女には奇妙な威徳がある。

雕が皇帝に即位したことで欣華は皇后となり、後宮にある貴宮へと居を移した。以降、離宮は無人となっていた。

「おろしてよっ」

「いやだね、どうせさっきみたいに逃げだすだろう」

慧玲は荷物のように鴆の背に担がれ、離宮へと連れこまれようとしていた。

官吏の眼がないところで鴆の手を振りほどき、逃げだそうと試みたのが運のつきだった。脚をばたつかせるが、抵抗むなしく宮のなかに吸いこまれ、寝台に投げだされる。

「おまえっ、ほんとうにどういうつもりなの」

慧玲はかみつくように声を荒らげた。

「民が危険にさらされているのよ。毒疫であれ、他の毒であれ、白澤の一族である私が赴かなくてどうするの！」

「まったく、貴女は強情だな」

鴆がため息をつきながら、慧玲を組み敷いた。

「都にはいかせないと言っただろう」

「だから、なぜ」

「危険だからだ」

「いまさらよ。危険など、いくらだって乗り越えてきた」

殺人事件が連続しているというだけで、慧玲が薬であることを妨害するはずがない。

なにか、ある。

慧玲は鴆の眼をまっこうから覗きこむ。

眼によぎる感情の残滓から彼の思考を読もうとした。

「おまえ、なにかを隠しているね？」

「っ」

鴆が弾けるように視線を逸らした。慧玲に考えを読ませまいと身を離し、背をむける。

「あんたは知らなくてもいいことだよ」

その背を追いかけようとしたが、鴆は外掛を投げつけ、慧玲を拒絶する。頭から外掛をかぶせられて、身動きがとれずにいるうちに鴆は扉を抜けていった。

「……僕が終わらせる」

思いつめた言葉を残して、錠が落とされた。

藍星は朝から胸さわぎがしていた。

いつだったか、藍星は「勘だけはいい」と褒められたことがある。

「慧玲様」

まさか、彼女の身に危険が迫っているのではないか。

いてもたってもいられず、藍星は慌てて身支度を済ませ、早朝から離舎にむかった。

慧玲は毎朝、先に調薬の支度を進めている。早い時刻でも迷惑にはならないはず。

だが、ようやくみえてきた離舎からは煙があがっていなかった。いやな予感ばかりが膨らむ。寝坊されているだけだ。そうに違いない。

「おっはようございますっ」

藍星は努めて普段通りに明るく声をかけたが、離舎は静まりかえり寝台はもぬけの殻だった。がらんとした離舎の机には置き手紙が残されている。

皇后陛下の脚の治療が捗々しくない。専念するため、しばらくは宮廷に滞在する。離舎には帰らないと書かれていた。

紛れもない慧玲の筆致だ。

「変だ」

皇后について慧玲が思いなやんでいたのは事実だ。

だが、後宮には服薬を続けている患者がいる。秋宮に監禁されていた麻薬中毒の患者たちもしかりだ。皇后がたいせつなのはもちろんのことだが、慧玲が他の患者を投げだすとは考えられなかった。それに毎食、皇后に薬を提供するのに、後宮ではなく宮廷に身をおくなんて不自然すぎる。

「慧玲様になにかあったんだ」

藍星は震える指で手紙を握り締めて、離舎を飛びだしていった。

………

「卦狼様にお逢いしたいんです、お願いですっ」

「残念ながら、お通しすることはできません」

朝から押しかけてきた藍星に女官たちはあからさまに迷惑そうにした。時刻は日出(にっしゅつ)の正刻（午前六時）を過ぎたころだ。非常識だとはわかっているが、慧玲の身が危険にさらされているのに落ちついてはいられなかった。

「だったらここで待ちますから！」

藍星は諦めずに食いさがる。

「なんだ、喧しいとおもったら、明藍星か」

卦狼が怠そうに髪を掻きまわしつつ、廻廊の角から顔を覗かせた。

「こんな朝っぱらから、よくもそんなに賑やかな声がだせるな」

藍星は思いがけない幸運を逃すまいと卦狼にしがみついた。

「卦狼様っ、大変なんです、慧玲様が、慧玲様で、慧玲様をっ」

「いいから落ちつけ」

卦狼が呆れる。

だが、藍星の口振りから非常事態だと察して、卦狼は女官たちには退(さが)るように命令する。女官たちは低頭して宮のなかに戻っていった。

「それで、なにがあったんだ」

「朝から慧玲様が離舎におられなくて、皇后様の治療に専念すると書き置きが。で、でも、変なんです。慧玲様が後宮の患者をなおざりにされるはずがありません。無理に書かされたとしか」

「まあ、確かにドがつくほどにまじめな食医らしくはねェな」

藍星は頷いて、ぎゅっと胸もとを握り締めた。

「朝から胸さわぎがするんです。なにか、大変なことが起きているような」

「それは勘か？」

「勘です」

卦狼がため息をつき、頭を振る。

「だったら、十中八九はあたってるだろうな」

昨年にも一度、慧玲は失踪している。その時は卦狼の力を借りて廟に監禁されていた慧玲を救助することができたが、誰に拉致されたのか、慧玲は頑として語らなかった。

藍星はちょうどあの時と似た強い恐怖を感じていた。

「私は後宮から動けません。ですが、上級宦官は宮廷に渡ることもできますよね。卦狼様、お願いです、慧玲様を捜してください」

卦狼とは浅からぬ縁がある。慧玲が連れさらわれたとなれば、助けてくれるはず。藍星はそう信じて疑わなかったのだが、卦狼は意外なことにしぶった。

「察しはついた。だが、危険だ。言っとくが食医の身が、じゃねェぞ。あいつはまァ、食医を危険にさらすような真似はしねェだろうよ」

「えっ、どういうことですか」

卦狼は事態が把握できているようだが、藍星には微塵も理解できない。

「危ういことに変わりはねェがな。あれがなにを考えてるのか。俺にはさっぱり読めん。どうせ碌でもねェことだろうよ」

「だ、だったら」

「俺に抱えられるもんはひとつだ。そいつは始めから決まってる」

「卦狼、なにかあったのですか」

桜花の綻ぶような、愛らしい声が聴こえてきた。ふわりと拡がる裙の裾をひきながら廻廊をそそと進み、李紗が近寄ってくる。

藍星は李紗にむかって息もつかずにまくしたてた。

「李紗様っ、実は慧玲様が誘拐されたかもしれないんです。卦狼様の御力をお借りできれば、慧玲様を捜しだせるのに、卦狼様は慧玲様を助けたくないと！」

「おい、待て、かいつまむにも程があるだろ」

李紗は果敢なげな微笑を曇らせて、卦狼にむきあった。

「卦狼、食医さんを助けてあげて」

「媛さん」

卦狼はためらった。

「解っています。あなたのことですもの、わたくしの身にまで危害が及ぶのではないかと案じているのでしょう？　でも、そうだとしても食医さんを放ってはおけません」

李紗は睫をふせ、切実な表情をする。

「食医さんには助けていただいてばかり。ご恩をかえしたいとおもってはいても、わたくしではお役にはたてません。だから、わたくしのあなたを動かすのです。動いてくれますね？　卦狼」

「ほんとにいいのか」

李紗は睫をふせ、うっそりと微笑みかけた。

「食医さんを助け、わたくしを衛ってくださいな」

李紗は信頼と愛ゆえに難題をかぶせる。華の傲慢さだ。だが卦狼はまんざらではないのか、仮面から覗く三白眼だけで笑った。

梔子（くちなし）がしおれていた。

「暑イな」

卦狼は照りつける日を睨む。夏になってから雨が降らず、酷暑続きだ。梔子にかぎらず酔芙蓉(すいふよう)は盛りを迎えることなくつぼみが落ちて、夏椿(なつつばき)なんかは葉が焼け縮れて惨めな有様だった。宮廷でこれならば農地は悲惨だろう。

卦狼は宮廷に渡り、竜劉を捜していた。慧玲の身柄を預かっているとすれば、鴆だ。劉は底抜けの馬鹿ではあるが、役職としては鴆の補佐官にあたる。慧玲のことも知らないはずがない。

御前試合が執りおこなわれているという話を小耳に挿んで、劉ならば参加しているのではないかと思い、競技場にむかった。やはりというべきか、決勝まで勝ち進んだ劉が最後の挑戦者を気絶させたところだった。

観客から喝采(かっさい)があがる。

劉は賊と戦った時の傷が癒えたばかりだというのに、余裕綽々(よゆうしゃくしゃく)だった。実地の経験を積んで、一段と腕をあげたのではないだろうか。優勝を飾った劉が控え室に帰ってきたので「よお、坊ちゃん」と声をかけた。

「わっ、おっさんじゃないですか！」

犬が尾を振るように劉がかけ寄ってきた。

「俺の試合を観(み)にきてくれたんですか？　いやあ、参ったなあ！　俺、無双っつうか、格好よすぎたとおもうんですよねっ」

「そうだな。強い強い、格好よかったよ、坊ちゃんは」

はしゃぎまくっていたので、てきとうになだめておいた。劉はまだべらべらと喋り続けていたが、本題に入る。

「食医がこっちにきてんだろ」

「へっ？」

劉が、かたまった。

「きてんだな？」

「えっ、はっ、ははは……いやあ、よくわからないですねえ」

「嘘つけ」

「嘘じゃないですって。ええっと、そういや、この頃食医様にはまったくお会いしてないなぁ、うん、会ってない」

あきらかに変だ。劉は目線を逸らして、額からは汗をだらだらと掻いている。卦狼は劉の胸ぐらをつかんだ。

「よォし、知ってることをいますぐ、話せ」

「かっ、勘弁してくださいよぉ。俺、皇太子様になにも喋るなって言いつけられてるんですから。あのひとを怒らせたら、ほんとに殺されますって」

「そいつは気の毒だな。それで、食医は何処にいて、なにをしている」

「聞いてました？　俺、死にたくないですってば」

劉は降参とばかりに両腕をあげてべそを掻いていたが、彼なりに慧玲を案じてはいたのか、こそこそと喋りだした。

「誰にも言わないでくださいよ？　この頃、都で奇妙な事件が連続しててですね。なんだったっけ、そうそう、人が虎になるとか」

「なんだそりゃ」

まったく理解できない。

「いや、俺もわかんないんですよ。なんか毒かもしれないってことで、食医様が都まで調査にいくはずだったんですが、皇太子様がそれを禁じて、ですね。でも、食医様はこうと決めたら、ぜったいに譲らないじゃないですかあ」

「だろうな」

「そんで、皇太子様が東宮の離れに食医様を連れこんじゃって、後宮にも帰れないようにしてるっつうか。まあ、そんなかんじです。……これでいいですかね」

卦狼が手を離す。首が締まっていたのか、劉はこほこほと咳をして「酷いなあ、暴力反対ですよ、ほんと」と御前試合を終えたばかりの口をとがらせた。

「ただ、さいきんは皇太子様もいつにもまして張りつめておられるといいますか。おっかないかんじなんですよねぇ」

彼はなんだかんだ、鴆のことも気遣っているらしかった。

だが、解せない。鴆はなにを考えて、解毒を阻んでいるのか。

鴆という男は一族の怨念を喰らって産まれた蠱毒の甕の底だ。民を恨み、都を怨み、宮廷を呪っている。

だとすれば、都を毒した首謀者は鴆か――？

「……厄介だな」

卦狼が低くつぶやく。後ろではまだ劉が「俺が喋ったことはぜったいに内緒ですからねっ、ねっ」と喧しく騒ぎ続けていた。

◇

報告を待つあいだ、藍星は落ちつかないなりにできるかぎりのことをしようと、後宮の患者たちに薬をつくっていた。なにせ、藍星は後宮食医つきの女官、しかも宝林だ。食医の留守を預かれるくらいでなければどうするのだ。

諸々（もろもろ）の診察を終え、昼過ぎに離舎に帰ってきたところ、卦狼が報告にきていた。

卦狼から事の経緯を聴いた藍星は「そんな」と声をあげ、悲憤した。

「民のために都の毒を解こうとする慧玲様を捕えて、監禁するだなんて。鴆様はいったい、なにをお考えなんでしょう」

　藍星は鴆が苦手だ。微笑んでいても腹のなかではなにを考えているのか読めないし、側にいるだけでも背筋がぞわぞわと寒くなる。だが、慧玲のことを誠実に愛しているような節もあったし、頼りになるのではないかと信頼しはじめていたのに。

「さあな、少なくともあいつは都の民のことなんざこれっぽっちも考えちゃいねェよ」

「ひどすぎませんか。だって、鴆様は皇帝になられる御方なのに」

　藍星の家族は都にいる。物騒な事件が相ついでいると知り、心配でならなかった。

「慧玲様を助けないと」

　監禁され、薬をつくることもできず、どれほど悔しい想いをなさっていることか。今この時だって、都の民に想いを馳せ、憂いを募らせておられるはずだ。いや、そもそも、ちゃんとした扱いをされているのだろうか。

「慧玲様、酷いことをされてませんよね？　ご飯をもらえずにお腹を減らしておられたり、暗くて埃（ほこり）だらけのところに鎖とかで繋がれていたり。蜈蚣とか蜘蛛とか蟲がわらわらいたりして、あぁぁ、考えるだけで私、私っ……ううっ」

「それはないだろ」

「だって、鴆様ですよっ」

考えるほどに悪い想像ばかりが膨らんで、藍星は頭を抱える。卦狼は「どれだけ酷いやつだとおもわれてんだよ、あいつ」とため息をついてから、話の続きに戻る。

「ひとまず監禁はされているが、皇后の調薬は続けているらしい。監視つきだが、後宮にも渡ってはきている。食医を助けだせるとしたら、その時だけだ」

「わかりました。私が助けにいきます」

藍星はぐっと決意する。

「待っていてください、慧玲様。この藍星、敵なんか突進で蹴散らして、慧玲様を助けだしますからっ」

「お前は象かなんかなのか」

卦狼があきれてつっこむ。

「ほんと、考えなしだな、お前。監視役はまァ、俺がどうにかしてやるとして、そのあとはどうするつもりだよ。宮廷は見張りだらけだぞ」

「そ、それはこう、うまいことすり抜けて、ですね」

「はいはい、わかったよ。それで、運よく都まで逃げられたとして、よすがのない小娘がどこに身を寄せる？　しかも都で調査をするんだろう？　不可能だな」

藍星は猫の耳みたいに結いあげた髪がぺったんこになるほどに落ちこむ。諦めるしかないのだろうか。

「話は聴かせていただきましたわっ」

離舎の戸が勢いよくひらいた。

現れたのはど派手な服装をした妃妾だった。奇抜に青と黄、赤を組みあわせているが、色が喧嘩して毒蛙みたいになっている。髪は盛りすぎて燕が棲めそうなほどだ。

「え、ええっと、どちらさまですか」

「孟胡蝶ですわ」

名乗られても思いだせなかった。たぶん、藍星は逢ったことがないのだろう。こんなに奇天烈な格好をした妃妾のことをわすれるはずがない。

「昨年夏の妃が処刑されたとき、毒で火傷を負って食医に薬をいただきましたの。あの時からずっとずうっと、再登場の――こほんこほんっ、食医に借りをかえす好機を狙い続けておりましたが、今がその時ですわ」

胡蝶は胸を張って高笑いする。

「いかなる事情かは聴こえませんでしたけど、食医を都にかくまってほしいのでしょう？　孟家は都で宿屋を営んでおりますの。任せてくださいまし」

「孟家か。金梅館だろう？　宿屋じゃなくて妓館じゃねェか」

「まあ、そうとも言いますわね」

卦狼が「こいつを信頼してもいいのか」と藍星に視線を投げかけてきた。藍星は「知らないひとなんで」と首を横に振る。

だが、他に頼るあてがない。慧玲ならばどうするかと考える。彼女だったらひとまずは信頼するだろう。騙されたり裏切られたりしたら、その都度切り抜けるだけだと考えるはずだ。度胸のあるひとだから。

「黄金の船にでも乗ったつもりで頼ってくださいませ」

「なんか沈みそうだな」

卦狼がぼそりと洩らしたが、藍星は頭をさげる。

「慧玲様を託します、どうかよろしくお願いいたします」

「きまりですわね！　日程を決め、宮廷の裏門に馬を待たせておけばよろしくて？　食医を都まで連れだして、宿にかくまって差しあげますわ。こうしてはいられませんわ、おばあさまに連絡しないとっ」

胡蝶は登場した時と同様に嵐のような勢いで離舎を去っていった。

「祭りみたいな姑娘だな……」

呆気にとられていたが、気を取りなおす。

「となれば、宮廷の監視網をどう掻い潜るか、だな。衛官の見廻りの順路は機密事項になってる。そいつを持ちだせりゃいいんだが……確か、適役な毒婦がいたな」

「げ、あのひとですか」

虞愛か。藍星はまだ逢ったことがなかったが、貞操観念がなく日頃から宦官と遊びまくっていたという噂は聞いたことがある。悪辣な父親に騙されて後宮に毒をばらまいた結果、季妃から失脚。冷宮に収監されることになった。だがいまだに一部の宦官たちは彼女にひとめ逢いたくて、冷宮まで通い続けているのだとか。

「宦官をたぶらかして情報を聴きだすのは御手の物だろ」

「そういえば時々ですが、慧玲様が無月経を改善する漢方薬を渡しに冷宮までいっています。慧玲様を助けるためだとお伝えすれば、宦官を動かしてくださるかも」

「あとは風水か」

「えっ、風水って関係ありますか」

「こういう時は運がものをいうんだよ。運っつうか、風むきみたいなものだな。だが、敏腕の風水師がいまは敵だ」

鴆のことか。他に風水師となると。

「あ、おられます。静様です。静様は薬が抜けて心神喪失から戻られたあと、風水を読む御才能を発揮されているとか。頼んでみます」

月静はまだ謹慎が解かれていない。秋宮に薬を持っていくついでに逢えば、あやしまれることはないはずだ。

役者はそろった。

（慧玲様がこれまで助けてきた患者ばかりだ）

人を思うは身を思う。他人のためにちからをつくせば、廻りめぐってその身を助けてくれる。縁というのは循環して、またつながるものだ。藍星だってそう。慧玲から恩を享け、いま、ここにいる。

藍星は幽囚の身となっている慧玲に想いを馳せる。

（慧玲様、逢ったばかりのとき、貴方様は孤立無援でしたね。後宮の疎まれ廃姫だった。でも、いまはそうじゃないんですよ。待っていてください。かならず、貴方を助けますから）

◇

こぽこぽと茶がそそがれる。

豊潤な花の香が漂ってきた。金毫という黄金の茶葉が杯の底でゆらりと舞っている。

盛飾された離宮の一室で、慧玲はなぜだか茶会をしていた。

牡丹紋様の壁紙に緑の毛氈、調度品は東宮とそろいで紫檀に統一されている。落ちついた趣ではあるが、贅のかぎりをつくしていることに変わりはない。卓には白磁の茶壺に茶杯、籠からあふれるほどの茘枝がある。茘枝は遠方から早馬で取り寄せなければならない貴重な果実だ。かつて茘枝を愛するあまり莫大な財を喰いつぶした妃がいたとか。

茶会といっても、もてなされているのはひとりだ。

「どうぞ、金毫テン紅でございます」

茶杯を差しだされて、慧玲は困惑する。

最高級の茶葉だ。後宮食医如き(ごと)が飲めるものではない。遠慮して飲めずにいると、女官たちが眉を曇らせた。

「もしかして紅茶はおきらいでしたでしょうか」

「まあ、なんてこと。すぐに淹れなおして参ります」

女官たちがさげようとするのを、慌てて制する。

「いえ、いただきます。ですが、このようなお心遣いは私の身には過ぎます。どうか」

「そのようなわけには参りません。皇太子様から、食医様のことは帝妃(ていひ)として扱えと仰せつかっておりますので」

慧玲は胸のなかで鴆に悪態をつきたくなった。

現実に朝から晩まで女官が侍り、髪を梳くのも帯を結ぶのもひとりではさせてもらえない。簞笥(たんす)に収められた服は総じて最高級の絹で織られていて、首飾りや耳飾りは眩暈がするほどに高値(こうじき)なものばかりだ。風呂には月季花(ばら)が浮かべられ、黄金ほどの値がする香膏(こうこう)で髪を浄(きよ)められた時は悲鳴をあげたくなった。

（息がつまるというか、いっそ頭が変になりそう）

こうしているうちにも都では毒が拡がり続けているのだ。後宮に残してきた患者のことも気に掛かる。藍星ならば、慧玲がいないあいだも患者たちのために薬をつくってくれているはずだが、こうなにもできないとあせりばかりが募った。

茶を飲みながら、悔しさに唇をかみ締める。

「やあ、逢いにきたよ」

鴆の声が聴こえるなり、慧玲は領巾（ひれ）をまるめて振りむきざまに投げつけた。鴆は造作もなくそれを避ける。

「っと、僕のお妃（きさき）さまはごきげん斜めのようだね」

鴆は袖をあげ、女官たちには退室するように命令する。

「ここからだして」

「残念ながら、それはできないね」

「せめて、後宮での調薬だけは続けさせて。都に調査にはいかないから」

「は、信頼できないな」

彼とはもとから信頼でつながっているわけではない。

鴆は窓に腰かけてからあらためて慧玲を眺め、満足そうに微笑む。

「想ったとおり、よく似あっているね」

慧玲はうす紫の襦を身にまとい、青紫の裙を腰に巻きつけていた。襦には銀糸が織りこまれており、窓から差す午後の日を映して星のようにきらきらと瞬いていた。鴆から贈られた簪ともあっている。

「きれいだ」

心の底から愛しそうに鴆は眼を細める。

「……やめて」

彼の言葉を嬉しいと感じてしまう心が、いやだ。

慧玲は差しだされた鴆の手を振り払おうとする。だが強引に抱き締められて、膝に乗せられてしまった。背後から抱きすくめられながら、蜜を垂らすように囁きかけられる。

「こうやって華のように愛でられているほうがあっているんじゃないのか」

「ばかなことをいわないで」

侮辱だ。それを解って、この男は誘いかけている。酷い男だ。そして怖ろしい男だ。

「華だとして、私は地獄に咲くのがふさわしいのでしょう?」

慧玲は鴆を睨みあげ、続ける。

「おまえがそう言ったのよ。だったら、嵐にさらされてこそではないの。こんな風も吹かないようなところにいては腐ってしまう」

腐った花を飾りたいわけではないだろうと責めたが、鴆は唇をゆがませた。

「壊れても、腐っても、変わらずに愛でてやるよ。死なないかぎり」

接吻（くちづけ）される。後ろから顎をつかまれて強いられる接吻は息がつまる。毒なんかなくとも、頭が痺れた。

鴆の手でおもむろに耳を塞がれる。寄せてはかえすように絡みあう浪（なみ）の音のほかにはなにも聴こえなくなる。溺れていく、底の底まで。

どんな時でも澄んでいた緑の眼がよどむ。

（ここにいては、ほんとうにだめになる）

虐げられるより、怖ろしいものがあるなんて、知らなかった。

息をついだとき、微かに鐘が聞こえてきた。慧玲は我にかえり、震える声で訴える。

「皇后様の薬膳を調えにいかないと」

鴆は悔しげに舌をうち、慧玲を束縛していた腕をほどいた。

皇太子であろうとも、皇后から任命された依頼を辞めさせることはできない。監禁されてからは皇后にたいする調薬だけが、慧玲を薬でいさせてくれていた。

「ふふ、あいかわらず、慧玲の薬膳は絶品ね」

　今晩の膳は白切鴨に夏野菜をふんだんにつかった寒天寄せだ。どちらも暑くなってきたこの時期に最適な料理である。

　欣華皇后の脚にたいする投薬が始まってから、ひと月が経つ。

　だが、依然として脚の容態に変化はなかった。診察をしても異常がない。だからどのような薬を処方するべきか、白澤の叡智をもってしても解けなかった。それも当然だ。皇后は人に非ざるものなのだから。

　鴆の話を想いだせば、身が凍りついた。

　饕餮。伝承通りに彼女は人を喰らう。

　細かくきりわけられた鴨が皇后の唇に吸いこまれていくのをみて、慧玲は一瞬だけ、想像してしまった。あれが、にんげんだったらと。

　吐き気と恐怖がこみあげる。それを敏感に察して、欣華が首を傾げた。

「あら、どうしたの、心細そうな眼をして」

　慧玲は咄嗟に頭をさげ、ごまかす。

「服薬を続けていただいているにもかかわらず、結果がだせず。お詫びのしようもございません」

　欣華皇后が箸をおく。車輪を転がして、慧玲の側に近寄ってきた。

「頭をあげてちょうだい。あなたはよくやってくれているのだから、そんなふうに畏まらないで。おかげでお胎の御子も順調よ。ほんとうに助かっているわ」

慈愛を振りまいて、皇后は慧玲の手を取る。

万華鏡のような眼は博愛の念に満ちている。その眼はかぎりなく透きとおっていて、微かな毒もなく、嘘もなかった。

だから、総毛だつ。

鴆が教えてくれた。雕皇帝が索盟皇帝に毒を盛ったのも、鴆の母親に人毒を造らせたのも、欣華皇后による謀(はかりごと)だったと。

「ああ、そうだったわ、想いだしたことがあるの」

微笑みながら、彼女は続ける。

「この脚はね、時が経つにつれて、段々と動かなくなっていったの。錆(さ)びついているみたいに重かったけど、歩けてはいたのよ。でもいつからか、立ちあがることもできなくなって――そうね、こんなふうになったのは百年程まえだったかしら」

彼女の素姓を知ったかどうか、疑われているのだ――慧玲はそれを察して、さっと血の気が退いた。だが、動揺をさとられないよう、すかさず微笑みかえした。

「まあ、そのようなご冗談を。なごませてくださったのですよね。ありがとうございます。私はだいじょうぶです」

「ふふ、それでこそ、妾の可愛い食医さんだわ。これからもよろしくね」

口の端がひきつりそうになる。震えあがりそうになる身を律して、皇后と一緒に微笑みあった。ちゃんと微笑めているだろうか。

怨嗟と恐怖のただなかで絶望する。

彼女のような人に非ざるものを、いかにして倒すというのかと。

夜になっても、茹だるような暑さが続いていた。

燃える日輪に熱せられた瓦が、まだじりじりと焼けているのがわかる。

鶏鳴の初刻（午前一時）の鐘を聞きながら、慧玲は離宮からの脱走を試みていた。紫檀の椅子を踏み台にして窓から身を乗りだす。側に植わる夏椿の幹につかまれば着地できないことはない。あとは表にいる見張りだが、そっと確認したところ、高鼾をかいて眠りこけているではないか。誰かの導きを感じつつ、慧玲は抜けだした。

東宮の中庭まできたところで声をかけられる。

「慧玲様」

藍星の声だ。何処から聞こえてきたのかとおもったら、藍星は身をかがめて繁みのなかに潜んでいた。緑の頬かぶりをしているので、葉っぱにかなり擬態している。

「藍星、どうやってここに」

「えへへ、劉様がうまいこと、連れてきてくれました」

藍星は頭にたくさんの葉っぱをつけながら繁みからでてきて胸を張る。危険な橋を渡ってここまできてくれたのだ。

再会を喜びあう暇もなく、藍星は真剣な顔になる。

「まずはこちらを」

宮廷の地図が描かれた紙だ。衛官の位置から見廻りの順路までが書きこまれていた。

「新月の晩、貴宮から東宮に帰られる時をねらって、監視役の衛官を眠らせます。慧玲様はその隙に逃げてください。風水によると風の吹いてくるほうにむかって進めば、難を切り抜けられるそうです。宮廷の裏門に迎えがきています。彼等が都まで連れだしてかくまってくださいますから、頼ってください」

「どうして」

藍星だけで、これほどの根まわしができるとは思えなかった。

「慧玲様がこれまでたくさんの患者(ひと)を助けてこられたからですよ」

藍星は微笑んだ。昏い暁に瞬く明星のような笑顔だ。

「みんな、慧玲様に御恩をかえしたいと想っています」

「恩だなんて」

　薬として頑張ってきたのは他人のためではない。彼女自身の誇りのためだ。白澤の一族としてなすべきをなしてきたに過ぎない。だが、藍星の言葉を聴いて、なぜだか報われたとおもった。進んできた道はまちがってはいなかったのだ。

　すべてを助けられたわけではなかった。取りこぼしてしまったものもあった。

　だが、薬であり続けることができていたのだと。

「慧玲様だったら、都の毒もぜったいに解毒できます。慧玲様だけが頼りです。どうか、民を救ってください」

　よどみかけていた緑の眼が、玲瓏（れいろう）と澄みわたる。

「わかりました。この命を賭けて、いかなる毒をも薬と転じましょう」

　蠱毒はなされた。
　新月の晩は毒月最後の日にあたる。鴆は人払いを終えて甕の蓋をあけた。
　百種の毒蟲を喰いつぶして残ったのは蠍だった。大陸最大の蠍で、特に毒が強いものを皇帝蠍（ダイオウサソリ）という。
　鴆は蠍をつまみあげた。

蠍は威嚇するが、彼は捕食するように舌を突きだす。

尾の毒針が、鴆の舌を刺した。鴆はひどく顔をしかめながら蠍をかみつぶして、喉に落とす。異物を吐きだそうとする本能を抑えつけるため、喉を握り締めた。

神経を焼き切るような激痛に続けて、腹からどくりと地獄が拡がる。身のうちから蟲に喰いやぶられるような異物感――これこそが蠱毒だ。

腫れあがった舌が喉を塞いで、まともに呼吸ができない。ひゅうひゅうと喘鳴（ぜんめい）だけが洩れた。意識がかすむ。失神でもしようものならば、終わりだ。

鴆は強い意志を滾（たぎ）らせた眼で虚空を睨む。視界を被（おお）う影が、ゆがんだ。

「血は争えぬものだな」

死んだ皇帝が鴆を睨みおろしていた。現実と錯誤するほどに思考は麻痺していない。

「そなたも結局は吾（わたし）と同じだ。吾が脚の動かぬ皇后を愛でたように、薬という呪縛に捕らわれて身動きも取れぬ白澤の姑娘を、そなたは愛している――」

鴆は頭のなかで「違う」と拒絶の言葉をつぶやいた。

「同じだ。そなたがあの姑娘を女帝にすると誓ったのも――」

鴆が最後の力を振りしぼって、短剣を放つ。だが短剣は雕皇帝の幻をすり抜け、壁に刺さった。

「麒椅（ぎょくぎ）は籠（かご）であろう――？」

雕が嘲笑った。正確にはそう感じただけだ。鴆にはすでに視線をあげ、彼の顔を見据えるだけのちからもなく、地に這いずり、項垂れていた。

「皇帝の椅子は地獄の底の底にある。それを知りながら、あの姑娘を麒椅につかせようとするのは皇帝という重荷で、彼女を縛りたいからだ。何処にも逃げられぬよう。命を投げだせぬよう――」

薬となるため、彼女は絶えずその命を賭けてきた。

これまでは死線をくぐり抜けて、辛くも助かってきたが、薄氷を渡るようなものだ。だからといって、ほんとうに薬を取りあげれば、彼女は壊れるだろう。だが皇帝となれば、そうそう命を賭けることはできなくなる。皇帝の命は民の命に等しいのだから。

「この期におよんで、彼女のためだと語るか。ふ、嗤わせる。皇帝となった彼女の側にいるのが、みずからでなければ許せぬくせして。認めろ、それは欲だ――」

「っ……だからなんだ」

鴆はひずんだ声をしぼりだす。

「欲でも、毒でも、構うものか。僕は彼女が欲しい。彼女を縛るためならば、なんだってする」

言葉になっているかはわからない。どうせ、死者と喋っているのだ。きちんと喋れずとも、構わなかった。

「哀れだな」

「はっ、哀れなものか。地獄まで道連れにしたくなる、それほどまでに愛しい姑娘（おんな）に逢えた――これほどの幸せがあるものか。貴方に哀れまれるいわれはないよ」

鴆はなにひとつ、愛せないとおもっていた。愛されたことがないからだ。だが、彼は薬の姑娘を愛した。

毒でしかない愛だとしても。

愛は愛だ。

鴆の揺るがぬ想いにうち破られたのか、幻が崩れて、輪郭のない影だけがあとに残る。

鴆は息をつき、袖から解毒の丹薬を取りだした。

蠱毒の解毒は特殊だ。蛇の毒に蛇の毒を、蜘蛛の毒には蜘蛛の毒を。同種の毒をもって毒を制する。蠍の毒には蠍だ。普通に飲みくだすことはできなくなっていたので、無理やりに指をいれて解毒薬を喉まで押しこむ。

舌から喉にかけての腫れは鎮まったが、全身の燃えるような異物感は残る。蠱毒を完全に解毒するまでは日に三度、薬を飲みながら堪え続けるしかない。

そうすれば、蠱毒は鴆のものだ。人毒の奪還にまたひとつ、前進できる。

（だから、それまではおとなしく捕らわれていてくれ）

毒の甕の底から愛しい姑娘に想いを馳せ、鴆は月のない空を振り仰いだ。

◇

時を同じくして、慧玲もまた、星月夜(ほしづくよ)の帳を仰いでいた。

ついに今晩、宮廷を抜けだす。

このたびの調査では長期間宮廷をあけることにはならないはずだが、皇后に提供する薬の食帖(しょくじょう)だけは七日分書き残しておいた。

皇后の薬膳をつくり宮廷に戻ってきたところで、監視役の官吏が地面に吸いこまれるように崩れおちて眠りについた。

微かだが、毒の臭いがした。卦狼の睡眠毒だろうか。

慧玲も強烈な眠けにふらつきかけたが、瞬時に解毒する。解毒がずいぶんとはやくなっている。胸にいる毒を喰らう毒――鳳凰が育ってきたためだろうか。

宮廷の地図は焼却処分したが、見廻りの順路は正確に記憶している。それを参考に衛官に見つからないよう、宮廷のなかを進む。まだ黄昏の終（午後九時）だ。見廻りだけではなく官吏がうろうろとしていたが、教わった風水通りに動いたおかげか、誰とも遭遇することはなかった。

紫の裙の裾をたくしあげ、慧玲は走り続ける。

まもなく北門だ。慎重に角をまがったはずが、向こう側の角からきた官吏と鉢あわせしてしまった。

(職事官様)

慧玲をみて、職事官はひどくうろたえる。

彼は宮廷の命令に忠実で堅物な男である。慧玲を捕えることが官吏の務めだと理解しているはずだ。背後からは別の官吏たちの声がせまってきている。

慧玲は「どうか」と声をあげかけた。

だが、それよりさきに職事官が道の端に避けて頭をさげ、先に進むようにうながした。

(ありがとうございます)

会釈をかえして、慧玲は職事官の側を通りすぎる。

北門までできた。門番たちは眠りに落ちている。息を潜めて門を抜けると、馬に乗って待ちかまえていた男たちが声をかけてきた。

「お前が例の妃妾だな、話に聞いている。乗れ」

屈強な男たちだ。そまつな服をきて腕には刺青を彫っている。ともすればごろつきとも大差ない風貌だが、慧玲は彼らを信頼して馬へと乗りこむ。

馬が走りだして、宮廷が遠ざかっていった。危険をかえりみずに逃路を造ってくれた藍星や卦狼の安否が気掛かりだが、いまは振りかえる時ではない。慧玲は進むさきだけを見据えた。

吹きつけてきた風が雲を呼び、星が陰る。

葉陰に咲いていたどくだみの花が風で散って、はらりと落ちた。

明けがたになっても、朝は遠かった。

陰うつな雲が垂れこめ、いつまで経っても空が明らむことはなく風ばかりが吹きつけてきた。嵐が暗い窓を揺さぶる。こうも天候が荒れているのに、雨だけは一滴も降らなかった。

「慧玲様、だいじょうぶかな」

藍星は昨晩から慧玲の身を案じて一睡もできなかった。いまのところは表だって捜索されている様子はなかったが、どうだろうか。薬碾をつかって種をすりつぶして、心を落ちつかせようと試みていたときだ。

「慧玲をどこに連れだした」

鴆がひどい剣幕で離舎に乗りこんできた。外掛もまとわず、髪もみだれている。

「な、なんのことでしょう？」

「しらばくれるなよ」

鴆は声を低く落として、藍星につかみかかった。

鴆は冷静な男だ。時々毒を滲ませることはあっても、こんなふうに余裕のない彼はみたことがない。

胸ぐらをつかまれ、藍星はひえっと縮みあがった。

「わかっているさ、君が根まわしをしたんだろう？　ほかの奴らに声をかけて彼女を宮廷から抜けださせた、都の毒を解かせるために」

凍てつくような毒の風が、彼を取りまいている。紫の眼からは抜き身の殺意を感じた。

「都の毒を解けるのは慧玲様だけ――そんなふうに信頼を振りかざして、彼女をそそのかしたんだ」

「そんなっ」

違いますと反論する間をあたえず、鴆は続けた。

「彼女のことだ。命を賭けて毒を解くと約束してくれたはずだ。頼もしいことだね。君は頼って、彼女はこたえる。素晴らしき信頼だ。素敵すぎて踏みつぶしたくなるよ」

嵐がごうと吹きこんで、薬棚をかたかたと震わせた。

「彼女がどれほどの毒を喰らって、薬として振る舞っているのか、君はなにひとつ知らないくせにね？」

こみあげてきた悔しさに藍星はぎゅっと女官服の裾を握り締め、涙目ながらも強い眼差しで鴆を睨みかえした。

「確かに私は慧玲様の全部は知りません。なにを抱えておられるのか。誰を怨んでおられるのか。でも、慧玲様がどれだけ頑張り屋で、どれだけ患者想いのお医者様かは知っています。たぶん鴆様より」

鴆の毒にたいしても臆さず、藍星は声を張りあげる。

「白澤だからとか優秀な薬師だからとかじゃない。慧玲様がどれだけおやさしくて強いひとかをわかっているから、だから信じているんです。慧玲様が毒なんかに敗けるはずがない、ぜったいに都の毒を解いてくださるって」

だが、藍星の懸命な訴えは鴆には響かなかった。鴆は唇の端をゆがめて、嗤う。

「は、さながら餌に群がる蟲だな。寄ってたかって縋りつき、薬である彼女を喰いつぶすわけだ」

毒の言葉が藍星の胸に刺さり、じわりと蝕む。

思いあたることはいくらでもあった。慧玲はいつだって、痛ましいほどに神経を張りつめて毒と争い、惨たらしいくらいに傷つきながら他人の毒に薬を差しだしてきた。

彼女はその命を、食膳に載せて捧げている。

「それは……だって」

「ああ、そうだよ。彼女は喰いつぶされることをお望みだ。救いようもないほどに愚かな姑娘(おんな)だからね」

彼は喀き捨てるように言って、藍星を突きとばした。倒れこんだ時に薬碾がひっくりかえって、薬がまき散らされる。藍星は尻もちをついて鴆を振りあおいだ。鴆はそんな彼女を振りかえることなく踵(きびす)をかえす。

「違うんだよ、この毒だけは。だから、僕が終わらせると言ったのに」

低くつぶやいて、鴆は離舎を後にする。

手負いの毒蛇を想わせるその背に、藍星は声をかけることもできない。後には散らばった薬だけが残った。

金梅館。都で最大の娼妓屋であり、中級の華(おんな)を取りあつかっている館(みせ)だ。客からすればこの中級というのは大変都合がよく、身分の高い官吏から程々に稼ぎのある商人まで、幅広い客層の男たちが通っていた。明けがたでも燈火のついていない窓はひとつもなく、風にちぎれた弦子(しゃみせん)や琴の調べが聴こえてきた。

馬から降りて華やかな館を眺め、慧玲は神経を張りつめる。連れてこられた先として安心できるところではないのは確かだ。

館のなかも外観と変わらず、豪奢だった。金箔張りの壁に丹塗の飾り格子という組みあわせは秋宮を想いだす。

慧玲を連れてきた二人組の男——妓夫は一言も喋らなかった。

警戒されているのかと思ったが、ふたりとも眼もとに酷い隈ができていた。喋るのも億劫なほど疲れているらしい。妓館のなかですれ違う娼妓たちもそろって肌が荒れ、疲弊を滲ませている。それでも客室に吸い込まれていく時には完璧な笑みをたたえているのだから、さすがは玄人だ。

妓夫に連れられて階段をあがり、端にある小さな客室に通される。

「小姐の頼みだからしかたないが、厄介事は持ちこむなよ」

「ったく、こんな時期に」

妓夫たちはぼやきつつ、投げつけるように鍵を渡してきた。

歓迎はされていない、か。後宮から抜けだしてきた妃妾というだけでも難ありだ。てきとうに扱われても致しかたない。

とりあえず落ちついて今後のことを考えようと入室した慧玲は思わず瞬きをした。

先客がいた。

絡みあう男女、ではなく童女だ。背格好からして悼（七歳）前後、となれば禿だろうか。娼妓には身のまわりの世話をする禿という童女がつく。後宮でいうところの女官のような役割だ。だが、それにしてはこの童女は禿の制服ではなく、華やかな、というか変わった服をきている。赤に白縞の襦に青の裙という奇天烈な組みあわせで、とどめとばかりに黄色のぼんぼん飾りがついていた。確か、後宮にもこんな奇抜な服で飾りたてている妃妾がいた。孟胡蝶――だったか。

童女はとんと茶杯をおいて、振りかえらずに続けた。

「到着かはったんやねぇ。ほんで、あんたさん、なにもんや」

ここにきてはじめて素姓を尋ねられ、慧玲は瞬時に理解する。

彼女が金梅館のあるじだと。

「蔡慧玲と申します。後宮の食医を務めてございます」

敬意を払って膝をつき、丁重な挨拶をすれば、童女はようように振りむいた。背が低すぎて幼い子どもだとおもったが、可愛らしい老婆だ。愛想のよさそうな細い眼をしているが、微かに覗く眼光はするどかった。

「意外やわ。なんで、うちが香車やてわからはったん。ふつうはこの背格好から禿やおもうて侮ってかかるもんやけど」

香車というのは娼妓たちを統轄する妓館の管理人だ。彼女は訳アリの妃である慧玲を品さだめするように眺めまわして「あほうではない、か」とつぶやいた。

「可愛い孫娘の命の恩人や聴いてたから、どんなもんやおもうてたけど。あ、知ったはるやろ、胡蝶ちゃん。都の何処を捜しても、ううん、華の後宮かて、あないに愛らしい姑娘はおらへんわ。はあ、後宮で虐められてるんとちゃうやろか」

香車は袖をひいて、よよよと涙を拭いた。

（どちらかというと、あなたの孫娘のほうが虐める側ですけど）

こうも祖母から可愛がられていたら、胡蝶が偉そうなわがまま娘になるのもわかる。もはや溺愛だ。

「ま、孫娘の頼みやさかい、事情は聴かずにかくもうたる、感謝しぃや」

慧玲は気を取りなおして「実は」と都にきた経緯を喋りだそうとした。だが、香車はにべもなく袖を振る。

「聴きたないわ。後宮から抜けた妃妾の話なんか、飯の種にもならへん。それよか、いつまでもとどまるつもりやったら、あんたさんもあんじょうお気張りや」

香車の真意が理解できずに慧玲がぽかんとなる。隣の部屋から嬌声（きょうせい）が聞こえてきて、やっと理解した。香車は慧玲にも客を取らせるつもりだ。

「ちょっと痩せすぎやな。胸もない、けつもない。でも、そやな、顔だけはわるないわ。若白髪はうちみたいにそめればええ。まあ、それなりにはええ値ぇがつきそうやね」

後宮から抜けてきた妃妾を客の前にだして危険はないのか。あるいは役にたたなければ宮廷に売ると脅しているのか。

だったら、よけいに臆するところをみせてはならない。

「失礼をいたしました」

唇をかみ締めてからほどき、慧玲は敢えて微笑む。

「話をするならば、まずは良き食事です。朝餉の支度はこれからですね？」

「はあ？　なにを」

いかなる時も食を持ち、彼女は困難を乗り越えてきた。

「庖厨を御借りしてもよろしいですか」

…………

「う、うまい」

毒味をかねてまっさきに箸をつけた妓夫が身を震わせ、歓喜の声をあげた。

わかめと鮭の炊きこみご飯をはじめ、しじみと牡蛎のあんかけ揚げだし豆腐、土豆と南瓜の煮物など素朴な料理ばかりだ。

食事番の女たちがいっせいに唇をとがらせる。

「なんだい、うちらのつくる飯がまずいとでも言うのかい。どれどれ……な、なかなかうまいじゃないか、へえ」

飯炊きの女は負け惜しみのような評をくだしながら、食欲に勝てなかったのか、がつがつと掻きこみだす。あおられて娼妓たちまで箸を伸ばし、食堂は歓声の渦に包まれた。

「これだけの料理を全部、ひとりだけでつくったのかい。いやあ、大したもんだねぇ」

老いた奉公人の男が感服したように声を洩らす。娼妓たちもきゃっきゃっと騒ぎながら、箸を進めていた。

「めずらしいこともあったもんだよ。好ききらいの激しい娼妓まで食べてる」

「恐縮です」

慧玲の食膳は妓館に勤めるものたちの心を、というより脾（いぶくろ）をいっきにつかんだ。だがこれは舌を喜ばせるだけの膳ではなかった。

「ふわあ、なんだか眠たくなってきたわ。この頃なかなか寝つけなかったから……ごちそうさま、ちょっと寝てくるわね」

おしろいでも隠せないほどの隈ができた娼妓が欠伸をする。続けて妓夫たちも眼をこすりはじめた。

「俺たちも眠たくなってきたな」

「腹がくちたせいか？　これだったら、久し振りに熟睡できそうだ」

慧玲が推察したとおりだ。

妓館では日が傾きだしてから朝まで働き続けるため、睡眠はどうしても昼になる。だが昼は睡眠に適した時間帯ではない。夜勤が続くうちになかなか眠れなくなったり眠っていても疲れが残ったりする。

「ご安心ください。熟睡できますよ。こちらは安眠をもたらす薬膳ですから」

「薬膳だって。これが、かい」

娼妓たちが顔を見あわせる。

「信じられないよ。薬膳っていやあ、もっとこう、薬っぽいっていうか。うまくないもんだとおもっていたんだけどねぇ」

「良薬は口に旨しです。まずいものは毒となります。親しんだ食材でも組みあわせや調理によっては最良の薬になります」

慧玲は微笑んで、白澤の理念を語る。

子午流注（しごるちゅう）という考えかたがある。人の躰（からだ）、特に五臓六腑の働きは一日のうちに盛んになる時間帯がそれぞれ割り振られているという思想だ。

肝は気血の循環、排毒解毒を司（つかさど）るが、特に鶏鳴の初刻から終（午前一時から三時）に人が眠っているうちに働き、血を浄めて貯蔵する。この時間帯に熟睡できていないと、肝の働きが衰えて血が不足し、睡眠障害や慢性疲労といった不調をきたす。

よって血を補い肝を養う食物をふんだんにつかった。牡蛎やしじみ、わかめに豆腐、鮭がその代表だ。あとは脾の衰えを考慮し、胃腸にやさしい調理法を選んだ。

食後は宮廷から持ってきた雪菊茶(ユキキクチャ)を淹れる。雪菊茶には中枢神経の昂(たかぶ)りを鎮静する効能がある。慧玲も不眠が続いているため、雪菊茶を愛飲していた。

「こんな眠くなるなんてどれくらい振りだろうな。妓館に勤めているもの全員分の食事をひとりでつくっちまうだけでも尋常じゃないが、いったい、あんたはなんなんだ」

妓夫に尋ねられて、慧玲は袖を掲げてこたえる。

「私は後宮の食医でございます。ですが万毒を解く医師の一族たる白澤の叡智を受け継いでおります」

「へえ、白澤の一族ねえ、ようわかったわ」

香車の眼が変わる。膳を食べ終わり箸をおいてから、香車はあらためて唇をひらく。

「ほんで、後宮の食医さんがどないして、後宮を抜けて都にきはったん。好いた男を追いかけてきた、というわけでもなさそうやね」

食が心を解きほぐしたのか、香車が話を聴いてくれる姿勢になった。

「私は都の毒を解くために参りました」

慧玲はここにきた経緯を話す。言うまでもなく、皇太子に監禁されていたことはぼかした。都で連続している事件を調査して、毒が絡んでいるのならばそれを解毒したいと訴えかければ、妓夫たちが顔をみあわせた。

「ああ、例の異様な殺人か」

「金梅館でも警戒して、見廻り隊を組んでる」

「ほんとうですか」

渡りに船だ。慧玲は頭をさげる。

「お願いします、見廻り隊にご一緒させてくださいませんか」

「そうは言ったってなぁ、危険だぜ」

「小姐ちゃん、俺たちは遊びにいくんじゃねぇんだぞ。喧嘩だってある。巻きこまれたらどうすんだ」

妓夫たちはしぶる。だが、香車が妓夫たちにうながす。

「連れていったり。後宮を抜けだしてくるくらいや。危険は承知やろ。巻きこまれて死んだら死んだや、せやろ？」

「左様です」

間髪をいれず慧玲はこたえる。

彼女はいつだって、ためらわずに命を賭ける。命が軽いからではない。重いからこそだ。医の道を進むかぎり、秤には絶えず、患者の命が乗っている。ならば、つりあうものはこの命をおいてほかにはなかった。

…………

洗い物を終えた慧玲はたすきを解いて、息をつく。

時刻は昼だが、妓館はしんと寝静まっていた。

妓館に連れてこられた時は警戒した。女を家畜のように扱う妓館もある。だが、金梅館の娼妓たちは朗らかで、職に誇りを持っているのが感じられた。妓館に勤めるものがそろって食堂で飯をかこむというだけでも、良好な職場環境であることがわかる。

(なんとかやっていけそう、よかった)

一方で後宮のことが気に掛かる。監禁されていたはずの慧玲がいないことがわかって、大騒ぎになっているころだろうか。

鴆のことを想う。藍星や卦狼に危害を加えていなければいいのだが、どうだろうか。彼は毒師の暗殺者で命を奪うことにためらいがない。最悪の想像が頭をもたげて、慧玲は頭を振る。

曇天だが、嵐のような風はずいぶんと落ちついてきていた。

妓館の中庭を通りがかった慧玲は強い芳香を感じ、足をとめた。

変わった花が、蔓(かずら)から垂れさがるように咲いている。珂雪のように純白で美妙(みみょう)な花だが、喇叭か、風車に似た花弁のなかを覗くと毒々しい紫を隠していた。

「曼荼羅花（まんだらげ）……なぜ、こんなに危険なものが」

「毒の花やろ、知ってるわ」

振りかえると香車が床几（しょうぎ）に腰かけていた。

「二十五年くらいは経つやろか。器量だけはとんでもなくええ娼妓がおったんや。その娼妓が植えた種から咲いたんが、これや。傲慢で性悪の娼妓やったわ。なにもかもを呪ってるような眼ぇをして」

「紫の眼でしたか」

「ああ、確か、せやったね」

鴆の母親は毒師の集落が焼かれたあと、娼妓になったと聴いていた。だがそうか、金梅館にいたのか。

「ええ身請け話があってな、どっかにいってしもたけど――あの頃からこの花だけはずうっと咲き続けとる。抜いても抜いてもあかんねんな。いつのまにか蔓が延びてきて夏になると咲きよる。あの娼妓（おんな）、何処かでまだ、呪い続けてるんやろな」

いや、彼女は死んだ。鴆という最強の毒を残して。

「そろそろ焼きはらったろうかなあ」

慧玲は睫をふせ、曼荼羅花の葉を摘む。毒にためらいなく触れる彼女におどろいたのか、香車が細い眼をあけた。

「曼荼羅花は確かに強い毒性を持っています。微量でも頻脈、麻痺、眩暈といった症状があらわれ、多量摂取すると譫妄、錯乱を起こして死にいたります。一方でその毒は麻酔薬としてもつかわれています。患部を切開したり傷を縫合する時に処方すると、痛みをいっさい感じさせることなく施術を進めることができます」

薬毒同源。毒となすも薬となすも人の扱いひとつだ。

「彼女は毒を残した。ですがその毒が薬となることもあります。扱いが危険なものではありますが、邪険にはしないであげてください。花は咲くだけ。罪はございません」

慧玲がそう頼むと、香車はため息をつきながらつぶやいた。

「そういえばあの娼妓、らんちき騒ぎで斬られた娼妓の傷を縫ったってたなあ。すぐに癒えて、跡も残らへんかった。あれは……みごとやったわ」

雲間から日が差してきた。毒の花は日を受けて、しらじらと透きとおる。そのなかで微かに滲む紫。慧玲はあらためて、鴆へと想いを馳せる。

鴆がこうも慧玲に制約をかけるにはそれなりのわけがあったはずだ。それなのに、彼の思惑を踏みつけて、抜けだしてきてしまった。

(彼にはひどいことをした)

それでも、あやまろうとは想わない。彼もあやまらないだろう。ふたりはそれぞれの想いを持って歩き続けている。背を預けながら、進むさきは違う。

それでも、道はいつか、ひとつになる。

それが毒と薬というものだ。

◇

宮廷の獄舎には拷問室がある。

密偵や刺客等が収監される室で、過酷な拷掠が執りおこなわれることから入れば再びに日を仰ぐことはできないと噂されていた。

そんな拷問室で、卦狼は苛辣な尋問にさらされていた。

腕を縄でつるされて跪き、項垂れている。ひき締まった背は傷だらけだったが、なおも笞は容赦なく振りおろされる。重敲の限度である百度はとうに過ぎた。声も洩らさずにたえ続けてきた彼だが、段々と意識が遠ざかってきた。

「まだ情報を喀かないのか」

「力及ばず、お詫びいたします」

男が獄吏と喋る声だけが、微かに聴こえる。

「ですが、これ以上はお控えになられたほうが。まことに事情を知らぬということも考えられます」

「退室しろ」

獄吏が息をのみ、畏縮して拷問室を後にする。

卦狼は失神しかけていたが、頭から水をあびせられ、乱暴に意識をひきもどされた。

「ずいぶんと頑張るじゃないか、卦狼」

紫の眼をぎらつかせた鴗が水桶を投げすてた。卦狼は濡れた髪のすきまから鴗を睨みあげる。鴗は外套をかぶっていた。身分のあるものが宮廷の暗部にきていたとあっては、良からぬ噂が拡がりかねないからだ。

「もう一度、尋ねる。慧玲を何処に隠した」

「お前は変わったんだとおもってたよ。だが、違ったな。根は変わらねェもんだ。毒の根は結局、毒か」

息も絶え絶えに卦狼が呻き声を洩らす。

「はっ、変わるはずがないだろう」

人毒を失っても鴗という男は変わらない。魂の毒だけは如何なる薬をもってしても、解毒できるものではなかった。

「だからといって、いまさら宮廷や都に報復するつもりはないよ」

「待て、都の毒はお前がまき散らした毒じゃねェのか」

だから、慧玲が調査にいくのをとめたのだと卦狼は疑っていたのだが、鴆は馬鹿らしいとばかりに髪を掻きあげた。

「都を毒すならば、宮廷に帰ってきた時にそうしている。あんなものは毒するにも値しない」

卦狼は絶句する。

鴆は毒師にして皇帝の落胤だ。一族を滅ぼし、自身を捨てた宮廷を怨嗟していた。だから、最強の毒を身につけて宮廷にきた。

だが、鴆に暗殺されるまでもなく皇帝は崩御。鴆の絶望感たるは察して余りある。彼は復讐をよすがに地獄を這い続けてきたのに。

結果、鴆は宮廷を滅ぼすのではなく征服するというかたちで復讐を続けようとしたのではないかと卦狼は考察していた。自身が皇帝となり、惚れているであろう皇帝の姑娘を皇后とする――それも一種の報復だ。私欲ではあるが、君臨するものというのは強欲であってこそだ。喰うか、喰われるか。強大な欲を飼いならすものは強い。

それならばそれで、構わなかった。

慧玲が皇帝であれば、と想像したことはあるが、彼女はあくまでも理想像であって現実には鴆のような男こそが皇帝にふさわしいだろう。

怨み続けることは愛することに等しい。宮廷を怨むかぎり、彼は宮廷や都に意識をむけ、動かすはずだと。

しかし鴆が都を毒したという疑いができ、なにもかもをこの手で滅ぼしたいという欲望がまだ残っているのかと勘繰った。

「宮廷も都も滅びるなら、勝手に滅べ」

だが、どちらも違った。鴆は宮廷にも都にも関心がないのだ。これほどまでに怖ろしい皇帝はいなかった。

卦狼は腹の底から凍りつくような愕然たる想いになる。

「お前、そんなきもちでほんとうに皇帝になるつもりか」

「皇帝、ね」

鴆はどうでもよさげに嗤った。

「だが、ほんとうにいいのかな。あんたが命を預けた姑娘(おんな)は他にいるんじゃないのか」

「なんだと」

卦狼の眼つきが変わる。

鴆は袖から取りだした髪のふさを、卦狼の側に投げてよこした。それがなにか、卦狼に理解できないはずもない。

「貴様、媛さんになにをしやがったッ」

卦狼は裂けた顎で咆哮する。縄がちぎれんばかりに軋む。

「喜んでもらえてよかったよ。つぎは耳でも持ってきてやろうか」

卦狼は燃えさかる眼で鴆を睨みあげ、しばらくは呻いていたが、悔しげに項垂れる。

「……金梅館だ」

鴆はそれを聴くなり、踵をかえした。

拷問室の外で控えていた獄吏に声をかける。

「風（破傷風）にならぬよう宦官に治療を施し、帰してやれ。ああ、もちろん、嬪も一緒にね」

獄吏は殺さずに済んで安堵したのか「御意に」と卦狼の縄を解いた。卦狼はちからつきて倒れこみかけたが、李紗の声が聴こえて踏みとどまる。

「卦狼っ、なんでこのような」

李紗はかけ寄るなり、卦狼を抱き寄せて涙をこぼした。

「あなたが拷問室に連れていかれたと皇太子様から聴いて、すぐにかけつけてきたのですよ。濡れぎぬをかぶせられたとか」

「俺はへいきだ。頑丈だからな。それより、媛さんはなにもされなかったか」

李紗はぽかんとする。

「わたくしが、ですか？　ああ、髪のことですね？　あなたに逢うために髪を渡してくれといわれて、ちょっとばかり切りましたが、それだけですよ」

鴆は端から李紗にたいして拷問するつもりなどはなかったのだ。

理解して、卦狼は息をついた。

昏いほうに遠ざかっていく鴆の背に視線を投げる。野心もなく、民を想うきもちもなく、彼は何処に進んでいこうとしているのか。

（進んださきに食医がいるのか。だから進むのか、お前は）

彼は変わらない。変わらず毒でありながら、あの姑娘を愛しているのだ。それならば彼女のもとにいくべきだ。

彼女は、毒を薬とする食医なのだから。

都には眠らない街がある。柳巷花街（りゅうこうかがい）だ。

鶏鳴の終（午前三時）、後宮は眠りにつく時刻だが、花街から人の通りが絶えることはなかった。赤々と燃える提燈が風に揺れ、柳の青葉が小粋に舞う。花街といっても軒を連ねるのは妓館ばかりではない。酒亭（さかば）や食事処（しょくじどころ）、賭博場と様々で、屋台の荷車も通って賑やかだ。

慧玲は金梅館の妓夫たちとともに町の見廻りにきていた。

索盟皇帝に監禁されるまでは母親に連れられて都にも度々きた。だが、後宮に身をおくようになって三年は経つ。都はどうなっているのか。民は飢えているのではないか。慧玲は懸念していた。毒疫の影響もあるだろうに程々の値に落ちついている。

いた。毒疫の影響もあるだろうに程々の値に落ちついている。

「民はそれほど貧しくはないのですね、よかった」

国家の財政には様々な要素が絡む。

民の経済はいたって単純だ。毎日飯が食えるか。程々の値で喫酒できるか。だがこれらは易いことではない。皇帝がわずかでも為政を誤れば、民が飢えることになる。

民は食をもって天をなす。民政においては食こそが経済の基盤だ。

「こういっちゃあれだが、皇帝陛下が崩御して皇后様が政を執るようになってから経済のほうは落ちついたな」

「南海貿易だっけ。あれで、傾きかけてた経済がいっきに持ちなおしたとか」

見廻り隊の妓夫たちが話す。慧玲は嬉しくなって、補足した。

「鴆皇太子様の政案ですね。皇太子様は民の経済を第一に考え、動いておられます」

「へえ」

賑やかな民の姿を眺めながら、慧玲は考える。

毒疫を絶つためには慧玲が麒椅につかなければならない。だが、ほんとうに皇帝となるべきは鴆ではないのか。

鴆は貿易にとどまらず、多岐にわたって革新を進めている。

経済格差の是正、属国を統治するための新たな制度の確立、外交、律令改正と、鴆の功績をあげればきりがなかった。

もっとも鴆は民を想い、政を執っているわけではない。彼なりに統御しやすいよう、根底から組みなおしているだけだ。蟲を管理するのと違いはない。だからこそ、合理化だけを考えて革新を進めていける。

「あとは秋の収穫がどうなるかだな。夏になってから日照り続きで、地方では麦が枯れかけているとか」

「都にいても、酷い暑さだからなあ」

天変地異も地毒の一種だ。日光は万物を育むが、過ぎれば毒となる。昨年から旱魃を始めとした天変地異はあったが、これが続ければ剋は確実に衰退する。

「皇帝も立て続けに崩御して、ほんとにどうなっちまうんだろうな」

「麒麟は助けてくれんのかね」

民の憂いを聴き、慧玲はひそかに唇をかみ締めた。

…………


「異常なしだな」

何事もなく見廻りを終える。

安心して金梅館に戻りかけた時だ。何処からか、絶叫があがった。もつれあうような娼妓たちの声。嬌声ではない。走りだす妓夫たちの後に続いて、現場にかけつけた慧玲は絶句する。

血の海だった。

溺れるように娼妓たちがうつぶせになって絶命している。一撃ではなくずたずたに斬り裂かれて、命を奪われていた。

花街から通りをひとつ外れて、この一帯には宿屋が軒を寄せている。推察するに宿から連絡がきて客のもとにむかっていた時に奇襲されたか。

「た、助けてっ」

街の角から娼妓が逃げてきた。だが、妓夫が助けようとしたのがさきか、娼妓は背から斬りつけられ、ずるりと崩れおちた。

娼妓を斬った男が蹌踉(そうろう)としつつ、こちらにむかってくる。

その男を、慧玲は知っていた。

「職事官様……」

職事官は虚ろな眼をして徘徊していた。官服はしぼれそうなほどに血で濡れている。それだけでも異様だが、額には縞のような毒紋があった。「人が虎になる」宮廷で聞いた噂が頭をよぎる。

職事官は剣を構えていないほうの腕になにかを抱えていた。火の絶えた提燈か。いや、あれは――切断した姑娘の首だ。

紅もつけていない素朴な姑娘。年の頃は笄年を過ぎたばかりか。とても娼妓とは思えなかった。職事官が「姑娘がいる」と語っていたことを想いだす。最悪の事態が頭をかすめ、慧玲は青ざめる。

まさか。

「違う、違うんだ」

職事官は取り乱した様子で声を震わせた。

「私の姑娘が、姑娘を……こんなはず、私は、違う違う違う――」

職事官は現実を拒絶するように絶叫して、斬りかかってきた。

妓夫たちは想像を絶する惨状に身が竦みかけていたが、慌てて剣を抜く。見廻り隊は三人一組で、荒事を経験してきた腕自慢の男たちで編制されていた。

だが、一撃。

「なっ」

たった一撃で妓夫が斬られた。

職事官は強かった。

財政、貿易等を統轄する尚書省に籍をおいている段階で文官だとばかり思いこんでいたが、彼は逢った時から帯剣していた。喧嘩を得意とする妓夫と、暴徒の制圧や戦争等で実戦経験を積んでいる武官では勝負にならない。まして妓夫たちは友を斬られ、冷静さを欠いていた。

妓夫たちはやみくもに斬りかかり、反撃されて血の海に沈む。職事官は息絶えた妓夫の背に何度も剣を突きたて、執拗に亡骸を壊し続けた。

「すまない、こんなつもりは……なかった、なかったんだ」

職事官は剣を振るいながら、ぼたぼたと雫を垂らす。だが、したたり落ちるのは悔恨の涙ではなかった。

ねばつくそれは涎だ。

「私はただ、飢えて飢えて……だから、こんな……」

錯乱したその様が、慧玲の眼に焼きついて離れない男の姿と重なる。

「父、様」

毒による飢えで、魂まで壊された索盟皇帝。殺戮を繰りかえし、渾沌の帝とまで称された彼の姿がよみがえり、慧玲は頭を強く殴りつけられたようによろめいた。絶叫になり損ねた声の残滓が「あぁ、あぁ」と喉から洩れる。

怖い、怖い。でも、だめだ。逃げてはだめ。だって、私が逃げ続けたせいで、薬として喰われなかったせいで父様は――崩れるように膝をつく。

職事官が迫る。あれは最愛の父ではない、逃げなければ危険だと本能が訴えているのに、慧玲は呪縛されたように動けない。

慧玲にむかって、剣が振りあげられる。

「っ」

殺される。

身を竦ませた慧玲をかばい、男が割りこんできた。

「――慧玲」

紫の外掛が揺れる。

鴆は職事官の剣を弾きかえして、慧玲を抱き寄せた。

「だからこの毒だけはみせたくなかったんだよ」

毒を帯びた声が、慧玲の意識を現実に連れもどす。ふっと呪いを解かれたように震えがとまる。

　職事官が追撃をしかけてきた。

「っと、俺が相手ですよ」

　護衛である劉が剣を振るい、職事官の攻撃を弾く。

　職事官も強かったが、劉の強さは常軌を逸している。彼は瞬時に職事官を捻じふせ、その背に馬乗りになった。剣を振りあげてとどめを刺そうとする。慧玲が我にかえり声をあげた。

「殺さないでください！　職事官様は患者です、診察をさせてください」

　鴆がため息をつき、劉に命令する。

「そうだね、あんたはそういう姑娘(おんな)だよ。……劉、殺さず身柄を拘束して、食医に診察をさせてやってくれ」

「え、了解です。ってか、これ、やだなぁ」

　姑娘の首を持たれていては腕を縛りあげることができない。劉はきたない物をつかむように髪を引っ張り、職事官から首を取りあげようとした。職事官は声にならない呻り声をあげ、抵抗する。

「ちょっ、おじさん、おとなしくしてくださいってば」

「いけません！」

　慧玲は劉を制して、職事官に声をかける。

「お預かりするだけです。たいせつな姑娘さんをそまつには扱いません。お約束いたしますから」

抱き締めるように姑娘の首を預かる。

「すっげぇ、なんか猫を抱きあげるみたいに抱きましたね。怖かったりしません？」

「なにがでしょうか」

理解できず慧玲は瞬きをする。哀悼の念はあっても恐怖などあるはずがなかった。

「うっわあ、まじですか。やっぱり、食医様って変わってますねぇ」

捕縛してもらってから、慧玲はその場で職事官を診察する。

まずは脈診。通常の毒物ならば頻脈があらわれるはずだが、脈は落ちついていた。続けて眼診だ。瞳孔がひらき、睛(くろめ)が赤みを帯びていた。白眼が充血するのはわかる。だが睛に異変が表れるというのは慧玲が知るかぎり、例がなかった。

病変部である額の毒紋は斑ではなく線状で、縦縞になっている。額の血管は縦に伸びているので、これは血管の膨張と考えられる。静脈瘤(りゅう)の一種か。静脈瘤は基本下肢にだけ表れるものなので、こちらも異例だ。

診察を続けながら、慧玲は頭のなかで白澤の叡智たる竹簡を解く。木毒、火毒、土毒、金毒、水毒、いずれもあてはまらなかった。毒であることは確かだ。理知に富んでいた職事官を錯乱させるほどの毒——だとすれば、真実はひとつだ。

　腹診をする指が震えだす。現実を受けいれるほかになかった。

「竜血（りゅうけつ）の毒、ですね」

　だが鴆は否定した。

「違うよ、これは虎血（こけつ）の毒だ」

　慧玲はただちに禁毒の項を繰る。あらゆる毒と薬を網羅しているはずの白澤の書だが、そのような毒は記録されていなかった。

「聴いたことがありません……」

「そうだろうね。これはでき損ないの毒だからね」

　人毒がなされてはじめて搾られた毒の血潮からは、竜血という毒の結晶が造られる。この竜血の毒を血縁者に盛れば、終わりのない飢渇をもたらして魂をも壊す毒となる。索盟皇帝はこの毒によって破滅した。

　だが、人毒を為（な）せるものはかぎられている。

　禁を破っても、九割がたは人毒を身につけることができず死に逝く。だが鴆いわく、人毒となれずに命を落としたものからも毒の結晶を取りだせるのだという。

「それが虎血という毒だ」

　ただ、この毒はあくまでも粗悪品に過ぎない。

「毒する対象は血縁者である必要はないが、他に条件がある。ひとつは心身ともに衰弱していることだ。もうひとつは心に虎を飼っているかどうか」

鴆は敢えて、虎という語をつかった。

虎とはうちなる荒ぶるものを表す寓意だ。忿怒や怨嗟、攻撃的な欲求等である。

「職事官は事故により妻を奪われている。あきらかに相手の過失による事故だったが、諸々あって裁くことができなかった。あれから五年は経つが、彼のなかにはまだ終わらない怨嗟が根を張っているんだろうね」

その怨嗟という弱みに毒がつけこんだ。職事官は毒されて虎となり、最愛の姑娘を殺害する結果となった。慧玲は胸を締めつけられ、睫をふせる。あまりに救いがない。

「だが虎血の毒自体の発症率は低く、人体に吸収されても大抵は潜伏期間のうちに分解される。先述の条件を満たしても、虎化という毒の症状が表れるのは五百人に一人程度だ」

「だから、毒としてはつかいものにならないのですね」

「加えてこの毒がいつ発症するかはわからない。今晩か、一年後か、三年後か。分解の速度にも個人差があるからね。何年もかけて分解し、最後まで発症しないものもいる。しかも発症は一度だけで、あとは勝手に解毒される」

確実に、かつ永遠に魂を蝕む竜血と比較すれば、いかに劣る毒かがわかる。

「でもそのように特殊かつ発症率の低い毒がなぜ、都で拡大しているのでしょうか」

都には莫大な民がいる。いっせいに毒を盛ることはできないはず――腹診を続けていた慧玲は息をのむ。

水腫だ。獄舎で診察した患者にも同様に、軽度の水腫が診られた。

毒の症状に水腫が含まれるのはめずらしいことではないが、虎血の毒は潜伏性の毒だ。この毒は経口で取りこまれたあと、身のうちにある水と結びつき、水腫をひき起こして排出されないよう潜伏すると考えれば理にかなう。

だが、水か。慧玲はそこから、ひとつの結論にいたる。

「そうか、疎水です。水ならば都の民全員が例外なく、口にします。虎血の毒は都の疎水に混入されたと考えるべきかと」

五百人に一人を害せる毒だとして、都には百万ほどの民がいる。二千人は虎になるということだ。

「僕の考察と同じだね。僕だって都に毒を散布するならば、疎水を狙う」

都の疎水は宮廷とは水源が異なる。宮廷ではこの毒が拡大していないのはそのためか。

「水不足に託けて、疎水の監視を強化しよう。だが、まき散らされた毒は回収不可能だ。虎血は水に溶ける」

「つまり、都の民を救うには薬しかない」

強い意志を滾らせて、慧玲は言葉にする。

白澤の書に記録のない毒ということは薬がつくられた先例もないということになる。慧玲は先人の叡智を借り、連綿と紡がれてきた白澤の一族の轍を踏みながら、ここまで進んできた。だが、このたびの毒は未踏の地を、みずから拓かねば解毒できない。

「いや」

鴆が頭を振る。

「僕が人毒を取りもどしたら、特定の毒を嗅ぎわけることのできる蝶をつかう。その時点でまだ体内に毒が潜伏しているものは全員処分すればいい」

「なっ」

慧玲は耳を疑った。

分解が遅れ、毒が潜伏していても、発症するとはかぎらない。それなのに、彼は発症の危険性がわずかでもあるものを無差別に殺すつもりなのだ。

「おまえ、どういうつもり。彼らは患者なのよ！」

「たかが百万のうちの数千だ。捨てればいい。都の民がちょっと減るくらい、取るにとらないことだ」

彼は育たなかった蟲を破棄するように毒された民を捨てようとする。

「民は蟲ではないのよ」

「蟲だよ。餌を施し、寒くも暑くもない適切な環境を与えておけば、勝手に増殖を続ける蟲だ。あとはその蟲の群が国家を喰らうことのないよう、監視し続けるのが皇帝の役割だ。違うのか」

「違う」

民は青き草だ。健やかに育ち、よく実り、根を張るように護り続けるのが皇帝だ。だが、それを訴えたところで鴆には理解できないだろう。

ため息をつき、慧玲は唇をひき結ぶ。

「あのぉ、俺にはいまひとつ、なんのことだかわからないんですが、わからないなりに物騒な話で……なんかこう、俺がいるの、忘れられていません？」

後ろに控えていた劉がおそるおそる、声をかけてきた。完璧に忘れていた。鴆は振りかえって劉に微笑みかける。

「だったら、聴かなかったことにしろ」

さわやかな微笑だが、だからこそ凄みがあった。

「あ、はい。了解です。なあんにも聴こえませんでした」

劉は頭をこつこつとたたいて、忘却を試みている。

日出の初刻（午前五時）を報せる鐘が聞こえてきた。縄をちぎろうともがいていた職事官が憑き物でも落ちたように気絶する。膨張していた額の血管が収縮して、虎の毒紋がなくなった。

「ひとまずは落ちつけるところに帰るよ。確か、金梅館だったね」

「待ってください」

慧玲は妓夫たちの側で膝をつき、脈をはかる。ふたりは斬られたあとも繰りかえし刺されて絶命していたが、ひとりだけ、まだ息があった。

「彼も一緒に連れて帰らせてください。かならず助けます」

鴆は劉に視線を投げる。職事官を担いでいた劉は「重すぎますって」と情けない声をあげながら、命令には逆らえず妓夫も担いだ。慧玲は職事官の姑娘の頭を抱きかかえ、一緒に連れて帰る。推測するに、姑娘は家に帰らない職事官を心配して、宮廷からそっと後をつけてきたのではないだろうか。だが不運にも職事官は発症。虎化して姑娘を殺めてしまった。粗悪品とはいえ、血縁に惹かれるのは竜血の特性とも重なっている。

白澤の書にも記録されていない未知の毒。果たして解毒できるのか。血腥い夜の風が慧玲の心をざわつかせた。

◇

貴宮に花が飾られていない処はない。

花に埋もれるようにして、欣華皇后が食膳にむきあっていた。

時は日入の正刻（午後六時）、今晩の薬膳は長芋のそば茶粥に鶏と胡桃の炒め物、番茄の涼拌小菜、小鉢諸々だ。失踪した食医の食帖通りにつくられた薬膳だが、皇后は箸をつけなかった。

「さげてちょうだい」

微笑みながら、皇后がうながす。

貴宮の女官は頭を低くさげ、恐縮する。

「申し訳ございません。やはり、後宮食医の膳でなければお口にあいませんでしょうか」

「そんなことはないわ。そうねえ、ふふ、食医さんが都から帰還したら伝えてもらえるかしら」

微笑を崩さず。

「食膳はもう、要らないと」

食卓に飾られた花がひとつ、落ちた。

「こ、皇后様のお怒りはごもっともです。後宮食医はあろうことか、皇后様からたまわった大役を放棄して失踪したのですから」

「ふふふ、違うのよ、妾は怒ってなんかいないわ。彼女は食医としてなすべきをなしてくれているだけだもの」

「そ、それでしたら、なぜ」

「脚を癒す薬がなにか、ようやくわかったの。慧玲が日頃から語っていたとおりだったわ。食べたいと欲するものが最良の薬なのよ、ふふふ」

こころから嬉しそうに皇后は万華鏡の瞳を綻ばせる。女官は皇后の意を察することができず、困惑するばかりだ。

「ですが、食事は取っていただかなければ、御身に障ります」

「それもへいきよ。ちゃんと喰べているわ。ちゃんとね。さてと、妾は眠るわね。なんだか、とても眠たいの。起きてくるまでは声をかけないでちょうだいね」

「は、はい……承りました」

貴宮女官が手つかずの膳を抱え、退室する。

欣華皇后は膨らんだ胎をなでつつ、歌でも口遊むような声でつぶやいた。

「もうちょっとよ。もうすぐ産んであげられるからね、妾の愛しい子。ふふ、あなたに逢える時が待ち遠しいわ」

赤子が胎を蹴る。母親の声を聴いているのだ。なんて、愛しいのだろうか。胎をなでているだけでも、欣華は幸せなきもちになる。

「雕、あなたがいたら喜んでくれたかしら。一度だけでも抱かせてあげたかったわ。あなたと妾の御子だもの……なんて、ふふ、妾も変なことを考えるようになったわねぇ」

壺に飾られた紫の花浜匙を眺めながら、皇后は雕という男に想いを馳せた。

雕は臆病で小胆な男だった。有能な弟にたいする劣等感はあれども、みずからに能がないことを理解して、格差を受けいれていた。妬みを燃やすだけの意欲もなく、弟を退けて皇帝になろうなんて野心は持ちようもなかった。

「想いかえせば、あなたが索盟に毒を盛ったのも妾を衛るためだったものね」

動かぬ脚を白澤に診せたことがあった。宮廷にきてから一年ほど経ち、大陸戦争が終結を迎えたばかりのころだ。雕は彼女の脚を愛していたが、不便だろうと哀れんでもいた。だから診察を依頼した。

だが、白澤は欣華の素姓に感づいた。饕餮とまでは解らなかったようだが、人に非ざるものだと覚り索盟皇帝に密告した。欣華という妃は化生だ、いつか宮廷に禍をもたらす。暗殺するか、追いだすべきだと。

雕は索盟たちの密談を聴いてしまった。

息を乱して、離宮にかけこんできた雕は絶望の声で訴えた。

「弟は麒麟に愛された男だ。武芸に秀で頭もよく民の信望も得ている。あいつはなにもかもを持っている。私が持たざるものすべてを、だ。構わぬ、端から諦めている。私にはあなたがいれば、よい。それだけでよかった」

彼は震えながら欣華のことを抱き締めた。縋るように絡みついてきた腕はため息をつくほどに頼りなく、だがやさしかった。

「なのに、それすら奪うというのか。許せない、許せるものか。あなたを奪われるくらいならばいっそ」

　呪詛するように彼は呻く。

「索盟を、暗殺することもいとわぬ」

　彼からここまで気魄のこもった声を聴いたことはついぞ、なかった。だが烈しい怨嗟を滾らせたのは一瞬だけで、彼は肩を落として項垂れる。

「されど、情けないことにそれだけの才能が私にはない。いったい、どうすれば」

「そうねぇ」

　彼女はもともと、この地に留まるつもりはなかった。

　争いが終わって、喰えるものも減った。宮廷を追いだされたら、また新たに争いのある土地にむかうだけだ。動かぬ脚での移動は大変だが、これまでもそうしてきた。

　だが、なぜだろうか。

「あなたが皇帝になればいいのよ。叡智は妾が授けましょう」

　彼の側にいてあげようとおもった。

　彼女はその後、宮廷の者たちを魅了して後ろ盾をかためつつ、雕に助言をして索盟を失脚させる毒を造らせた。毒された索盟は錯乱して破滅し、雕が皇帝となった。二十年程掛かってしまったが、永遠に等しい時を経てきた彼女からすれば刹那に過ぎない。

「喰べるためじゃなくなにかを考えるなんて億劫だったのに、なんでかしら」

しばらく考えて、彼女は「ああ」と想いついた。

「そうね、なまえだわ」

彼女にはこれまで名前というものがなかった。神だの化生だの、にんげんの都合にあわせて定義されてきただけだ。

だが、雕はそんな彼女に名をつけ、呼んでくれた。

欣(よろこ)ぶ華。彼女だけの名を与えてもらったことが。

「嬉しかった、そうね、嬉しかったの。皇帝にしてあげたのはその御礼よ」

でも彼は結局、皇帝になっても満たされることはなかった。

あの男は皇帝になりたかったわけではない。みずからの器では皇帝という大役を担いきれないことは重々理解していた。

だから皇帝になったあとも政を執らず、有能な臣たちの裁量に任せていた。

「怖がりなひと」

でも、きらいではなかった。

胎をなでながら、彼女はこぼした。

「あなたにまた、なまえをつけてほしかったわ」

でも、それはかなわないことだ。彼が死に、その亡骸を喰らったことで、欣華は新たな命を孕むことができた。まずは健やかに産むことを考えなければ。

「ああ、お腹が減ったわ」

腹が減っては考えごともできない。

額縁をずらして、鍵を差す。壁から隠し通路が現れた。この通路は都に通じている。

車椅子を転がして、彼女はいそいそと食事にむかった。

慧玲は金梅館に帰ってすぐ、妓夫の手術を始めた。

妓夫は背を斜めに斬られていた。

慧玲の得意分野は薬だ。だが、白澤は医の一族である。傷の縫合術も修得していた。

中庭にある曼荼羅花で麻酔を施してから、傷を縫い、補血の効能を持つ漢方を飲ませる。

次第に妓夫の呼吸が落ちついてきた。

「峠は越えました」

慧玲の言葉に、妓館のものたちは安堵の息をついた。

職事官は外傷こそなかったが、心を壊されて昏睡に陥っている。今後意識を取りもどすかどうかは彼次第だ。

香車は鴗の素姓を知るなり、商魂剝きだしで娼妓を差しむけていたが、鴗は「遊びにきたようにみえるかな」と愛想もなく袖にして、娼妓たちを寄せつけなかった。

「鴗」

客室の飾り窓に腰かけて、鴗は煙管を吹かしていた。紫煙をまとわせた横顔は妖艶な憂いを漂わせている。慧玲がためらいつつ声をかければ、彼は髪をなびかせて振りむいた。

「良い月だね。宵の帳に爪をたてたように細くて、眺めていると落ちつくよ」

鴗はこれまでと変わらず、微笑みかけてきた。だから慧玲もなにごともなかったように振る舞い、彼の側に寄り添う。

窓から覗けば、細い月が昇りはじめていた。

「盈虚（えいきょ）こそが月の理ね」

月が満ちるたびに慧玲は飢える。毒による飢渇ほどおそろしいものはない。職事官を錯乱させた毒、索盟皇帝を壊した毒もしかりだ。想いだすだけでも、指が強張る。

「助けてくれて、ありがとう」

鴗は口の端を持ちあげ、からかうように慧玲の髪を指に絡めた。

「御礼に接吻でもしてくれるのかな」

「そんなものが礼になるの？　せめて、今後危険なことをしないと約束させるくらいはするとおもっていたのに」

「破られる前提の約束をしても不毛だからね。金糸雀ならばともかく、あんたみたいな姑娘を籠に捕まえてはおけないというのがよく理解ったよ。僕が馬鹿だった。首環に鎖でもつけて連れまわしたほうがまだましだ」

「おまえ、私を狗かなにかだとおもっているの」

「悪い冗談だ。狗だったら躾けられる」

鴆は肩を竦めて紫煙を絡げた。

「でも、解せないのよ」

慧玲は真剣な眼になってつぶやいた。

「誰が、都に虎血の毒をまき散らしたのか。毒師の一族は滅んだはずでしょう？」

鴆は「でき損ないの毒」と蔑んだが、虎血の毒とて禁毒を破らなければ得られない希少なものだ。

「毒師でなくとも、可能なものがひとりだけいる」

鴆が煙管の燃え殻を落とす。

「だが、この話をするならば、さきに教えておかないといけないことがある。宮廷の秘毒についてだ」

慧玲はひどく胸さわぎがした。

ここから先には聴かなければよかったと後悔するような真実が待ちうけている。だが耳を塞ぐわけにはいかなかった。

「あの秘毒は、麒麟をこの地に縛り続けるために宮廷が造った毒だ――」

鴆は語りだす。

事の発端は大陸戦争が勃発した約一千年前だ。

麒麟は争いを嘆いて剋を捨てた。この時に剋は一度、滅びた。だが、まもなくして、饕餮を崇拝することで剋は再建したが、毒疫の禍に見舞われることとなった。

三百年程の時を経て、麒麟はこの地に舞いもどった。

麒麟がまたも失踪することをおそれて、宮廷は麒麟に毒を盛った。月が満ちるたび、飲み続けなければならない依存性の強い毒――それが秘毒だ。

剋は斯くして、興隆をきわめた。

だが、それは麒麟を毒して縛りつけることで、搾取してきた恩恵だ。

「なんてこと」

慧玲は愛する国の罪を知って、絶望の声を洩らした。

だがこれで、なぜ秘毒だけが異様な飢えを満たすのかが理解できた。

「貴宮の女官は毎月後宮の霊廟に通っては秘毒を持ってくる。おそらくは廟のなかで調毒しているものと考えられる」

「毒師でもないのに、調毒が可能なの」

「毒の造りかたは廟の壁に描き残されていた。あとは毒の素材がそろっていれば、可能だ。もっとも毒師の一族が造るほどに洗練された毒にはならないだろうけどね。毒の素材は希少な物ばかりだったが、そのなかに虎血があった。そもそも窮奇の一族があの霊廟をつかっていたのは宮廷専属の暗殺者として人毒を造るためだ」

毒師の一族は宮廷の陰の最たるものだ。ゆえに索盟は毒師と絶縁すると決めた。

「人毒の副産物である虎血の毒が、霊廟に残されていても特におかしくはない」

話を聴くかぎり、霊廟は皇后の領域だ。

「つまり、霊廟のなかにある毒を持ちだして、都に拡散することができるのは」

「そう、皇后だけだよ」

だが、都を毒して皇后にいかなる得があるのだろうか。

「つい先ほど妓館のものたちが妓夫の遺体だけでも連れて帰ろうと現場にむかった。だが、遺体は虎に喰い荒らされでもしたかのように変わり果てた姿となっていたそうだ」

慧玲が眼を見張る。人が虎になるという言葉に惑わされて、てっきり毒に操られた患者が亡骸を損壊するのだとばかり思いこんでいたが、違ったのだ。

「骸を喰っていたのは皇后なのね」

「この頃は外政が落ちつき、争いが減った。都で虐殺事件が多発すれば、手頃に餌を喰える」

動物、昆虫と同様に御子を育て産むためには充分な餌がいるのだ。だがこれ以上、皇后に民を喰わせるわけにはいかない。

どうすれば、禁毒を解毒できるのか。

（考えろ）

毒に敗けてはならない。白澤の叡智を組みあわせて、新たなる薬を産みだせ――先人はそうして薬をつくり続けてきた。できるはずだ。

「虎血の毒のもとは人毒と一緒よね」

「そうだね。千種の毒だよ。だが、組みあわせは諸々だ。僕は蟲の毒を基としたが、植物の毒、鉱物の毒を基とするものもいる」

鴆の話を聴きつつ、慧玲は白澤の書を解いて思考を巡らせる。素姓もわからぬ千種の毒を絶つ。そんなことが果たして可能なのか。

「確かなことはひとつ、これは敗北者の悔怨でできた毒だ」

彼がこの毒を「でき損ないの毒」と言うには毒が造られた経緯も絡んでいるのだ。

「毒師たるもの、毒を喰らえど毒に喰われてはならない。にもかかわらず、彼らは毒を喰らいきれず、毒に喰い破られた。窮奇の一族の恥だ」

鴆は辛辣だった。

だが、毒に喰われて薬を毒とした白澤の一族と逢えば、慧玲とて蔑むだろう。一族の誇りというのはそれほどのものだ。

（考えろ、考えろ）

ふと風に乗ってよもぎの香が漂ってきた。妓館でたかれる香にしてはさわやかすぎる。どこからだろうかと捜せば、窓の端で虎をかたどった香包が揺れていた。布地には五毒の蟲である蠍に蛇、蜈蚣や蟇蛙、蜘蛛の刺繍が縫いつけられている。

「端午祭の飾りだね。とうに毒月は終わったが、慌ただしくて飾りつけを変えるのをわすれていたんだろう」

「虎鎮五毒。虎は蟲を踏みつけ、毒を制する、か」

端午祭には昔から虎を飾り、無病息災を祈念するという風習がある。荒々しく残虐な虎は民から恐れられながらもその強さゆえに崇敬の念を集め、厚く信仰された。昨今物騒なことが続いているため、敢えて飾りを残したのかもしれない。

「毒師の一族は窮奇と称されるが、窮奇は毒を持つ有翼の虎として伝承に登場する。虎に毒はつきものさ」

毒に喰われた毒師か。だとすれば、解毒の鍵は「千種の毒を絶つ万能薬」ではなく

「毒に敗けた虎を喰らう特効薬」ではないのか。

(解けそうで解けない)

張りつめていた息をついて、慧玲はいったん思考を絶つ。

考えすぎても、視野が狭まる。

あらためて客室のなかに視線をむけた。妓館というだけあって、寝台が客室の六割を占領していた。唐紅の飾り板に竜の彫刻が施されて紅絹(もみ)の布が敷きつめられている。枕はふたつだ。

敷布(しきふ)に腰をおろして、慧玲は鴆にむかって腕を伸ばす。

「おいで」

鴆がさすがに動揺を滲ませる。

「……どういうつもりかな」

「ひざ枕をしてあげる」

鴆はいかなることがあっても他人に隙をみせない。張りつめた弦のような男だ。だが、彼女にだけは理解る。

鴆はいま、強い毒にその身を蝕まれている。

職事官の剣を弾いたとき、妙だと感じた。これまでならば、瞬時に斬りかえしていたはずが、彼は攻撃を弾くだけで身を退いた。

もとから毒に強い彼でも動きが鈍るほどだ。よほどに強い毒であろうと推察できた。おそらくは立ち続けているのもやっとだろう。

「は、かなわないな」

鴆は煙管を窓において、慧玲の膝に身を横たえる。

「外掛に解毒薬がある」

「これね」

丹薬だ。渡そうとすれば、鴆がいたずらっぽく猫のような眼を細めた。

「飲ませてくれないのか？」

慧玲は「もう」とため息をつきながら丹薬を含み、接吻(くちづけ)して薬をのませた。舌を絡ませているうちに丹薬が融けだす。痺れるような苦さが拡がり、理解する。

薬なんかではない。これは蠍の毒だ。

「毒をもって毒を制する――ああ、蠱毒をつかったのね」

蠱毒の解毒は特殊だ。毒のもとになった蟲の毒を取りこんで、身のうちで喰いあわせることで解毒する。

だが、蠱毒か。

蠱毒は造るだけで族誅(ぞくちゅう)にあたるほどの禁毒だ。人毒を取りかえすため、鴆はいかに命を危険にさらしているのか。

あらためて理解して、胸がちぎれそうになった。だが、彼をとめることはできない。

「蠱毒そのものは蟲の毒で解けても、蠍の毒が残るはずよ。唇をあけて。薬をあげる」

慧玲は宮廷から抜けだしてきた時に服のなかに生薬をしのばせてきた。烏兜の根を袖から取りだし、もういちど接吻をして鴆にのませる。

烏兜は有毒植物で、人喰い虎や熊を退治する時の矢毒につかわれてきた。特に母根は烏頭と称され、きわめて強い毒を有する。

だが、毒を転じて薬となすのが白澤の本領だ。

「萬菫不殺と言うでしょう？　毒菫こと烏兜の毒は萬蠍の毒を相殺するのよ」

そこまで喋ったところで、慧玲の頭のなかで紙が乱舞する。ばらばらだった紙切れが、ひとつの書となって解毒までの解を表す。

「ああ、そうか。解けた」

人毒は蠱毒に似る。毒をもって毒を制するのと同様に、虎を喰らうのは虎であるべきだ。毒に敗北した弱い虎も、彼等が喰いつくせなかった諸毒も、猛虎をもって制する。

調薬はもとより争いだ。

喰らうか、喰らわれるか。

「――虎を喰らう」

強い意志を滾らせる緑眼を覗きみて、鴆は低く嗤う。

錯乱する男に父親の影を重ねて怯えきっていた姑娘はすでにいない。

「それでこそ、貴女だね……」

鴆は疲れきったように眼を瞑った。

慧玲の強さを彼だけが哀れむ。いつだって。

「皇帝になんかならずとも、あんたはまわりから信頼され、敬愛されながら進む――そんな穏やかな道だって選べるんだよ。ほんとうは好んで、地獄を進むこともない」

脈絡もなく囁かれて、いぶかしむ。

「あんたにはもっとふさわしい幸福がある」

「なに、酔っているの？　おまえ、どこか変よ」

「あんたが想っているより、あんたはまわりから愛されているんだよ……それでも、僕を選べ」

鴆は紫の眼を昏く瞬かせ、身を起こして慧玲を組み敷いた。

喉もとに鴆の指が、絡みついてくる。

「どうせ、あんたは幸福のなかでは息ができないんだろう？　毒は喰らえても、幸せが飲みこめない。壊れものだ」

喉をつかまれているが、呼吸はできる。爪が喰いこむほどにきつくもなかった。さながら首環だ。彼の指を通して、慧玲は自身の脈を感じる。

「僕だけが、あんたを縛ってやれる、から」

それだけつぶやいて、鴆はちからつきたのか。指が解けて、紅絹の海に落ちた。倒れこむように慧玲のうえに乗りあげて寝息をたてはじめた鴆を抱き締め、彼女はあきれてため息をつく。

「ほんとに重いんだから」

でも、なぜだかその重さが、心地よかった。

「おまえ、知らないのね」

鴆の髪をなでながら、慧玲は微かに笑った。

「わたしがどれだけ、おまえにほだされているか」

がんじがらめになって、そのことに幸せを感じているのか。

ありふれたかたちの幸せではなかった。それでも、進むさきに道連れてくれるものがいる。傷を寄せあうものがある。

これほどの幸福が、あるだろうか。

ひとつ、息をついた。昨晩から眠っていなかったからか、いっきに疲れがきた。ふたりして呼吸をあわせるように寝息をたてる。

朝になるまではまだ、時がある。いまだけは薬も毒もなく、ただ、似た者ふたりで眠っていたかった。

◇

「虎っ、虎ですか？」

新たな薬は虎でつくる。

宮廷に帰還した慧玲はただちに虎の調達を要請した。要請を受諾した鴆から「虎を獲(と)ってこい」と命令されたのは竜劉だ。毎度ながら危険なことばかり押しつけられて辟易しているかと思いきや、劉は威勢よく声を張りあげた。

「よっしゃああ、虎猟(とらが)り、だいっ好きです！　やっと、得意分野きたあぁってかんじですよ！　まっかせてください！」

意気揚々と彼は小隊を連れて虎の生息地に赴き、翌朝には十頭もの虎をしとめて、宮廷に帰ってきた。

荷車に積まれた虎を慧玲は新鮮なうちに解体、赤身の肉の塊にした。

毒が疎水に混入していた段階で都の民全員が毒を飲んでいる。虎化発症の確率は低いが、全員に等しくその危険性がある。

つまりは都の全員が患者だ。

よって鴆は布令をだし、都の民はひとり残らず薬を摂取するよう、義務づけた。各地域ごとに会場を設けて、摂取状況は戸籍で管理する。

　薬はいっきに製造できないので、順を追って頒布を進めることになった。

「調薬を始めます」

　慧玲がたすきを結ぶ。

　側には補助として藍星が控えている。

　藍星は慧玲の帰還が嬉しくて延々と泣き続け、ひと晩明けても眼を腫らしていた。比喩ではなく、後宮が沈むのではないかと想うほどの滂沱の涙だった。だが、虎の解体という現場をみて、一周まわって落ちつきを取りもどしている。

「なんか、とんでもないものをみたような――あ、でも、こうなっちゃうと赤身でおいしそうですね。虎だなんて思えません」

「ですが、じつはこちらの赤身、非常にくせのある臭いがするのですよ」

「え！　どれどれ……うわっ、くっちゃい」

　虎は肉食だ。草だけを食む鹿や猪とは違って野趣のある味が、というか、言葉を濁さずに表現するならば、硬くて臭くて、まずい。

「なので、まずは臭みをとるために塩と紹興酒をつかいます」

　赤身肉の塊に塩をたっぷりかけてから酒をまわしかけ、なじませるように揉む。臭みのもとになる血が滲みだしてきた。新たな紹興酒をそそいで虎肉を洗うと、暗めの赤だった虎肉が桃いろに変わった。

「わ、すごい。ぜんぜん臭いがなくなりましたね」

肉の塊を角切りにしてから、葱と一緒にこんがりとするまで焼く。

豚と違って脂がないので焼きすぎて硬くならないよう、こげめがついたらすぐに火からおろす。これで煮崩れることはなくなった。

「ここから下茹でです」

「了解です。鍋に湯を沸かしますね」

「いえ、沸かすのはこちらです」

慧玲は桶いっぱいに白濁した水を持ってきた。

「なんですか、このばっちい水は」

「ふふ、米のとぎ汁です。とぎ汁の濁りはよごれではなく糠からきていて、この糠には硬い肉を柔らかくする効果があるほか、残った臭みを吸いとってくれます」

弱火で茹でてから鍋に蓋をし、しばらく蒸らして、また茹でる。約二刻（四時間）にわたってこれを繰りかえした。一刻経ったところで米のとぎ汁は捨てて、熱湯と取り換え、大蒜や葱、生姜といった薬味を投入する。

藍星に鍋の番をしてもらって、慧玲は窯をつかって虎の骨を乾燥させ、砕く。

「ええっ、骨までつかうんですか」

「もちろんです。こちらは虎骨（ココツ）といい漢方の生薬です。骨とあわせて、爪と牙もつかいますよ。これらには四肢の筋や骨の神経痛を癒す効能がありますが、無意識下に侵入する邪気を退けるともされています。よって古くは悪夢を取り除く薬としてももちいられてきました。錯乱して意識のない状態で人を害するこのたびの都の毒は夢遊病に酷似しています。つまり、虎骨こそが最適な薬です」

砕いた虎骨は陳皮（チンピ）や人参（ニンジン）、蛇胆（ジャタン）とあわせて酒に漬ける。続けて微量ずつだが、安息香（アンソクコウ）、石菖（セキショウ）、檀香（ダンコウ）、木香（モッコウ）、麝香（ジャコウ）を混ぜた。

藍星が横から意外そうに壺を覗きこむ。

「これ、御香ですよね？　香炉とかで焚くやつだとおもうんですけど」

「実は大抵の御香はもともと生薬としてつかわれているんですよ。都にて診察した患者は額の血管が膨張して、縦縞（たてじま）になっていました。先例のない症状なので推測に過ぎませんが、患者は毒によって心竅（しんきょう）を塞がれたものと考えられます」

「心竅というと」

藍星は袖から勉強帳を取りだす。

「ええっと、心（しん）は神（しん）に通ずるので、思考とか自律神経とか認知とか頭の働きのことですね。心竅が塞がってしまうと物忘れが酷くなって、家族のことが解らなくなったり、服をきたりお箸をつかったりということまでできなくなってしまうとか」

「その通りです。毒に塞がれた心竅をひらくには開竅薬（かいきょうやく）というものをつかいます」

ほんとうは最たる開竅薬は牛黄（ゴオウ）だが、牛は虎に喰われる。だから、このたびの調薬では芳香のある他の薬を選んだ。

「よき味が薬であるようによき香（か）もまた、薬です」

麝香は特に白澤の書における蠱毒の解毒薬にもふくまれる薬種だ。

（かならず、虎を討つ）

頭のなかで白澤の書がいっせいに解かれ、雪崩れうつ。

ありとあらゆる知識を組みあわせて、慧玲は薬の布陣を敷く。軍隊を進めて禁毒の虎をかこみ、追いつめて、息の根を絶つ。

（負けてたまるか）

虎肉は下茹でを終えたら味つけをして、生薬と一緒に煮こむ。こちらでは柴胡（サイコ）、蒼朮（ソウジュツ）、茯苓（ブクリョウ）、附子（ブシ）といった神経を鎮静させ水毒を解く効能のある生薬を選んだ。

虎血の毒は水を介して身中（しんちゅう）に取りこまれ、水腫となって潜伏を続けている。

よって水腫を絶つ。

附子は鳥兜の子根で水の排出をうながす薬だ。有毒植物だが、修治して毒を抑制しているので患者の身に危険はない。さらに鳥兜には人狼（じんろう）や人虎を退けるという伝承もある。

「ね、ねっ、これって角煮ですよね」

藍星がわくわくして声を弾ませる。

「その通りです。角煮というと脂身のある豚ばらが定番ですが、じつは馬を始めとした赤身の角煮も絶品なんですよ」

肉がほろほろになったところで火を落とした。すでに角煮としてはできあがっているが、会場についてから調理の工程をもうひとつ重ねる。

支度を終えたところで、鴆が確認にきた。

「都中部にある会場で明日の日中の正刻（午前十二時）から薬の頒布を始めるが、準備はできたかな」

「問題ございません。薬はすべて調いました」

慧玲はたすきを解いて、晴れやかに振りむく。だが鴆は違うとばかりに頭を振った。

「帝姫として、公の場に姿を現す心構えだよ」

虚をつかれる。考えてもみなかった。当然のように身分をふせて、裏かたに徹するつもりだったのだ。

「待ってください。私は渾沌の帝とともに処刑されたことになっているはずです」

「だからだよ。誤解を払拭する、うってつけの機会だ」

藍星がそうだったように渾沌の皇帝を怨んでいるものは少なくない。帝姫が処刑されていなかったと知られては民が混乱し、薬膳を食べてもらうどころではなくなる。

「渾沌の姑娘が提供する薬なんて民に要らぬ不信感を抱かせてしまいます」

「渾沌の姑娘？　違うな、貴女は白澤の姑娘だろう」

鴆は藍星に視線をむける。藍星はびくっとしてから、威嚇する猫のように髪の毛を逆だてた。鴆はかまわずに喋りかける。

「明藍星、君はどう考える？」

藍星は鴆の意を理解して眼を見張ってから、袖を掲げる。

「慧玲様は慧玲様で、……白澤です。渾沌の姑娘などではありません」

慧玲は唇をひき結ぶ。

鴆の考えていることは理解できる。

女帝となるには処刑された廃姫という身分であってはならない。まずは民に帝姫として認めさせて、廃された継承権を取りもどす——始めるならばそこからだ。

「わかりました。そのかわり、いただきたいものがございます」

慧玲の意外な要望を聴き、鴆は眉宇（びう）を跳ねあげたが、納得したとばかりに唇の端を持ちあげた。

◇

都を震撼させる連続殺人は毒によるものであり、解毒薬の摂取を進めるという布令は滞りなく都に拡がった。地域ごとに頒布会場が設けられ、都の民全員に滞りなくいき渡るように順次薬の頒布が執りおこなわれることになった。

まずは都中部からだ。中部の頒布会場は宮廷に続く参道前の広場とさだめられた。

この広場には華表（かひょう）という石製の大柱が建てられている。華表の側には鼓（つづみ）と板があって皇帝に誤りがあれば鼓をたたき、板に誹謗（ひぼう）を書きこめるようになっていた。現実には皇帝を畏れて誹謗を寄せるものはおらず、民を重んじる帝政の旗幟（きし）として扱われている。

続々と民衆が華表広場に集まってきた。

「薬ねぇ、よくわからんが、御上（おかみ）からの命令だからなぁ」

「まあ、確かにこの頃妙なことが続いてたからな。旱魃も酷いし、都ではなんだ、虎になる病だったか。おっかないよな。おちおち眠ってもいられねえや」

「ただでもらえるんだったら、もらっとくか」

「だが、そもそもが皇帝の政が誤ってたから、こんなことになったんだろ」

口々に喋っていたが、男が「あれ」と声をあげた。

「なんか、すげぇいいにおいがしねえか」

「ほんとだ、なんだこれ」

食欲を刺激される絶妙な香りだ。唾がわきだす。薬の頒布と聞いていた民等は戸惑って、なんだなんだと騒ぎだした。

華表の横には大型の布帳馬車が停まっている。強烈な香りは布帳馬車から漂ってきていた。男がなかを覗きこもうとしたのがさきか。

「まもなく、薬が調います」

銀の髪をなびかせ、姑娘が馬車から降りてきた。白霜の睫に縁どられた緑眼。うす紅の唇に雪をはたいたような肌。愛らしい姑娘だ。だが、彼女はあろうことか、髪とそろいの銀色の鎧を身につけていた。

民の視線をいっきに奪って、姑娘は名乗りをあげた。

「私は蔡慧玲――」

胸を張り、彼女は微笑んだ。

「索盟皇帝の姑娘です」

…………

「渾沌の姑娘だと」

「死刑になったと聞いたぞ。あれは嘘だったのか」

「罪人の姑娘じゃねぇか。それがなんで薬なんか」

混乱する民を眺めて、慧玲は微笑を崩さず神経だけを張りつめた。民の好奇の視線は転瞬、疑いの眼に変わっていた。怨嗟を滲ませて睨みあげてくるものまでいた。

索盟は民に毒を振りまいた。佞臣に政を明け渡し、有能な臣を処刑した。日ごと続く宴で財がどれだけ喰いつぶされたことか。都に赴いて無辜の民を斬ることもあった。

その毒は索盟の死後、二年が経っても民を苦しめ続けている。

「静粛に聴いてくださ――」

側頭部で衝撃が弾けて、慧玲は声を途切れさせた。民が靴を投げつけてきたのだ。

「渾沌の姑娘がいまさらなんだ。索盟皇帝の罪を償いたいとか、きれいごとをならべるつもりか？　だったら償わせてやるから、いますぐ死にさらせ！」

老いた男が声をからして喚きたてた。

「死刑に処された息子をかえせよ！」

「そうだそうだ、渾沌の帝にどれだけ虐げられてきたか」

罵声の嵐が吹き荒れた。石を投げつけてくるものもいた。

素姓を明かせば、こうなるだろうと予想はついていた。だから臆することはない。怨嗟だろうと侮辱だろうと、この身で享けよう。

だが、続けて民から投げつけられた声に慧玲は耳を疑った。

「民のことを考えず、戦ばかりして。地獄に落ちろ」

「なにが大陸の統一だ、人殺しが」

毒を盛られるまで索盟は偉大な皇帝だった。

一千年続いてきた大陸戦争を終わらせたのは索盟皇帝の功績だ。民は英雄たる索盟皇帝を敬愛し、慧玲もまた姑娘として父親を誇りに想っていた。

乱心してからの暴虐が非難されるのは構わない。だが、彼が命を賭して実現した夢までもが誹謗されていることに血の気が引いた。

索盟は二十五年にわたり皇帝に位して、仁政を施してきた。毒で壊れてから死刑に処されるまでは二年だ。二年間の毒が、彼の功績すべてを腐らせたのか。

民の不満の声はつきることなくあふれ、氾濫する。「地震があった」「職がない」「塩が値あがりした」「小麦が育たない」「魚が不漁だ」「雨が降らない」「暑い」

鼓のように絶えまない訴えを聴きながら、慧玲は理解する。

民には今しかないのだと。

これまで功績をあげたこともない雕という男がいきなり皇帝になっても、民から大きな反発がなかった理由は単純で、虐政を敷いていた索盟を倒してくれたからだ。

この今、不満に感じているものを、たった今取りのぞいてくれるもの――それが民の欲する薬だ。

ならば、民心を動かせるものはひとつ。

「私は渾沌の帝に復讐を誓うものです、どうか、お取り違えなきよう」

意外な言葉に民が静まりかえった。

「剋は毒されている」

違いますかと、慧玲は民に尋ねかけるような声を意識する。

「天候は荒れて実りが激減し、奇妙な毒に侵され、命を奪われるものもいます。都を震撼させている虎になる毒もしかり。民心は陰っている。憂いという毒が、都をおおいつくす暗雲となっています」

敢えて民の憂いを大きく取りあげ、理解を示してから続ける。

「私はこの毒を絶つことができます。いえ、絶たねば、ならぬのです。これは渾沌の帝が残した毒なのですから」

いつだったか、毒に敗けた索盟皇帝を怨んだこともあった。燃えたぎるようなあの怨嗟を緑眼に燈し、慧玲は声を張りあげて民に訴えかける。

「索盟皇帝は死後も父祖の地に毒を残した。許せるものではございません。私は渾沌の毒に克ち、滅ぼします」

鎧をまとってきたのはこの時のためだ。

解毒とは争いだ。しかしそれは民には理解されない。だが、鴆に調達してもらった女物の鎧は「毒に克つ」という強い意志の解りやすい表明となる。

医師は将で薬は剣だ。されども、それだけでは毒に挑み、争いを制することはできない。兵が要る。患者こそが兵だ。

だが、兵を動かすには旗が要る。旗を織りなすためにつかえるものは総て、つかう。

「地毒を絶ち、毒疫を解く。私はそのために地獄から舞いもどりました。索盟皇帝に命を奪われた白澤の皇后の姑娘として」

薬に毒を垂らして妙薬となすようにひとつだけ、嘘をまぜた。

思ったとおり、民がいっせいにどよめきだす。

「白澤様だって」

「想いだした、白澤様に命を助けていただいたことがあるんだ」

「俺もだよ。どこにいってしまわれたのかと思っていたが、まさか、渾沌の皇帝に殺されていたなんて」

「あの姑娘も俺たちとおなじように渾沌の帝に虐げられてきたのか」

慧玲はそれらの声をひきいて、旗を振りかざす。

「これは復讐なのです。ですがこの報復は毒をもってなすものにて非ず。薬をもって毒を絶つものです」

「そうか、あれが白澤様の姑娘か」

民の眼が、また変わる。同情から共感に移り、白澤にたいする崇敬へと。

あれは救いをもとめる患者の眼だ。

「まずは虎になる毒、これを絶ちます。さあ、薬を」

布帳馬車から蒸籠を持った女官たちが現れて、順に薬を配っていった。慧玲もまた蒸籠を持ち、靴を投げつけてきた男に差しだす。

「こ、こんなのが、薬なわけ」

だが、蒸籠の蓋をあけたとたん、至福の香が弾けた。意地を張っていた男の顔が一瞬にして緩む。

「虎の角煮包です、どうぞ」

男は震える手で蒸籠から熱々の角煮包をつかむ。

角煮ひとつをいれた小さな包子だ。

芳醇な香がふわりと漂ってきた。蒸籠をあけた時ほど強くはなく、ちょうど食欲をそそられる。この角煮包は湯ではなく虎骨酒をつかって、ふかふかに蒸しあげた。虎骨酒に漬けこんだ御香が効能を発揮して、湯気を吸いこんだだけでも心竅がひらくはずだ。

心は舌と結びつく。意識だけではなく、味蕾も一緒に啓いた。

男が思いきり、角煮包にかぶりつく。

「う、……うめぇ、なんだこれは」

あふれだす虎の角煮に男が歓声をあげた。

ほろほろになるまで煮こみ、それでいてごろっと食べごたえのある食感も残った角煮。啓いた味感で堪能する角煮包はまさに楽天地の味わいだ。

後から後から感動の声が湧きあがり、広場を充たす。

重なる歓声は怒濤のような喊声に似る。戦場であがる出陣の声だ。広場の風景が一瞬だけ、虎と虎が争う戦地に感じられた。薬の白き虎が牙を剝き、怨念となった毒の虎に喰らいつかんとする。

喰らうことで制す。それが解毒という争いだ。

白虎が毒の虎の喉をかみ砕く。

夏の晴天に民衆の勝ち鬨があがった。

…………

白澤の帝姫は民に公表され、薬は葉月までに都の民全員にいき渡るよう、頒布を進めることになった。調薬は慧玲を監修としつつ、後宮の尚食女官、宮廷の庖人が総員させられ、虎を獲るためには宮廷軍が動くことになった。

斯くして都の毒は絶たれる、はずだった。

日が落ちても、蟬は喧しく鳴き続けていた。

夏の盛りといっても、この頃は暑すぎる。暑邪に倒れた患者が連日慧玲に診察を依頼してきた。天候は晴ればかりで、時々雲がかかっても慈雨をもたらすことはなかった。南部では酷暑で森が燃えたという噂まで聞こえてきたが、さもありなんだ。これでは蟬も壊れるというものだ。

(でも、まもなく都の毒を絶てる。約ふた月かかった。ようやくだ)

万事うまく進んでいるはずなのに、不眠の蟬が胸さわぎをもたらす。藍星が帰ってしまい、静かになった離舎に夜蟬の声ばかりが響きわたる。

あらためて気をひき締めようとしていたやさき、深刻な表情をした鴆が離舎にきた。

「虎血の毒による虐殺がまた連続してきている。薬の頒布を実施した地域でだ」

「そんな……あの薬で解毒できているはず、いったい、なぜ」

あの薬は白澤の一族が創りだしたものではなく、慧玲が考え、調薬したものだ。なにか欠陥があったのではと青ざめ、うろたえる。

だが、鴆はそれを否定する。

「薬を摂取しなかったものがいるんだよ」

鴆いわく「白澤の薬は宮廷による陰謀だ」という根も葉もない風説を流布するものたちがいるらしい。噂を鵜呑みにした民までもが薬の摂取を避けるようになった。

「愚か者ほど妄想だけは達者だからあきれるよ。薬物をのませ、民を操ろうとしているとか。最強の兵をつくる実験をしているだとか。人口減少をもくろんでいるとか」

「渾沌の帝が人斬りを娯楽としたようにその姑娘は民に毒をのませて遊んでいる、とか？　……やっぱり、私は表に姿を現すべきではなかった。女帝になるより、患者を助けることのほうがたいせつだったのに」

慧玲は後悔の息をついた。鴆は馬鹿らしいとばかりに嘲笑する。

「こういう時に騒ぎだすのは端から宮廷に反感を持っていたやつらだ。なにがどうであれ、疑うものは疑い、反抗するものは反抗する。渾沌の姑娘なんて口実にすぎない。だが、疑いは毒だ」

疑心の毒は感染する。理にかなわない風聞でも無知な民は動かされる。

鴆は紫の眼を矯め、騒ぎ続ける蟬を睨むように視線を投げた。

「虚偽の風説を拡散したものたち、およびそれを鵜呑みにし薬を摂取するという義務を放棄したものたちをまとめて投獄した。朝になったら死刑に処す」

「そんな」

慧玲がまなじりをとがらせる。

騙されたものまで死刑というのは苛烈すぎるのではないか。

「いかにあろうと彼らは等しく患者よ。それに火のないところに煙は立たぬ。疑われるには疑わせてしまった側の過失もあるはず」

だが、鴆は冷淡に切り捨てる。

「薬を拒絶するものは患者ではないね」

「違う、患者は患者よ」

この一線は退けない。

「患者だけが毒されて、息絶えるならばまだいい。だが、この禁毒にかぎってはそうではない。貴女だって理解しているはずだ」

「だったら、私があらためて調薬する。薬をのませ、解毒できたら患者を放免して。患者を死刑に処すなんて、ぜったいにさせない」

頑として折れないと理解したのか。鴆はため息をつきながら背をむけた。

「三日待つ。それまでに解毒できなければ死刑を執行する」

…………

「要らねぇって言ってんだろ！」

獄舎の床に薬膳がぶちまけられた。

虎叉焼（トラチャーシュー）をたっぷりと乗せたぜいたくな丼物が埃にまみれる。半熟卵の黄身がつぶれて、ぐちゃぐちゃになった。

「投獄してまで喰わせようとするったあ、毒だって認めてるようなもんじゃねぇか。どんだけ腹が減っても、こんなもん喰うかよ」

こぼれた白飯を踏みにじって、髭の男は声を荒らげる。

薬の摂取を拒絶している患者たちは雑居房に収監されていた。あわせて三十五人。而立（三十歳）程の男が七割だ。

「ひっどい、なんてことをするんですか！」

激怒する藍星を制し、慧玲は患者たちの説得を試みる。

「毒ではありません。これは薬です。ただちに解毒しなければ、毒が発症してまわりのものを傷つける危険があります」

木格子を握り締めて慧玲は懸命に訴えたが、患者たちは聴く耳を持たなかった。

「嘘つけ。毒はその飯だろ」

「ひとが虎になる毒なんてあるはずがない。そんな噂をでっちあげて民を怖がらせ、毒をのませるって魂胆なんだろう」

「例の事件だって、ほんとはでっちあげなんだよな？」

どうしたらそんな考えかたになるのか。

「むちゃくちゃです。理屈にあっていません。そんなことをして、宮廷にどのような利があるとお思いですか」

「都の人口を減少させようとしているんだろう？」

「俺たちは真実を知ってんだよ、宮廷の陰謀もな」

「我々は権力には屈しない。宮廷の思惑どおりに操られるくらいならば、死を選ぶ」

水掛け論では埒が明かない。どうすれば信頼してもらえるのか。

患者たちは頭から宮廷を疑い、頒布される薬は毒だという噂を真に受けている。

獄吏の手を借りれば無理やりに飲ませることはできるだろうが、旨いと感じてもらわなければ薬として効能を発揮するかどうか。

「そんなに食ってほしければ、さきにお前が食えよ、お姫様。そしたら考えてやる」

　患者が挑発する。

「そ、そんなこと言ったたって、あんたたちがぶちまけちゃったでしょうが！」

　藍星はまっとうに反論したが、慧玲は患者たちの要求を理解する。先ほど踏みつけにした飯を食べろとあおっているのだ。

　わななきかけた唇をひき結んでから、ほどく。

「すみません、鍵をあけていただけますか」

　獄吏に頼む。獄吏はまごつきながら「危険があれば、即時助けますから」と慧玲を監房のなかに通す。

　如何なる患者でも等しく扱い薬を渡すのが白澤の一族の理念だ。慧玲は心を排する。

「慧玲様、まさか。やっ、やだやだ、やめてください」

　藍星が青ざめて悲痛な声をあげた。

「私が食べたら、薬を摂ってくださるのですね？」

「考えてやる、だから手はつかうなよ」

　慧玲は患者たちの足もとに跪き、髪を掻きあげながら、砂埃にまみれた白飯にためらいなく喰らいついた。砂をかんでいるので、味なんかわからない。ただ、のみこむ。

藍星がいやいやと泣きだす。患者たちまで顔を見あわせ、どよめいていた。

「私はただ、都の毒を絶ちたいだけです。ですが、そのためには患者である皆様に薬を服していただかなければ」

唇を拭って、慧玲が語りかける。

「皆様には新たなものをつくらせていただきます。食べてくださいますね？」

患者たちは黙って、盆に残っていた虎骨の白湯（パイタン）の椀を手に取る。慧玲が安堵して、表情を緩める。

「ありがとうございま……」

だが、慧玲の真心が、彼らに通じることはついになかった。

「食うかよ、ばぁか」

頭から虎骨の白湯をあびせかけられる。

「帝姫がここまでするなんて、どんな毒なんだよ。おっかねぇな、ほんと」

「宮廷ってのは碌でもねぇからな」

熱々の白湯を銀の髪からほたほたと垂らし、慧玲は血が滲むほど唇をかみ締めた。

疑いは毒だ。鴆の言葉は真理だった。疑っているかぎり、どんな薬も毒にしかならない。誠意すら彼らにとっては毒だ。

どうすれば、彼らを助けることができるのか。

踏みにじられた叉焼を眺めて、慧玲はただ、項垂れるほかになかった。

（諦めてなるものか）

食はひとの心を動かす。患者たちが疑いを捨てて、箸をつけずにいられないような薬がきっと、あるはずだ。

慧玲はそう考えて、眠らずに調薬を続けていた。

木の毒は神経を昂らせ、金の毒は悲しみをもたらすが、水の毒は疑念を強める。水毒を絶つには土の薬だ。甘い物ならば、患者の心を動かせるだろうか。

時刻は平旦の初刻（午前三時）を過ぎた。

鶏鳴の初刻（午前一時）までは宮廷庖人や後宮尚食が虎角煮包の調理をしていたが、さすがに静まりかえっている。

残すところは都の西部だけだ。だが薬を摂取していない患者がいれば、毒の根絶は遠ざかる。青い息をつき、窓に視線を投げた慧玲は眼を疑った。

「なんてこと！」

宮廷の北部が燃えていた。獄舎のある方角だ。

慧玲は慌てて庖厨から飛びだしていく。

宮廷は混乱していた。官吏たちが恐慌をきたして走りまわっている。声を掛けることはできなかったが「脱獄した」「獄舎に火を」「虎だ」という言葉が聴こえてきて、慧玲は事態を理解する。

獄中にいた患者が虎化を発症したのだ。患者は獄吏を襲撃して脱獄。獄舎に放火し、人を襲い続けている。最悪の事態だ。

目の前が暗くなって、動悸がした。

(どうしよう、私のせいだ)

危険だとわかっていたのに、処刑を延期させ、解毒もできなかった。

諦めず、何度でも試せば、いつか。そう考えていた。だがあまかった。あのとき、薬を拒絶された段階で終わっていたのだ。

宵の帳まで赤々と燃えていた。官吏たちが足早に通りすぎていくなか、慧玲は遠くから聴こえる喚声に急きたてられ、獄舎に続く橋を渡ろうとする。

「思い知ったかな」

鴆が外掛をなびかせて、橋を渡ってきた。

「貴女は毒を薬とするが、薬を毒にするものもいるんだよ。そして薬を毒にするのは怨嗟や瞋恚ではなく、無知と無理解だ」

真実を知らないことではなく、理解しようともしないことが毒なのだと。

「民とは総じて物の理に暗いものさ」

「だからこそ、導かなければ。それが皇帝というものではないの」

声の端が震えたのを感づかれたのか、鴆が冷笑する。

「はっ、導こうとしているうちにこのざまだ。薬の拒否を取り締まらなければ、都のあちらこちらで繰りかえされる」

つける薬もないねと鴆は嗆き捨てた。

「特に反政というのは無理解の権化だ。都合よく真実をねじまげ、特別意識を肥大させているだけで、これといった思想はなく一貫した理念もない。危険な橋を渡っているということに酔いしれて、暴走している」

「彼らは危険な組織に与していたわけではなく、噂に踊らされただけよ」

「無知なもののほどよく踊るからね。踊らされた民ほど危険なものはないよ」

煙を絡ませた風が吹きつけてきた。呼吸がつまる。

「白澤の帝姫が姿を現して民に薬を与えたかぎり、今後も都で事件が連続しては、白澤の薬が効かなかったという烙印を捺される。それは避けなければならない」

鴆が冷徹な眼をする。皇帝の眼だ。

「だから今、僕に命令しろ。薬の摂取を拒絶した非民を捜しだし、残らず処刑せよと」

燃えさかる天が、瞬きを忘れた緑眼のなかで滲む。

「そんなこと」

「都の毒を絶つんじゃなかったのか」

毒は薬によって絶つべきものだ。毒に毒をかえすようなこんな強硬ではなく。

だが、それは理想に過ぎないのだろうか。

「貴女は民を等しく扱い、助けようとする。だが皇帝とは秤を持つものだ。万の民を残らず導き、万毒を完璧に癒す神の杖を持つものではないんだ、残念ながらね」

「だったら、その秤の片側には私の命を乗せる。だから民を殺さないで！」

慧玲は悲鳴じみた声で訴えかける。

「は、貴女は命を賭けるのが好きだね」

「だって、私が持っていて、賭けられるものは命だけだもの」

「嘘だね」

鴆に腕をつかまれ、強引にひき寄せられた。抱き締められることはなく、たたきつけるように地面へと投げだされる。

慧玲は橋の中程に倒れこんで、咄嗟に鴆を睨みあげる。

「なにを……っ」

硬い革の靴で地についた手を踏みつけにされる。折れるほどではないが、動けない強さだ。鴆は身をかがめて、慧玲の眼を覗きこむ。

「ほんとうはそれだけじゃないはずだ」

聴きたくなかった。

なのに、彼は頭が痺れるような毒の声で揺さぶり、あばきたてる。

「あんたは薬として死にたいんだよ」

鈍い衝撃があった。

違うと否定したいのに、喉が締まってまともに声がだせない。

「だから、その身を投げだす」

復讐なんだよと鴆が囁きかける。

「父親の薬となれず、彼を死なせた。普通ならば、その経験は後悔になっても怨嗟にはならない。みずからへの怨嗟となった段階で、毒だ」

鴆は慧玲のうちなる毒をひきずりだし、弄ぶように喰む。

「でも皇帝になれば、こんなふうに命を賭けることはできない。命ひとつ、あんたのものではなくなるんだ」

顎をつかまれて、無理やりに眼と眼をあわせられた。

「さあ、この場で命令をくだせ。あとは僕が殺す」

「でき、ない」

項垂れるように視線をさげた。

「だったら」

顎をつかんでいた指がほどかれ、胸をとんと蹴られた。踏みつけるように体重を乗せられて、屈服を強いられる。

「くっ……」

仰むけに倒れかけても、慧玲は肘をついて踏みとどまった。最後の意地だ。

鴆はそんな慧玲を酷薄な眼で睨みおろす。

「皇帝には僕がなる」

身が凍るほどの毒が荒ぶ。

「あんたは皇后に迎えてやるよ。後宮は取り壊して、あんたひとりだけを縛りつける籠にする」

髪を指に絡ませて、鴆は微笑みかけてきた。

「僕は正統な血脈ではない。庶子が妾に産ませた落胤だからね。僕が皇帝となっても毒疫は終わらないだろう。でも、あんたには死ぬまで、薬は造らせない」

蛇の群のように絡みつく愛執に竦む。

彼は真実、その道を選ぶこともできる。望む、望まないにかかわらず。

ああ、こんなつもりではなかった。

慧玲は唇をかみ締めた。

薬に縛られ、理想に溺れて、鴆にばかり毒という役割を担わせてしまった。だが、ほんとうはこの毒はともに分かちあい、喰らうべきものだった。

索盟皇帝の言葉を想いだす。

いつだったか、索盟皇帝は語った。政たるは毒を喰らいながら執るものだと。

真意の解らぬ腹心にかこまれ、民衆に真綿の縄をかけて操り、情けを絶って、私欲を棄(す)ててはじめて政はなる。愛するものを、死地に進ませねばならぬこともあろう。望みもせぬものを、欲さねばならぬこともあろう。ひとつを助けるにはひとつを捨てることになる。どう進んでも、皇帝の足跡には血潮が滲む。

だから、絶えず犠牲の少ない理を選び、呵責(かしゃく)という毒を敢えてかみ砕く。

民の希望を喰らい、怨嗟を喰らい、不満を喰らい、敬愛を喰らい、すべてをたいらげるのが皇帝の器だと。

（毒を喰らいて、薬となせ、か）

震えがとまる。

「鴆」

緑の眼が透きとおる。もう、こころはさだまった。退いて、と鴆の靴に触れてうながせば、彼は思いのほかあっさりと後ろにさがった。

起きあがって胸を張り、彼女はあらためて鴆と対峙する。

「ひとつだけ、条件を。投獄されているものたちを死刑に処してから、中部に頒布の会場を再び設けて」

死刑が実施されれば、明確な警告になる。それでもなお、薬を拒絶するならば——いっさいの惑いを振りはらい、慧玲は揺るぎなく命ずる。

「毒をもって、毒を制して」

白澤の帝姫により都の毒は根絶された。

帝姫は都にて連続する異様な事件を毒によるものだと突きとめ、都の民に解毒の薬膳を頒布した。この薬膳は毒から都を衛るという趣旨により、義務摂取として導入された。摂取した民は戸籍で管理され、摂取を怠ったり虚偽の風説を故意に拡散したりしたものは死刑に処された。宮廷の強硬手段に反発するものはいたが、現実に事件が減少、約三カ月後に撲滅して、最適な処置だったと民が認めるものとなった。

また、摂取が進むなか、毒を発症した罪人が獄舎から脱獄して火を放ったことで、宮廷は一時混乱に陥った。だが、竜劉という有能な武官が罪人を即時捕縛。獄舎は一部が燃え落ちたが、獄吏と罪人は幸いにも避難できた。

罪人が脱獄した時に獄吏が三名、同房の罪人が五名、重傷を負ったが、いずれも一命を取りとめた。結果としてこの騒動による死亡者はいなかった。

毒の禍を抜けて、都では青や緑、紫の幟が風に舞い、夏の青天を飾っていた。

幟には星紋がついている。乞巧奠だ。これは養蚕と穀物の豊熟を祈念する祭で、芸事に秀でた星の姫の伝承になぞらえて都の姑娘たちが芸事を競いあう。華の後宮でも妃たちが舞や演奏、紡織等の腕を較べる宴があるが、皇帝に披露するのが趣旨であり、今期は取りやめとなった。

だが例年になく穏やかな後宮にたいし、宮廷はどよめいていた。

銅鑼の響きがあがるのは奉麒殿である。この御殿は皇帝の御座たる麒椅がおかれ、最も重要な建物とされた。宮廷祭祀においては奉麒殿がつかわれることはなく、皇帝即位、皇后との大婚といった帝族にまつわる儀礼でだけこの御殿はひらかれる。よって今この時に重役たる臣たちが集められているのは乞巧奠を祝ってのことではなかった。

敷かれた青い毛氈を踏み、麒椅にむかって進むものがいた。

蔡慧玲だ。

皇帝崩御の折には帰還した胥鴆がこの道を進んだ。

慧玲が進むごとに臣たちが袖を掲げ、頭を垂れる。さながら波を想わせた。割れた海の底を歩いているのだという想像が頭をよぎる。神経をとがらせ、果敢に胸を張っていなければ、海は瞬時に表情を変え、この身を喰らうだろう。

踏みはずしてはならない道だ。

麒椅に続く九段の階段まできたところで跪き、揖礼する。

「蔡慧玲」

九段をあがったところには皇后がいた。側には麒椅があるが、摂政たる皇后であろうとも麒椅に腰をおろすことはできない。

「貴女は白澤の叡智をもって都の毒を絶ち、民を救った。これは帝族にふさわしき功績です」

欣華皇后は語る。

「索盟皇帝の虐政を経て、この地には天毒地毒がもたらされました。度重なる毒疫の禍によって宮廷は陰り、民は惑い、後宮の華々は落ちて――ですが貴女はそのたびに毒を解き、薬を捧げてきた」

祝福を施すように皇后が鈴のついた袖を振る。

「よって、この時をもって、廃姫とされた蔡慧玲を帝姫に還す」

宮殿が万歳の声に満たされる。

声はそろっているが、胸のうちは異なる。帝姫の復帰に心から沸きたつものもいれば、索盟皇帝の姑娘を邪険に疎むものもいた。

（皇后はどちらか）

薬膳の任を解かれてから、慧玲は皇后に拝謁することができなかった。

欣華皇后からすれば、飢えを満たすため、都にばらまいた毒を絶たれたわけだ。帝姫が公になったかぎり、身分の復帰を認めざるをえないが、内心は穏やかではないに違いなかった。慧玲は欣華皇后の表情を窺(うかが)おうとわずかに視線をあげる。

みなければ、よかった――――慧玲が総毛だつ。

「おめでとう。あなたならばきっと、帝姫にかえり咲くとおもっていたのよ」

欣華皇后は微笑んでいた、ひと匙の毒もなく。

とても嬉しそうな。喜びを分かちあう微笑に恐怖する。俎上(そじょう)に載せるまえの魚を、桶のなかでひたすら可愛いと愛でるような。純真な楽しみ。

完膚なきまでに理解する。彼女は実(まこと)に化生なのだと。

盆のなかで赤い珠が雪崩れうつ。

「廟から押収された虎血だ」

鴆は持ってきた桶をかえして、盆に珠をぶちまけた。珠はぶつかりあって弾け、いくつかが盆からあふれた。慧玲のほうに転がってきた珠を卓のふちでとめ、てのひらに乗せて確かめる。親指の先ほどの珠だ。藻が腐ったような緑地に赤い斑が滲んでいる。人毒に喰われた死者の血潮というだけあって、触れるだけでもわかるほどに禍々しい毒を帯びていた。

「都の毒は絶たれた。だが、終わってはいない。毒をばらまいた皇后の罪を公にして裁き、ひきずり落とす」

だが、証拠がないかぎり、皇后を告発することはできない。

鴆は物証を欲して、廟の調査を進めていた。鴆は廟のなかに侵入できないため、月が満ちはじめるのを待って秘毒を造りにいく貴宮の命婦を追跡した。命婦が廟を開扉したところで奇襲して捕え、侵入を果たした。

鴆が推察していたとおり、霊廟のなかは秘毒を造るための施設となっていた。石室には虎血を始めとした毒の素材が保管されていた。

「命婦は自害しようとしたが阻止した。これから尋問する。貴女も証人になってくれ」

鴆にうながされて、慧玲は大理寺に赴いた。

大理寺は獄舎を所轄する官署で、裁判から刑事罰までをつかさどっている。尋問と聞いて拷問を連想していたのだが、実際のところは大理寺、刑部、御史台といった司法官吏の立ちあいのもと、拘束された命婦に問答をするといったかたちであった。

「はい、左様です。皇后様から命じられ、霊廟から赤い珠を持ちだしました。量は……そう、荷車に乗せられるだけ。あとは後宮を抜けだして都の疎水にこう――はいはい、端午の朝です。都も宮廷も後宮も祭りで賑わっていて、警戒が緩んでいたので」

黙秘を通すのではないかと思われていた命婦は、意外なことにつらつらと事の経緯を供述した。命婦の眼は虚ろで、鴆から自白剤のような毒を盛られていることは疑いようもなかったが、結果として供述証拠が得られた。

皇后が疎水に毒を混入させた事実に官吏たちは衝撃を受けていた。

相手は皇后といえども、都の毒に関与しているならば看過できない。大理寺をはじめとして、皇后を公訴するべく動きだすと約束してくれた。


…………


その晩、鴆のもとに大理寺から耳を疑うような連絡がきた。

「証拠不充分につき、皇后にたいする公訴はおこなえない」

鴆は承服できず大理寺に赴いて糾弾したが、証拠となる尋問調書が紛失、命婦も獄中死を遂げていた。証人となった大理寺、御史台の官吏もそろって失踪。証拠もなく皇后に疑いをむけることはできないと切り捨てられた。鴆がなおも食いさがれば、それほどまでに皇后を陥れたいのかとこちらが疑われる結果となった。

(やられた)

皇后を告訴することはできない。それが結論だった。

失踪した官吏たちは今頃暗殺されているだろう。皇后の命令に忠実な細作(密偵)が宮廷に紛れているのは知っていたが、情報収集ばかりではなく、暗殺までこなすとは想定外だった。

「皇太子様、皇后陛下が御呼びです」

貴宮から使者がきて鴆は神経を張りつめる。どちらにせよ、こちらの動きはすでに読まれているのだ。今さら臆することはないと腹を決める。

欣華皇后は水晶宮で、鴆を待ちかまえていた。

玻璃張りの宮には色玻璃(モザイクガラス)を散りばめてつくられた異境の燈火(ランプ)が、満天の星ほどに飾られていた。さながら万華鏡のなかだ。

「ずいぶんと有能な手駒がおられるのですね。それならば、こちらにまわす依頼はもっと減らしてくださってもよかったのに」

逢うなり、鴆は微笑みながら毒を喀いた。

「ふふ、そんなことないわ。あなたのほうがはるかに有能よ。有能すぎて、もてあますくらい。せっかく根まわしをしていたのに、妾の食事を邪魔するなんてひどいわ」

皇后は愛らしく唇をとがらせる。だがすぐに微笑みかえしてきた。

「でもいいの。あんなのじゃ、たいしてお腹は膨れなかったもの。それより、あなたにお願いしたいことがあるの」

「なんでしょうか、僕に役立てることでしたらいいのですが」

「秘毒の調毒よ」

虚をつかれて鴆は微笑を崩す。眉根を寄せ、なにを考えているのかと皇后を睨む。

「ふふ、造りたかったのでしょう？　ずうっと捜していたものね。造りかたはちゃんと教えてあげる。だからそんなに怖い眼をしなくともいいのよ」

「どういう風の吹きまわしだ」

疑うなというほうが無理がある。

「虎の毒をみていておもったの。毒師でなくとも調毒はできる。でもそれらしくとも本物にはならない。だからいつまで経っても、鳳凰の宿は熟れないんだわ」

「鳳凰の宿？」

いつだったか、皇后はどうしても喰らいたいものがあるのだとこぼしていた。それを喰わせてくれるのならば、皇帝にしてやると。

「薬は白澤の一族で毒は窮奇の一族、昔からそうきまっているもの。毒師のなかで卓抜して強い毒を持つあなただったら、完璧なる秘毒を造り彼女を熟させられるでしょう。ふふ、楽しみだわ」

皇后が舌を覗かせ、唇を舐めずる。

(皇后が喰らいたいものは慧玲だ)

鴆は理解するのがさきか、瞬時に動いていた。

革靴にしのばせていた短剣を抜き、皇后に斬りかかる。失脚させることができないのならば、暗殺するだけだ。護衛がついていようが、刺し違えることになろうが、構わなかった。皇后の息の根を絶つことができれば――

(これがいては彼女の身が危険だ)

剣は致死毒を帯びているが、毒はあてにならない。彼女は人毒のまわった骸でも喰らう。だから、喉を掻き斬る。

「っ」

皇后の喉を捉えた剣の先端が、ぼろりと崩れた。

「あらあら、教えなかったかしら」

皇后は袖を振って護衛が動かないように制する。理解の範疇を超える現実に凍りついた鴆にむかって、彼女は哀れむように囁きかけてきた。

「剣でも、槍でも、矢でも、大砲でも、毒ですら妾を害することはできないのよ。つき落とされたり、焼かれたこともあったけど、だめだったわ。ふふふ、せっかく捨て身だったのに、残念ね」

飾られていた燈火が揺れ、万華鏡がまわる。天地が混ざり崩れるように環をかいて。

「許しましょう。都の毒を絶ったことも、妾を刺そうとしたことも、ぜんぶ。だから、ね？　熟れた魂を喰べさせて」

「皇后を暗殺する」

砂のまざった夜嵐が吹きつける。

鴆に連れだされて、慧玲は冬宮の塔にあがっていた。他聞をはばかる危険な話でも、ここでならば風に声がさらわれて部外者に聴かれることはない。鴆から大理寺での経緯を報告されて、慧玲は落胆の息をついた。

「公に裁くことはできなかったのね」

「だからといって、皇后に屈するつもりはない。いそがないと貴女の身が危険だ」

命を狙われているということか。だが、解せない。都を解毒したからか、あるいは帝姫に復帰したせいだろうか。胎の御子を皇帝に据えるのならば、妨げとなるのは鴆であって帝姫ではないはず——そこまで考えて慧玲は想いだす。皇后の飢えた眼を。

「皇后は……私を喰らいたいのね」

胸が強く脈動する。

「この身に根差した麒麟の魂を」

人を喰らい、神をも喰らう——それが饕餮というものだ。

「麒麟の死骸を喰らったのも皇后でしょう。でも、麒麟の魂は鳳凰となって、私のなかにやどった。皇后は鳳凰が育ち、麒麟として復活する時を待ち続けているはずよ」

盤古経においては混沌から天が始まり、後から地が創られた。麒麟もまた、卵から孵(かえ)った時は天を舞う鳳凰として具現し、大地の創造を経て麒麟となる。麒麟は不死ではないが不滅で、死に瀕した麒麟は輪廻(りんね)して鳳凰に還る。

想いかえせば、皇后は絶えず、慧玲を毒の事件に誘ってきた。あれは麒麟の魂を熟させるためだったのか。

「明明後日(しあさって)には満月だ。その晩は僕が秘毒をつくる」

慧玲は無意識に喉を鳴らした。

頭がふらつくような飢えはすでに始まっている。鴆が造った秘毒ならば、どれほどに満たされるだろうか。

想像するだけでも肋骨を破るように脈が弾け、息が熱を帯びた。

「窮奇の一族である僕の秘毒ならば、麒麟の魂を熟させることができるだろうと皇后は推察していたが……その様子だとあながち嘘ではなさそうだね」

慧玲は咄嗟に眼をふせる。飢えて荒んだ眼を鴆に覗かれたくはなかった。だが、鴆は彼女の飢えを愛でるように髪を梳いてきた。

「皇后はすぐにでも貴女を喰らおうとするはずだ。それまでに皇后を暗殺する――あとは現実に皇后を殺せるかどうか、だ」

剣は通らず、致死毒も効かず。皇后の言が嘘でなければ、燃やしても落としても息の根を絶つことはできないという。

「ほんとうに化生なのね……」

「だが、ひとつ、皇后は人毒を避ける」

「人毒ならば皇后を毒せるということ？」

「さあね、そうとも考えられるが、確実じゃない。人毒で死んだ骸はなにごともなく喰らっていた」

「でも、望みはあると思う」

皇后は昨年の夏、毒疫に感染した。毒ではないものが毒になるという特性は地毒と人毒は相通ずる。

「鍵は人毒か」

鴆が悔しげにつぶやいた。

「約束してから、まもなく三カ月経つ。まだ毒がたりない。宮廷だと調達できる毒にもかぎりがあってね」

「毒人参とか相思子(トウアズキ)ならばあるけれど」

「とっくに飲んだよ」

「でしょうね」

取りこんでいないものがあるとすれば、造られた毒か。

もっとも鴆が造れる毒はすでに試しているはずだ。

ひとつだけ、思いあたる毒があった。いかに優秀な毒師であろうと、毒師であるかぎりはつくれない毒。

「わかった」

慧玲は髪に挿していた孔雀の笄をいっきにひき抜いた。白銀の髪がほどけて、星を絡めてきらめきながら夜天に拡がる。

「私が毒を調える」

紫の双眸を見張り、鴆が息をとめた。

「毒はつくらない。それが白澤の一族の掟(おきて)じゃなかったのか」

「そうよ。白澤は毒を扱おうとも、毒をつくらない。私は禁を破ることになる」

昨年雕皇帝に毒をつくれと命じられたが、慧玲は頑として従わなかった。これは白澤の一族たる誇りだ。だが、いまだけは誇りを捨てる。

そこまで考えて、慧玲は頭を振る。捨てるのではない。

「預かっていて」

鴆に孔雀の笄を差しだす。これまで抜きとられたことはあっても、慧玲から渡したことはなかった。鴆はその重さを理解したのか、壊れ物を扱うように笄を預かる。

「おまえだけに私の毒をあげる」

旋風が銀の髪を乱舞させ、掻きみだす。雲が吹き散らされて、満天の星が綺羅と瞬いた。吹きあがる風は乾いた砂を連れてきて、じきに黄砂の嵐となるだろう。

それでも砂に星は喰らえまい。

逢うべきではなかったふたつの星は魂の緒でつながり、結ばれた。重なりあう星は蝕となる。

「だから、残らず喰らって」

◇

白澤の一族は薬に暁通する。

一族に解けぬ毒はない。薬をもって民を救い続けてきたが、一族の叡智をおそれた時の権力者に迫害されて、根絶。伝承のなかの民族となった。

白澤は毒を薬となす。まかりまちがっても、毒を毒とすることなかれ——これは白澤の書を相承される時に教えこまれる一族の掟だ。

だが、白澤の禁薬の項にはひとつだけ、毒が識されている。

白毒——毒は苦いものだという概念を破るあまやかな死毒だ。あわ雪のごとき粉薬で、わずかに舐めるだけでも眠るように息絶えることができる。

この毒は、死を唯一の救いとするものたちを魅了した。白澤の一族が根絶されたのはこの禁毒が人の心を惑わせたからではないか、という風説もあるほどだ。

絶望の底で死を最良の薬と考えてしまうことは、ある。

現に慧玲の母親はこれを調薬し、酒盃に混ぜて命を絶った。同時に慧玲も毒盃を渡されたが、苦痛があるだけで死にはいたらなかった。

（母様はきっと、私の盃にはこの毒をいれなかった）

最後の愛が、姑娘に死毒を渡すことをとがめたのか。あるいは姑娘という薬を、民に残したのか。母親が索盟皇帝の後を追ったのは毒疫の禍がきたとき、それを解毒できるのが白澤の叡智だけだと知っていたからだ。愛する男を奪ったせかいから、薬を奪う。それが母親の復讐だった。だが、それでいて、彼女は皇后でもあった。夫を愛する妻と民を愛する国母。姑娘を愛しつつ怨嗟する想い。あのとき、彼女のなかで矛盾する毒と薬が混沌とまざりあっていた。

だから、彼女は姑娘の選択に賭けたのではないだろうか。

（そして私は薬を選んだ）

苦境のなかでも慧玲は命を賭して、薬であり続けてきた。だが、いまだけは薬ではなく、毒となる。

鴆に笄を預けてから、慧玲は離舎で調毒をはじめた。

酷い嵐だ。地獄から吹きあげるような砂塵の風が壁をたたき、窓を揺さぶる。旱魃が続き、宮廷にまで砂嵐が吹き寄せるようになっていた。風の唸りをおいてほかにはなにも聴こえてこない。異様な静けさが慧玲の意識を冴えわたらせる。

白毒。これは曼荼羅花、亜砒酸、芫青からなる。

曼荼羅花の種子は金梅館の中庭で採取しておいた。鴆の母親が植えたものだ。亜砒酸は毒師である卦狼に頼んだ。卦狼と逢うなり、慧玲は大変な迷惑をかけてしまったことを詫びたが、彼は「恩をかえせてよかったよ」と笑っただけだった。

芫青は緑の毒蟲だ。触れるだけでも危険な毒で、おもに暗殺にもちいられる。これは鴆が持っていた。

これらをあわせて純化する。

白毒というだけあって、わずかな濁りもあってはならない。毒とは想わせない毒。調毒を続ける慧玲の指が、微かに震える。

（こわい）

調薬する時にはこんなことはなかった。身のうちから戦慄が湧きあがり、肌をかけめぐる。時々突きあげるように胸を刺すものは喪失の恐怖か。

（この毒は鴆を殺すかもしれない）

だが手を緩めてはならない。彼は最強の毒だ。その毒と喰らいあうのだ。かならずや息の根を絶つという強い意志が必要だ。

（ああ、こんな争いがあるなんて想わなかった）

毒に徹さなければ。そう考えかけて、違うとおもった。慧玲はもとから、毒だ。その毒を毒としてつかうだけ。

けれど、どうしても、鴆の死を想像することはできなかった。

だから彼女は、みずからの死に想いを馳せる。

愛する母親と一緒に逝きたかった。父親の薬になれなかった私など死ぬべきだと呪いをかけた。そんな時が、なかったといえば、嘘になる。

(おまえが言ったとおりよ、私は薬として息絶えたかった)

しかしながら、薬であるかぎりは死ねない。白澤の姑娘が死んでは毒疫はどうする。命を賭しても、敗死するつもりはなかった。

死を想うことは彼女にとって、命を怨みながら命を抱き締めることだ。ゆえに後悔ではなく、怨嗟たるのだ。

怨嗟の毒をそそぎこみ、ろ過すれば、まっしろな死の毒ができた。

まだ、終わりではない。白澤の薬には食ありきだ。

続けて、食の調理を始める。

卵を割り、取りだした卵白を泡だてる。程よくふわふわになったら、熱々の糖漿(シロップ)を垂らしてさらに泡だて続け、卵白をかためる。綿のようになったところで緩く泡だてた生(なま)乳脂(クリーム)にあわせた。あとは湧水で冷やすだけだ。

最後にひと匙、白毒を施す。

…………

「死毒の乳脂凍(ムース)よ」

あたかも、夏に降る雪だった。

ふわりと舞ってはとけていくあわ雪のような白い甜菓(かし)だ。こんもりとした雪室(かまくら)を想わせるかたちで、崩すことがためらわれるのに、匙をいれて壊したくなるような倒錯した誘惑をまとっていた。

「ああ、いい毒だね」

鴆は匙を持ち、微笑をこぼす。

「ほんとうに構わないのね？」

鴆は毒に強い。だが、慧玲のように無毒化できるわけではなかった。ましてこれは死毒だ。

慧玲は終始死に想いを寄せながら、命を終わらせるための毒を造りあげた。この身の毒を残らず、そそぎこんで。

「知っているでしょう。私の毒は強い」

「そうだね。でも、僕の毒はもっと強いよ」

鴆は嗤った。

「貴女を負かして屈服させられる毒は僕だけだ。そうだろう？」

紫の眼のなかで毒が渦を巻いた。蠱毒の甕の底に産まれ、万の毒を喰らった男。彼こそが毒の地獄だ。

やわらかな乳脂凍に匙をいれ、鴆は白毒を食す。とろけるくちどけに彼は恍惚と息を洩らした。

「あんたの毒はあまいね……」

鴆の唇の端からひと筋、血の雫がこぼれた。

「鴆」

紫の眼が虚ろに陰っていく。脈拍が落ちているせいか、意識が朦朧としてきているのがわかる。食べ進めるほど、青ざめた唇からは血潮があふれた。

刻一刻と彼の命は死に蝕まれていく。

いますぐにとめたかった。だが、まだ、だめだ。

鴆が最後のひとくちを食べ終わった。

その途端に指から力が抜け、彼は匙を落とした。かつんと、匙が盆に落ちたのがさきか、鴆は倒れこむ。

（解毒するなら、いまだ）

人毒とは服毒して、死の瀬戸際で解毒をすることで毒を克服し、取りこむものだ。

白毒の解毒薬は苦艾（にがよもぎ）の緑酒に白澤の血潮を混ぜたものである。慧玲はためらいなく肌に傷をつけ、杯に血潮を垂らした。

鴆を抱き寄せるように助けおこす。呼びかけたが、意識がない。慧玲はすぐさま解毒薬を含んで口移そうとする。

（唇が、冷たい）

そればかりか、呼吸を感じなかった。慌てて脈を確かめる。脈拍が途絶えていた。現実を理解して、喉がひきつれ、無意識に薬をのみくだす。

「いや……いや、いやあああっ」

彼女のなかで、なにかが壊れた。慧玲はひどく取り乱して、息絶えた鴆に縋る。その身を揺さぶり、強く抱き締めながら絶叫した。

「おまえは最強の毒でしょう、私の毒を喰らいつくすと約束したじゃない」

涙に濡れた緑の眼が燃える。悲嘆でもなく、哀惜でもなかった。絶望を孕んだ怨嗟が燃えさかって、荒れくるう。

「許さない、死ぬなんてそんなこと、許すものかっ」

喉を嗄らして、喚きたてる。

「……私をおいて逝くなんて」

母親が死んでも、父親が死んでも、彼女は縋りつきはしなかった。

知っていたからだ。ふたりは彼女の声に振りかえることはないと。

だが、鴆は違う、彼だけは——違う、はずだ。

「離さないって言ったくせに」

諦めずに幾度だって、薬を口移す。

接吻するほどに死を感じる。

燃えつきた星のような涙がひとつ、愛する男の瞼に落ちて、滲んだ。

臨死する鴆の魂は闇のなかにあった。

微かに水が通っている。足の指に絡むほどの浅さだ。葬頭河というには浅すぎるが、暗い浪は砥がれた剣のかけらのように肌を刺す。

(何処に進めば、帰れる?)

あてもなく踏みだしたとき、微かだが、声が聴こえてきた。

鴆を喚び、泣き続ける声。

「慧玲?」

信じられない。あの強い姑娘が、彼の死をこれほどまでに嘆いてくれるとは想わなかった。許さないと繰りかえす。嘆きというより怨嗟だ。鴆は唇の端を緩めて、声のするほうに歩きだした。

濁浪がしきりに絡みついてきて、なかなか先に進めない。視線を落とせば、青ざめた手の群がざあと浪打っていた。手は鴆の脚をつかみ、裾を引っ張る。いずれもかつて鴆に命を奪われたものたちだ。

死者の群が鴆を地獄に連れていこうとする。

つかみかかってきた手のなかにひとつ、爪紅を施した指があった。毒を扱う指。鴆を呪縛してきた母親の指。彼女は鴆の脚に絡みつき、縋ってきた。

「貴女はあいかわらず、縋るのが好きだね」

心根は傲慢で、他者を蔑んでいるくせに強いものにしなだれかかって、操ろうとする。毒婦だ。だから哀れだった。

「貴女とは逝かないよ」

彼にしか縋れない姑娘が、待っている。母親の指を振りほどき、鴆は進む。

「僕を道連れにできるのは彼女だけだ」

◇

燃えさかるような怨嗟の涙が、落ちた。

重ねあわせた唇が突如、息を吹きかえす。鴆の喉が動き、薬を飲みくだした。紫の眼がひらかれる。「鴆」と声を洩らしたのがさきか、接吻られた。

絡む舌が痺れ、鼓動が脈うって、慧玲は理解する。

人毒だ。死の境界を彷徨いながら、彼は地獄から毒を取りかえしてきたのだ。

これまで彼が持っていた荒々しい嵐のような毒ではなく、静かに透きとおる毒だ。格段に強くなっている。

「っ……どうでも、いい」

慧玲は息を荒らげて、つかみかかる。

「死んだかとおもった。呼吸も脈もとまって、ほんとうに……死んでしまったと」

泣きながら訴えれば、鴆は微かに笑いながら緑眼からこぼれる涙をひとつ、ふたつとさらっていった。

「僕が毒に喰われるはずがないだろう？」

「だとしてもひとは死ぬものよ。私は知ってる、知っているの」

「そうだね」

鳩がなだめるように抱き締めてきた。

「だったら、約束しようか」

「死なないと？　信頼できない」

彼はこれまで多くの命を奪い続けてきた。奪うものは奪われ、毒すものは毒される。

だが、鳩は想像だにしなかった誓いの言葉を続けた。

「僕が逝くときはかならず、あんたを道連れにする。約束するよ、あんたを残しては逝かない」

張りつめていたものが、崩れる。

涙がいっきにあふれてきた。これまでこらえてきたぶんまで、ぜんぶ。

彼は毒だ。だから、毒にしか与えられない愛をくれる。

彼女が最も欲しかった愛を。

たまらず、接吻をする。喰らいあうように呼吸を絡めながら、想いはとめどなく湧きあがる。この男が、愛しいと。

………………

朝がせまっても、黄砂を孕んだ嵐はやまず、ごうごうと吹き荒んでいた。嵐に身を潜め、ふたりは皇后暗殺の方略をたてる。

人毒はなされた。あとはどうやって皇后に人毒を盛るかだ。

薬膳の任を預かっていた時ならば食膳に毒を混ぜることもできたが、皇后が死んだ時はまっさきに疑われる。

ならば鴆が動くか。だが、皇后は人毒を警戒している。接吻等の接触は不可能だ。剣などで傷をつけることもできないとなれば、蠱か。

「残念ながら毒蠱に人毒を持たせることはできないよ。それに貴宮は風水の結界が張られていて、蠱単独では潜入させられなかった」

思考を巡らせる。なにか、抜けみちはないか。

「皇后は人毒で息絶えた骸は問題なく喰らうのよね？　でも、人毒は痕跡を残さない毒。死後、毒が抜けるということも考えられるはず」

「あり得るね。そもそも、人毒をつかって命を奪い、あとからそれを喰らったなんて先例はない。猟につかう毒でもないんだ」

「だとしたら、ひとつだけ、皇后に毒を飲ませるすべがある」

鴆は瞬時に慧玲の意を察して、息を張りつめた。危険すぎると彼の眼が訴えてきたが、慧玲は言葉を挿ませずに続けた。

「皇帝は自身の命を秤に乗せてはならない。それは理解している。でも、いまはまだ、私は皇帝ではない。だからもう一度だけ、この命を賭ける」

月が満ちれば、時もまた、満つる。

「おまえの秘毒を飲ませて」

辟易するほど青い空に蟬が鳴きたてる。

「雨は降りませんでしたね」

嵐は過ぎた。颪は砂を舞いあげるばかりで緑を潤わせることはなく、後宮の花もしおれていた。慧玲は枯れかけた笹を踏みわけて桑の実を摘む。暑さのせいか、桑の実は充分に育っていない。崖があるので落ちないように注意しながら身を乗りだす。

桑の実には潤いを補う効能があり、眼や髪の薬になる。

帝姫となっても、後宮食医であることに変わりはない。薬を欲するものは大勢いる。

「春の宮では梅が枯れかけ、夏の宮では舟が進めないほどに池泉の水が減ったとか。颪水で護られている後宮がこの惨状では秋の収穫がどうなることか、心配ですね」

「そうですね……むふふ」

慧玲と一緒に実を摘んでいた藍星は、話にあわせて真剣な顔をしようとしたが、にへらとすぐに緩んでしまう。

「なにか嬉しいことがありましたか？」

「慧玲様が帝姫に復帰された事にきまってるじゃないですか！　ほんとにこのたびはおめでとうございました。あっ、これからは帝姫様とお呼びしたほうがいいですよね？」

「やめてください、そんな」

慧玲は恥ずかしすぎて慌てるが、小雀のように踊りまわる藍星は聞いていなかった。

「帝姫様、慧玲様が帝姫様……素敵です。帝姫様、万々歳ですよ。これがにやけずにいられますか、実家にも便りをしたためちゃいました。って、あれ」

藍星が「はうわっ」と奇声を発する。

「ってことは私は帝姫様つきになったんですね。わわっ、さらに頑張りますからね！」

きゃあきゃあと騒ぎたてる賑やかな声に神経が逆だち、もどかしさに似たものがふつふつと湧きだしてきた。いけない。気を紛らせるため、慧玲は青天を振りあおぐ。何処を捜しても昼の月はなかった。昨晩が満月だったためだ。

胸に指を添える。秘毒を喰らった証がここにある。

「っ――藍星」

突如として、刺客が物陰から斬りかかってきた。

慧玲は咄嗟に藍星をかばい、抱き寄せる。刺客が振るった剣が、慧玲の腕をかすめて血潮が噴きだす。藍星は事態についていけず、悲鳴をあげた。

「いやああっ、なっなっ、なんですか、これ」

慧玲は冷静だ。こうなることは予期していた。皇后直々に呼び寄せては失踪した時に証拠が残る。細作をつかって拉致させれば、皇后が疑われることはまず、ない。

あとはいかにして藍星を逃がすか、だ。

「藍星、鴆に報せてください」

「えっ」

「頭をかばって」

「へっ」

慧玲は声を掛けてから藍星を突きとばした。崖にむかって。

なだらかな崖だ。落ちても命までは落とすまい。あとは幸運だけ。

「慧玲様あぁっ」

藍星は絶叫しながら、崖を転がり落ちていった。

残された慧玲は刺客に捕らわれて動脈を締められ、いっきに意識を奪われた。遠ざかる意識のなか、肋骨を破ろうとするようにあばれだすものがいる。慧玲は胸のなかに息づくものに懸命に訴えかけた。

（……まだよ、まだ、喰らってはだめ）

◇

藍星はよろめきながら、走り続けていた。

（鴆様に報せなきゃ）

崖から落ちた藍星は刺客から遁れることができた。だが全身傷だらけで、足の捻挫が特に酷かった。靱帯を損傷しているかもしれない。悲鳴をあげるほどに痛かったが、懸命に声をこらえた。

藍星を捜している刺客たちに捕まらないよう遠まわりをしたので、時間がかかった。春の宮に寄って雪梅に報せようとも考えたが、藍星の勘が危険だと訴えた。報せるとすれば、鴆にだけだ。

宮廷につながる橋までたどりついた時には日が暮れかけていた。藍星は橋の見張りをする衛官に訴える。

「お願いです、通してください。鴆様に逢わないといけないんです」

衛官は訝しげに眉の根を寄せる。

「手続きも踏まずに女官を宮廷に渡らせるわけにはいかぬ。まして女官如きが皇太子様にお逢いするなど許されることではない。退れ」

藍星が絶望する。

「話だけでも聴いてくださいっ」

「ならん」

「だったら僕が聴こう」

鴆が橋を渡ってきた。鴆は青ざめて畏縮する衛官を退らせる。藍星は涙をぼろぼろとあふれさせて鴆にかけ寄り、袖をつかんだ。

「慧玲様が、慧玲様がっ」

「連れさらわれたのか」

「わ、わかりません、でも」

鴆は異様なほどに落ちついていた。慧玲もそうだった。こうなることはわかっていたとばかりに動じず、機転を利かせて藍星を逃がしてくれた。

「なにがどうなっているんですか。なんで、慧玲様がこんな危険なことに巻きこまれているんですか。わ、私が都の解毒にいかせてしまったから、ですか」

藍星には教えてもらっていないことがたくさんある。これまではそれでも、構わなかった。だが、いまは知りたい。

敬愛する彼女がなにを抱えているのか。

「知りたいのか」

「知り、たいです。教えてください」

鴆はそれを聴いて、微かに笑った。

「教えないよ」

紫の袖をなびかせて、鴆は藍星の側を通りすぎる。藍星が振りむき、食いさがった。

「そんなのって」

「君はそちら側にいるべきだ」

拒絶ではなかった。侮っているわけでもなく、鴆はただ、遠い星を眺めるように藍星を眼差していた。

「昏い道に踏みいることなんかせず、彼女を待っていてやってくれ。明るいほうに還りつくにも標が要る。それは僕にはできないことだ」

黄昏が鴆の姿を陰にする。

彼は暗いところにいる。還りを待つのが藍星の役割ならば、奈落の底から慧玲を連れもどせるのは鴆だけだとおもった。

「劉、明藍星を保護し、宮廷医に診せろ。まだ危険がある、側を離れるな」

「了解です。うわあ、ひどい怪我ですねえ。これ、ぜったいに歩かないほうがいいやつですよ。ってか、ここまでよくきましたね、根性あるなあ」

鴆の背後に控えていた劉が藍星を抱きあげる。

鴆が後宮側に橋を渡っていく。

藍星は頭をさげて愛する師を、毒の男に託した。

白大理石で造られたまるい食卓に月明かりが差す。曇り玻璃（ガラス）の天花板（てんじょう）から降りそそぐ光は、浪だつ湖の底から振り仰ぐように遠かった。

食卓には姑娘が乗せられていた。

月を映す銀の髪が環をかいて拡がり、大理石の表に波紋をたてている。華奢（きゃしゃ）な裸身には緑絹の衫襦（ひとえ）がかけられていた。脆（もろ）い貝殻を想わせる肩を縮め、素脚を投げだして眠り続けるそのさまはさながら捧げ物だ。

だとすれば、この食卓は祭壇か。

刺客に拉致された慧玲は貴宮の水晶宮に連れてこられていた。皇后に拝謁する時につかわれる表の水晶宮ではない、隠されたもうひとつの水晶宮だ。

慧玲が意識を取りもどすと強烈な血の臭いが胸を焼いた。睫をほどいて緑眼をひらく。

拉致されてから、どれくらい経ったのだろうか。

くちゃり――

酷く濡れた音が耳に触れる。身の毛がよだつ。本能が危険を訴えていた。

視線を動かす。

欣華皇后が屍を喰らっていた。

華奢な身をかがめ、骨張った男の腕にかぶりついている。

死んで硬くなった肉を喰いちぎって咀嚼する。唇の端からのみくだせなかった血潮があふれて、垂れた。細い喉を動かして、皇后は肉の塊をのみくだす。

「饕餮――」

声を洩らせば、皇后が緩やかに振りかえる。

真紅に濡れた唇を綻ばせて、彼女は微笑みかけてきた。

「あら、ふふ、ごめんなさいね。お腹が減っていて。貴女が意識を取りもどすまで待ちきれなかったの」

皇后は人に非ずと鴆から教えられてはいた。だが、現実に人を喰らっているところをみて、身が竦む。

「こわがらせてしまったかしら」

皇后はこまったように苦笑する。人を喰らっている時でも、皇后は変わらなかった。底抜けに穏やかで、愛らしく、曇りのない純真さを振りまいている。

　皇后にはひと匙の毒もない。

「ああ、でも、どれだけこの時を待ち続けてきたことか」

　皇后は食欲に瞳を潤ませ、這い寄ってきた。動かない脚をひきずり、食卓にあがる。

　慧玲は身を退きかけたが、手足に鎖がつけられていて逃げだすことはできなかった。

　皇后は慧玲の身に乗りあげ、青ざめた頰を嬉しそうになでる。

「やっと、熟れた」

　胸が、激しく脈うつ。

　捕食されるという恐怖が本能を掻きたてる。言葉にできない戦慄が肌を粟だたせた。

　慧玲は身を震わせながら、懸命に声をしぼりだした。

「私を死刑に処さなかったのは餌だったからですか」

「ふふっ、とびきり特別なごちそうよ」

　そこから総てがはじまっていたのだ。

「だから、私を導き、より強い毒を喰わせてきたのですね」

「これでもあれこれと考えたのよ。考えすぎて疲れちゃった」

　藍星と逢ったのも、宮廷官巫の薬物を調べることになったのも、皇后の導きによるものだったのではないか。疑えばきりがなかった。

「鰻だって鴨だって、ちゃんとおいしかったのよ。でも、貴女が教えてくれたじゃない？　喰べたいものこそが薬になるって」

皇后は動かない脚をなでながら、続けた。

「貴女はこの脚を癒すため、ちからをつくしてくれた。だから、教えてあげる。この脚はね、ほんとうは呪いなの」

「呪い……どういうことですか」

「そうねぇ、昔の話になるわ。麒麟が失踪して滅びたこの地にきたことがあるの。妾を信仰すると争いに勝てる。亡国の民は妾に食物を捧げて剋を再建した」

鴆が考察していたとおりだ。

「あのころは幸せだったわぁ。なあんにも考えなくとも、お腹いっぱいにご飯が喰べられるのだもの。でも、三百年ほど経ったころかしら。国が傾きはじめたの」

麒麟がいなければ天候は荒れて実りが減り、毒疫の禍に見舞われる。結果、侵略を繰りかえして領地を奪い続け、補充するほかになくなる。争いを続けた先に待つのは民の疲弊と宮廷内部での紛争だ。

「時を同じくして、麒麟が帰還した。麒麟に選ばれた皇帝が争いを収め、妾は諸悪の根源だと宮廷官巫に呪いをかけられて、追いだされたの」

すねたように頬を膨らませ、皇后は唇をとがらせる。

「ひどいわよねぇ。勝ち続けたい。もっと富を。もっと権力を。そんなふうに欲して、喰べきれないくらいの食物を捧げたのはにんげんなのに」

「人の欲は毒ですから。それを知って、あなたはその毒を操ってきたのでしょう？」

「ふふふ、そうねえ」

　皇后が舌なめずりをする。

「あなたはなにをなさりたいのですか？　女帝となりたかった？　陰から宮廷を操りたかった？　信仰されたかった？　それとも胎の御子を皇帝になさるおつもりですか」

　これほどまでに綿密な陰謀を張りめぐらせたのだ。彼女には彼女の欲があるはずだ。

　だが、皇后はきょとんとしてから噴きだした。

「いやだわ、ふふ、そんなはずがないじゃない」

　屈託なく、彼女は微笑む。

「妾はね、お腹いっぱいになるまで喰べて、のんびりとしていたいだけなのよ。だってお腹が減ったら、つらいでしょう？」

　虚をつかれ、慧玲は息をのむ。

　だが、ゆるゆると理解した。彼女はそういうモノなのだ。

　だから毒がない。あるのは捕食して腹を満たすという本能。羊が草の根を食んで、その結果、草原が不毛の荒野となってしまっても羊に悪意がなかったのと一緒だ。ただ、喰らうものがひとだったというだけの。

「あ、でも、呪いを解く薬は探していたのよ。麒麟に選ばれた皇帝を喰らえば、解呪できるかと思ったのだけれど、だめだった。残念」

背に冷たいものが落ちてきた。

「どういう、ことですか」

索盟皇帝は処刑された。だがよくよく振りかえれば、その骸がどこにいったのか、慧玲は知らない。処刑された皇帝は陵墓に葬られることもない。麒麟の骸にばかり気を取られ、考えた事もなかった。索盟皇帝だけではない、皇后たる慧玲の母親もしかりだ。

「まさか」

「そう、貴女のお父様を喰べたのよ」

胸を刺されたのかとおもった。重すぎる衝撃。慧玲は沸きあがる憎悪に身震いしながら、皇后を呪うように睨みつける。

「母様も、あなたが喰らったのか」

「ふふ、白澤っておいしいのね？」

腹が燃える。肺が燃える。肌が燃える。怨嗟の毒が噴きあがり、この胸を破ろうとする。だが、まだ。

唇をかみちぎって、慧玲は落ちつけと胸に命ずる。

喚き、錯乱しそうになるもうひとりのみずからに馬乗りになって、喉を締めあげるように毒をのむ。喉が焼け、胸がつまっても毒を喀きだしてはだめだ。

「そうして私のことも喰らうのですね」

皇后は「そうねぇ」とつぶやきながら、慧玲の素脚を強くつかんできた。

「いつもは死んでから喰べるの。だって可哀想だものね。でも、ごめんなさい、麒麟の魂が抜けてはこまるから」

彼女は微笑みながら、舌を覗かせ、唇を舐めた。

「いただきます」

皇后が慧玲の脚に喰らいついた。

肉を喰いちぎられる。慧玲が絶叫する。毒に焼かれるのとは違った、頭を突き抜ける激痛。鮮血がぼたぼたとあふれた。

「ああ、満たされる。薬膳なんて非にならないくらい」

皇后はかみ締め、味わいながら飲みこむ。

「これだったら、もしかして」

皇后はつぶやき、ふらつきながら起きあがった。やわらかな足裏を大理石の面につけて白珊瑚（さんご）のような足指で踏ん張る。萎えていた筋が力強く膨れあがった。ふたつの脚だけで彼女は立ちあがる。

「ふ、ふふふっ、やっぱり貴女が妾の薬だったのね、嬉しい。これで胎の御子を、健やかに産んで――――あ、れ？」

　皇后は胸を押さえる。ぜひゅうと荒んだ呼吸が喉からあふれてきた。なにがどうなっているのか理解できず、彼女は瞬きを繰りかえす。

「ああ、喰らいましたね」

　青ざめた唇を持ちあげ、慧玲が微笑みかけた。

　この時を待っていた。

「なに、これ」

「捕食者が命を喰らうのは理(ことわり)です。ひともまた、鶏や魚、植物の命を喰らって命をつないでいる。だから、私はあなたを非難しない」

　裸身が、青銀に燃えたつ。

「ですが喰われる側もそうかんたんに喰らいつくされるだけではありません。喰われないため、毒を持つ――」

　皇后はこれまで様々なものたちを喰い荒らしてきた。

　命も愛も彼女によって壊された。

「餌を、侮るな」

　皇后が崩れおちる。

　呪いが解けた皇后の脚に、紫がかった毒の紋が新たに絡みつく。蛇と蜈蚣を縒りあわせて綯った縄のような人毒の紋だ。

現実を理解したのか、彼女は悲鳴じみた声をあげて髪を振りみだす。

「うそよ、うそ。だって貴女、毒は喰らったそばから解毒されるのでしょう？　その身に毒を持ち続けるなんて、できるはずが」

解毒の異能を持つ慧玲が毒を有しているなんて、皇后は考えもしなかったはずだ。事実、これまでならば、慧玲は解毒を意識して操ることはできなかった。

「賭けでした。麒麟まで育ったおかげです」

風が吹きあがって、鎖が砕けた。起ちあがる慧玲の胸を破って花が咲きこぼれた。刺青に似た孔雀の紋は表れず、青い曼荼羅のような紋様が背に浮かびあがる。紋様は水が流れるようにゆらゆらと明滅した。つまさきが蹄のような水晶におおわれる。

額からは青火のような角が伸びた。

麒麟の再臨——天地を結ぶかのように一条の光が伸びて、弾けた。玲瓏たる光を随えて、慧玲は底光りする緑眼で皇后を睨みおろす。

「父様の魂を壊した竜血の毒よ。とくとその身で味わって」

鴆は新たな人毒を身につけたあと、毒の結晶たる竜血を造った。

血縁者ならば魂が壊れ、縁のないものならば百万の命を奪える、最強にして最凶の毒。

これならば確実に皇后を毒せるはずと確信して、慧玲は竜血の毒を飲みくだした。

喰われることで毒する、命を賭けた謀だ。

だが捨て身ではなかった。皇后は脚の薬として麒麟を欲している。ならば、本能で脚から喰らおうとするはずだと賭けた。

「これだけの毒をのんで、解毒もせずに素知らぬ振りを続けていたの？　ふ、ふふふ、ほんとうにあなたは強い姑娘ね」

「ええ、私は薬ですから」

嘘だ。強烈な飢えに神経を刺す痛み。あと一晩続いていたら頭が壊れていた。

飢えという毒は神経を逆だて、思考をかき乱し、心を蝕む。藍星のことですら傷つけたくなった時は絶望を感じた。先帝が心壊れたのが、いまになって理解できる。

これは魂を壊す毒だ。

凄絶な毒にさらされながら、慧玲は終始意識して解毒を抑制してきた。強い怒りで一度制御がきかなくなりそうになったが、なんとか乗り越えた。

すべてはこの身ごと、皇后に毒を喰わせるために――

皇后は窮して、食卓に備えつけてあった鈴を振る。

陰が差すように細作たちがかけつけてきた。喰い散らかされた骸には眼もくれない。

彼らは皇后が人喰いだと知っているらしい。

細作たちは衰弱した皇后をみて、慧玲に斬りかかってきた。

毒には抗えても、剣で斬られてはひとたまりもない。脚を喰いちぎられているので、逃げようにも痛みでうまく動けなかった。

胸のなかで助けを喚ぶ。

（——鴆）

背後にある窓が崩れるように割れた。

蜂の群が嵐をなして吹きこんでくる。振りかえって確かめるまでもない。鴆だ。

毒を滾らせた双眸が紫電のごとくひらめいて、うす暗がりを裂いた。皇后を衛るものを単身で退けてきたのか、鴆は袖が破れて傷だらけだったが、剣の腕は鈍っていなかった。彼は毒蟲を操り、細作たちを斬りふせる。さながら毒の旋風だ。だが敵を全滅させた時には皇后は姿をくらませていた。

「逃げたか」

毒のまわった身ではそうは保たないはずだ。追跡せずとも、じきに息絶える。

鴆が息をつき、振りかえった。

「終わったね」

その言葉で理解する。

皇帝を蝕み、宮廷を喰い荒らしてきた人喰いの饕餮を滅ぼした。父親と、母親の復讐も果たした。そうか、すべてが終わったのだ。

果敢に燃えていた強い意志の火がゆらと鎮まる。その身を縛りあげていた緊張がほどけ、慧玲は立ち続けていられず膝から崩れおちた。鴆が抱き締めようとかけ寄ってきた。

転瞬、眼を見張って、慧玲が絶叫する。

「近寄らないで！」

鴆が足をとめた。

慧玲はその身の異変を感じていた。異様な昂奮で息が荒くなる。くちのなかに唾がとめどなくあふれてきた。理性を喰いつぶして、抑えきれない欲が吹きすさぶ。

(喰べたい)

素肌に爪を喰いこませて、欲動を抑えこむ。

「……解毒が終わっていないの」

「へえ」

鴆は微かに嗤って、また歩を進めてきた。慧玲は取り乱す。頭を抱え、鴆から遠ざかろうと後ろにさがりながら喚きたてる。

「おまえならば、解るはずでしょう？　私はいま、おまえを喰らいつくしたくてたまらないのよ！　だからこないで、こないでよ……」

索盟皇帝は姑娘が喰らいたくて、飢えて、壊れた。同様に慧玲は鴆が欲しくて、壊れかけている。ひとつ、またひとつ、鴆が近寄ってくるだけで身が震えた。

「たまらないほどに飢えて、欲しくて欲しくて」

鴆は負傷している。傷からあふれる血のにおいが食欲を誘い、思考が錆びていく。

飢えて、飢えて、喰らうことしか考えられなくなる。欲しくてたまらない、彼の心臓が——慧玲は食欲にかられ、側に落ちていた短剣を振りあげた。

「ちょうだい————」

「ああ、いいよ」

微笑んだ鴆にむかって剣を振りおろす。

だが、その剣が、鴆の胸を抉ることはなかった。

振りかぶった剣身をつかまれ、たたきつけるように食卓へと組みふせられる。剣を奪われ、腕も脚も絡めとられて、抵抗ひとつできなくなった。

「喰らえるものならばね」

嗜虐を帯びた紫の眼が、身にまとわせた毒の香が、嘲るような低い声が、たまらなく飢えをかきたてる。

腕も脚も動かせない慧玲は接吻をせがむように唇を寄せて、鴆の喉にかみつこうとした。だが容赦なく髪をつかまれて、強く押さえこまれる。

「いくらだって欲しがればいいよ。やらないから。だって僕を喰らったら、あんたはひとりぼっちだろう」

なみだが、こぼれた。

「そうよ、おまえがいないと、息もできない」

助けられたことより、彼が彼女を征服する強い毒であることに安堵する。彼ならば何処までも連れていける、地獄の底にまでも。

「鴆」

最愛の毒に囁きかけた。

「おまえを愛している、喰らいたいほどに」

彼だけが私の、道連れ（うんめい）だ。

◇

産声（うぶごえ）が、あがった。

毒に侵された欣華皇后は死期せまる最中（さなか）で産気づき、花の咲きみだれる中庭で赤子を産み落とした。

赤子を抱きあげれば、小さな、それでいて確かな鼓動を感じた。欣華は理解する。この心臓を喰らえば、人毒を解毒できるのだと。

だが、母親だけを映す綺麗な瞳を覗きこんで、彼女は息をついた。

「だめね。この子だけは喰べられないわ。だって愛しくてたまらないもの」

赤子の瞳からこぼれる涙を吸いあげる。

時季を違えて咲き誇る桜の幹にもたれて、欣華は身を横たえる。側では桜の毒にも負けず、紫やうす紅の魯氷花(ルピナス)がゆらゆらと群れていた。

腕も脚も痺れて、思ったように動かせない。

これが死というものか。

彼女は泣き続ける赤子をなだめようと歌を口遊む。雕が愛した歌を。歌いながら、そういえば彼は死を愛していたのだと想いだす。

「死は良い。有能であろうと無能であろうと、結局は死しては骨となり、土に還る。死をもって、総てが平等となる。そう考えると穏やかなきもちになるのだ――」

永遠の命を持つ身には理解できなかったが、いまならば雕が死を穏やかだと表現したわけがぼんやりと想像できた。

「もう、お腹が減らなくて済むのねぇ」

それはとても幸せなことだ。

眼がかすんできた。息がうまく吸いこめず、歌を紡ぐこともできなくなってきた。だが、赤子はまだ、泣きやまない。

どうしたらいいものかと考えて、思いついた。

「ああ、わかったわ、お腹が減ったのね？」

赤ん坊の声が、とまった。

にんげんの血脈も混ざってはいるが、人に非ざる欣華が産んだかぎり、赤ん坊もまた人に非ず。産まれながらに生えそろった牙がその証だ。

「いいわよ。息絶えたら、この母を喰らって」

眠るように意識が遠ざかる。

「ひとりぼっちにしてごめんなさいね。でも、どうかひとつだけ、わすれないで。お母さまはあなたのことを愛しているわ……産まれてきてくれて、ありがとう」

永遠に等しい歳月、人を喰らい続けてきた華の化生は愛を残して、散る。

赤子は息絶えた母親の喉に貪りつく。

血肉を喰む音は何処か、母親の乳を吸う音とも似ていた。

宮廷は朝から混沌とした騒ぎになっていた。
後宮から一条の光が延び、天地を結んだ。
風水師たちはこれを瑞兆（ずいちょう）とし、麒麟が現れた証だと判ずるものもいた。宮廷は天毒地毒の禍が終息する兆しではないかと期待を寄せ、湧きたった。

時をおなじくして、皇后が胎の御子とともに失踪した。貴宮に刺客が紛れていたとして皇太子たる鴆が抗戦したが、捜索むなしく皇后は消息を絶った。鴆こそが皇后を暗殺したのではないかという疑惑の声もあがったが、真相はようとして知れずだ。

この非常事態のなか、宮廷が論ずるべきはひとつ。

誰を新たな皇帝とするかであった。

…………

晴れた四天に鐘が響きわたる。

宮廷にある天地壇には臣や士大夫、都の民までもが集い、新たな皇帝の誕生を今か今かと待っていた。

皇帝が立て続けに崩御し、摂政であった皇后までもが失踪して、喫緊に新たな皇帝を据えねばならない事態となった。だが、雕皇帝の落胤である胥鴆と、索盟皇帝の帝姫たる蔡慧玲とで輿論が分裂していた。

鴆の為政の有能さは実績を鑑みても疑いない。時に強硬手段を講じることには賛否両論あるが、成果は収めている。鴆の毒々しさに畏縮して順服の意を表すものもいた。

一方で妾腹の落胤だと非難する声もあり、強権支配を疑われてもいた。

たいする慧玲の支持者は毒疫の禍が収まらぬ今、白澤の皇帝が治世するべきだと訴えた。文武は忠臣があれば補える。仁愛こそが新たな皇帝に必要なものだと。

だが女帝など考えられぬという意識は根強く、反発もあった。

よって、二百年振りに麒麟請が実施されることになった。これは皇帝候補が二者いる時に麒麟の意を尋い、新たな皇帝を選ぶという儀式だ。

「いよいよですね」

皇帝候補たる慧玲は鐘を聴きながら、心静かに幕があがる時を待ちかまえていた。

銀糸が施された緑絹の襦に長裙の裾をひき、結いあげた髪には歩揺冠をのせている。冠に挿すのは白澤の一族の笄だ。ならば、せめて簪だけは最高級の琅玕を。まわりからはそう勧められたが、慧玲は頑として譲らず、鴆からもらった毒の簪を挿した。むかって右に薬を、左に毒を。これこそが慧玲のあり様を如実に表しているのだから。

「ついにこの時がきたんですね。ああっ、緊張してきました」

側に控えていた藍星はそわそわと落ちつきなく動きまわっている。卦狼があきれて、ため息をついた。

「なんで、お前のほうが緊張するんだよ」

「だって、だって」

藍星は涙ぼくろを濡らす嬉し涙を拭きながら、主張する。

「私はぜったい、ぜったい、慧玲様が皇帝になられるとおもっています。だって、慧玲様ほど皇帝にふさわしい御方はおられませんから」

通りがかった劉が聞き捨てならないとばかりに振りかえる。

「ええっ、そうですかねぇ？　俺は皇太子様こそ皇帝にふさわしいとおもいますよ。食医様は仁徳のある善いひとですが、皇帝って善人がなるもんじゃないでしょう」

「それ、どっちかというと、鴆様のことをけなしてませんか」

「え、そんなことないですよ。ちょいわるくらいのほうが格好いいですって」

「仁愛のない皇帝はだめだとおもいます。皇帝というのはこう、民を等しく抱きつつむ天のような御方であるべきなんですから」

賑やかに言い争う藍星と劉を眺めて、慧玲が苦笑する。

鐘がやむ。さあ、天地壇にあがる時がきた。緊張で震える指を袖に隠すと、慧玲は微笑を湛えて、踏みだす。

「ねえ、ほんとうに皇帝になるつもりなの」

振りかえれば、紅の袖を風になびかせ、雪梅がこちらを見据えていた。

「麒麟が私を選んでくださるのならば」

慧玲はみずからが皇帝の器だとは想わない。だが、そう、ならなければ。

麒麟請の実施が確定したとき、鴆に尋ねた。麒麟の意が鴆を皇帝と定めれば、慧玲ではなく鴆が皇帝になっても毒疫は鎮まるのではないかと。

だが、鴆は望むべくもないと頭を振った。

皇帝の器とは麒麟の器だ。選ばれる、選ばれないではない。正統な血脈なくして毒疫を絶つという麒麟の護を授かることはできないのだと。

「民は薬をもとめているわ。大陸の端から端まで探しても、貴女ほどの薬はいないでしょう。それでも、それでもね、貴女は十六歳の姑娘なのよ」

雪梅は紅の施された唇をひき結んでから、哀れむように訴える。

「麒椅に華は咲かないわ」

絶大な権力であれ、莫大な富であれ、愛ほどに華を幸福にすることはできない。あるいは愛し、愛される幸福に男女の差などないのか。

麒椅は皇帝の幸福の在処にはならない。

だが、緑の眼を綻ばせて、慧玲は咲った。

「華とは強きものです。根をおろせば何処でなりと咲くはず。あなたが教えてくれたことですよ」

幸福の在処はみずからのうちにある。

「それに私はひとりではありません」

彼女のことを信頼して、想いを寄せ、助けてくれるひとたちがいる。そのかぎり、地獄に根をおろして咲き誇ることもできる。

「いかなる理を進むことになっても、華の咲かぬ理はないでしょう」

雪梅は涙ぐみ、彼女らしく微笑みかえしてきた。

「わかったわ。……ねえ、あなた、誰よりも幸せにならないと許さないわよ」

雪梅の祝福を抱き締め、慧玲は階を進む。

天地壇は三棟の祭壇からなる。

五稜星を象った大祭壇が天壇だ。天壇には二十七段の大階段がある。頂上には壁のない宮殿が建てられ、皇帝の儀式や宮廷官巫の祭祀等はこの宮殿で催される。

天壇の東側、西側には地壇という小規模な祭壇が別途に建てられ、こちらは宮殿がなく五角形の台座だけがある。地壇には二十四段の階段が設けられており、天壇にはわずかに及ばない。

地壇からは反橋を渡って、天壇まであがれるようになっている。

民は北、臣や士大夫は南に分かれ、三棟の天地壇を取りまくように仰瞻していた。南には儀式を拝観するための舞台が設けられている。階段をのぼり終え、慧玲は東側の地壇にたつ。西側の地壇には紫の袍服をまとった鴆がいた。

離れてはいるが、視線が確かに重なる。緑と紫。

麒麟請が始まる。笙、太鼓の調べに乗せ、慧玲と鴆は声をあわせて宣詞を唱えだす。

「天啓きて地産まれ、刻は循りて命息吹く――」

慧玲が声を張りあげる。

「我は陰の皇帝」

鴆が続く。

「我は陽の皇帝」

最後は再びに声をあわせた。

「麒麟よ、剋を導きたまえ――」

声の余韻を残して、静寂が落ちた。

緊張が張りつめる。だが、何事も起こらない。永遠とも感じる沈黙だけが流れ、民は落胆の声をあげはじめた。

麒麟が皇帝を選ぶなど伝承に過ぎないのか。

そんな疑念に満ちた喧騒を破って、突如東の地壇から光を帯びた風が吹きあがった。

慧玲の身が皓々と燃えさかる。

何事かと誰もが息をのむなか、慧玲と鴆だけが落ちついていた。

玲瓏たる火はゆらめきながら、緩やかに輪郭を結んでいく。龍に似た角のある頭。鱗に覆われた鹿の躰に蹄のある六脚――麒麟が顕現する。

民衆がざわめきだす。

「麒麟だ」「まさか」「奇蹟だ」「麒麟が顕(あらわ)れたぞ」

麒麟は舞いあがるように後ろ脚だけで身を起こして、嘶く。笙に似た神韻たる響きが天地に拡がる。月の鏡のような鱗がきらめきを放ち、後光が差した。その場にいるものたちは神聖なる威光に畏敬の念を抱き、圧倒される。

慧玲は感極まり、涙ぐむ。あの流星群の晩、索盟皇帝とともに死した麒麟が新たな命を持ってここにいる。

「よくぞお還りくださいました」

麒麟は透きとおる水鏡のような眼に慧玲を映す。皇帝となるにふさわしい器かどうかを確かめているのだろうか。

麒麟はやがて優雅に脚を折って、新たな皇帝に跪いた。

地が揺らぐほどに民が沸きたつ。

「白澤の帝、万歳」「慧玲皇帝、万歳」

祝福の声は浪のように拡がり、天地壇を取りまいた。

西の地壇にいた鴆が安堵したように微笑んで、息をつく。だがその時だ。

青天から異様な風が吹きおろしてきた。天壇に建てられた宮殿の瓦を震わせながら旋風は逆巻き、唸る。違う、風ではなかった。

麒麟だ。

新たなる麒麟は瑞雲をその身に絡ませ、日輪を欺くような黄金の鱗を携えていた。

（麒麟が二頭――どうなっているの）

慧玲は胸のうちで声をあげる。鴆もまた戸惑いを隠せずにいるのがわかる。麒麟は蹄を蹴りたて、鴆のもとに駈けてきた。

「……贋の皇帝候補を、裁きにでもきたのか？」

鴆が警戒して異端の麒麟を睨む。だが、黄金の麒麟は鴆にたいして敵意を表すどころか、畏服するように頭を垂れた。

異例の事態に観衆はどよめいて混乱をきたす。

「どちらが皇帝だ」

「このようなことがあっていいのか」

懐疑の声が錯綜する。丞相たちも胡乱げに唸って頭を振った。

「理にかなわぬ」

「――いいや、これこそが理よ」

意外な言葉に丞相が振りかえると、皓梟が笏をかざして微笑んでいた。

彼女は宮廷随一の賢者だ。麒麟請の儀式を実施するにあたって、皓梟が古書の知識を復元して音楽、宣詞などを監修した。よって一時、謹慎処分を解かれている。

「剋はかつて、陰陽たる双つの皇帝が統べていた。日ありて月が、天ありて地があるという陰陽の秩序を踏むならば、皇帝がひとりであるほうが理にかなわぬ」

皓梟は裾をひるがえして、舞台の先頭に進みいでる。混乱する民にむかって、皓梟は声を張りあげた。

「皆の衆、聴け」

賢者の声は朗々と響きわたり、観衆は静まる。

「万物には陰陽あり。麒は雄にして陽を統べ、麟は雌にして陰を掌る。麒と麟そろいて中庸となり、実の調和がなされるものなり」

羽根が施された袖を拡げ、皓梟はそれぞれの地壇を差す。

「どちらが皇帝か？　否、蔡慧玲。胥鴆。ふたりの皇帝がいま、相そろったのだ」

その宣言を聴いて民が波だつ。

「歓呼せよ、新たなる皇帝の君臨である」

怒濤のように万歳の歓呼があがり、民が鼓掌する。割れるような喝采を浴びながら慧玲と鴆は悠々と橋を渡り、天壇に進みいでた。

相反するものでありながら、鏡あわせのようにふたりは対峙する。

言葉は要らなかった。眼差しだけで理解りあって、互いに背をあわせる。

慧玲は慈愛の眼差しで民を眺め、たいする鴆は牽制するように宮廷の臣たちを睨む。

麒と麟が声をあわせて、謡うがごとく咆哮した。

雲ひとつない天から一縷(いちる)、糸が垂れた。

雫だ。それらは経糸(たていと)を織りなすように雨となる。日輪から降る錦の雨だ。さながら天がこぼす嬉し涙のような。

「雨だ……」

「麒麟が雨を降らせてくださった！」

夏になってから降ることのなかった慈雨に民衆は歓喜する。感涙するものまでいた。

袖を掲げて跪拝(きはい)する民の群は風に順(したが)う草を想わせた。

蒼々(そうそう)と地に繁る青人草。健やかな命。草は弱く、それゆえに毒を持ち、強かだ。

その毒を薬となすのが皇帝の役だとするならば、麒椅(ぎょくぎ)は白澤の姑娘にふさわしい。草から実を収穫して時に焼き払うのが皇帝の掌(しょう)だとすれば、冕(かんむり)は窮奇の男にこそふさわしかった。

ゆえにふたりだ。

瞬きながら、光が降る。

日和(ひより)の雨は地の渇きを癒し、毒疫を浄めるだろう。

(ああ、ここから新たに始まるのね)

心が張りつめる。紅を施した唇ではかみ締めることができない。震えそうになる指を握り締めて、いなそうとしたのがさきか。

後ろからするりと、絡んできた指があった。

細い指だ。万毒を従わせる指。

鴆は振りかえらず、毒を薬と転ずる姑娘の指の、そのかたちを確かめるようになでる。あかぎれでひび割れた痕をわざとかすめ、きりつめすぎた爪を弾く。どんな接吻より深く魂に触れる。

次第に強張りがほどけていった。

彼は最後に約束でもするかのように指を絡ませてきた。慧玲もまた、彼にこたえるように強く、指さきにちからをこめる。

絡ませているのは心の根で、互いの命だ。

碧羅(へきら)の天に二重の虹が架かった。龍が身をひるがえして舞うような雄大な虹が、天と地をひとつに結ぶ。

薬と毒の、ふたりの皇帝によって、かの地に新たなる時代の風が吹いた。

参考文献（敬称略）

土方康世『臨床に役立つ五行理論―慢性病の漢方治療』（東洋学術出版社）
王財源『わかりやすい 臨床中医診断学』（医歯薬出版）
王財源『わかりやすい 臨床中医臟腑学 第4版』（医歯薬出版）
伊藤清司著 慶應義塾大学古代中国研究会編『中国の神獣・悪鬼たち―山海経の世界（増補改訂版）』（東方書店）
山田慶児編『物のイメージ・本草と博物学への招待』（朝日新聞社）
孟慶遠編纂 小島晋治・立間祥介・丸山松幸訳『中国歴史文化事典』（新潮社）
村上文崇『中国最凶の呪い 蠱毒』（彩図社）
喩静・植木もも子監修『増補新版 薬膳・漢方 食材&食べ合わせ手帖』（西東社）
中山時子監修 木村春子・高橋登志子・鈴木博・能登温子編著『中国食文化事典』（角川書店）
田中耕一郎編著 奈良和彦・千葉浩輝監修『生薬と漢方薬の事典』（日本文芸社）
ジョン・マン著 山崎幹夫訳『殺人・呪術・医薬 毒とくすりの文化史』（東京化学同人）
齋藤勝裕『「毒と薬」のことが一冊でまるごとわかる』（ベレ出版）
鈴木勉監修『【大人のための図鑑】毒と薬』（新星出版社）

澁澤龍彦『毒薬の手帖』（河出書房新社）

＜初出＞

本書は、「小説家になろう」に掲載された『後宮食医の薬膳帖 廃姫は毒を喰らいて薬となす』を加筆・修正したものです。

※「小説家になろう」は株式会社ヒナプロジェクトの登録商標です。

メディアワークス文庫

# 後宮食医の薬膳帖4

## 廃姫は毒を喰らいて薬となす

夢見里 龍

2024年6月25日　初版発行

| | |
|---|---|
| 発行者 | 山下直久 |
| 発行 | 株式会社KADOKAWA<br>〒102 - 8177　東京都千代田区富士見2 - 13 - 3<br>0570-002-301（ナビダイヤル） |
| 装丁者 | 渡辺宏一（有限会社ニイナナニイゴオ） |
| 印刷 | 株式会社暁印刷 |
| 製本 | 株式会社暁印刷 |



ISBN978-4-04-915736-9 C0193

メディアワークス文庫　https://mwbunko.com/

本書に対するご意見、ご感想をお寄せください。

**あて先**
〒102-8177　東京都千代田区富士見2-13-3
メディアワークス文庫編集部
「夢見里 龍先生」係